VINDOBONA
VERLAG SEIT 1946

CW00517082

BRIGITTE KINIGER

Greylen

Das Erwachen der Druidenbäume

VIND⊕BONA
VERLAG · SEIT 1946

Bibliografische Information
der Deutschen Nationalbibliothek:

Die Deutsche Nationalbibliothek
verzeichnet diese Publikation in
der Deutschen Nationalbibliografie.
Detaillierte bibliografische Daten
sind im Internet über
http://www.d-nb.de abrufbar.

www.vindobonaverlag.com

© 2022 Vindobona Verlag

ISBN 978-3-949263-52-1
Lektorat: Volker Wieckhorst
Umschlagfotos: Norbert Buchholz,
Standret, Tibor Ďuriš | Dreamstime.com
Umschlaggestaltung, Layout & Satz:
Vindobona Verlag

Gedruckt in der Europäischen Union
auf umweltfreundlichem, chlor- und
säurefrei gebleichtem Papier.

Auf einer Burg in Schottland saß, einsam, ein attraktiver Mann. Mit trauriger Miene starrte er in das lodernde Feuer im Kamin und grübelte über seine vor Kurzem noch glückliche Beziehung nach. Es war ja nicht so, dass die Frauen daran schuld waren oder sein Charakter. Es lag auch nicht an seinem Aussehen, das wusste er. Die Frauen fanden ihn sogar äußerst attraktiv. Es lag ausschließlich nur an der Geschichte, die ihn und seine Familie seit Jahrhunderten begleitete. Er glaubte, er könnte damit leben. Er glaubte, die Richtige gefunden zu haben. Er glaubte, dass ihre Liebe stark genug wäre, gegen diesen Fluch zu kämpfen, aber nein. Er hatte sich getäuscht. Sie hatte ihn verlassen. Enttäuschung, Wut und Trauer warfen einen dunklen Schatten auf sein Herz. Wieso musste er in diese Familie hineingeboren werden? Hatte nicht jeder ein Recht auf Liebe? Er hasste sich dafür, nicht normal zu sein. Wutentbrannt stand er auf, nahm seine Jacke und stürmte an seinem Vater vorbei ins Freie. Ihm konnte er jetzt überhaupt nicht in die Augen schauen. Er stieg ins Auto und fuhr los. Egal wohin, nur weg von hier. Ein paar Stunden oder Tage würden reichen, um wieder einen klaren Kopf zu bekommen, danach würde es ihm bestimmt wieder leichter fallen, seinem Vater unter die Augen zu treten.

Das Wetter hatte sich seiner Stimmung angepasst. Es tobt ein Schneesturm, der fast einem Blizzard gleichkam. Seine Stimmung und die Sicht wurden zunehmend schlechter. Er fuhr mit höchster Konzentration, um nicht von der Straße abzukommen. Im nächsten Ort blieb er stehen, um sich zu orientieren. Weit war er nicht gerade gekommen. Er kannte diese Ortschaft, und er wusste auch, dass es hier keine Schlafmöglichkeiten gab, nur ein kleines Pub. Weiterfahren kam nicht infrage. Es würde einem

Selbstmordkommando gleichkommen, und egal wie wütend oder traurig er war, soweit würde er nicht sinken. Im Auto zu schlafen kam auch nicht infrage. Ihm blieb nur eine Möglichkeit. Das Pub. Er startete den Motor und fuhr los.

Als er das Pub betrat, schauten ihn alle Gäste ängstlich an. Viele zahlten und gingen, und es lag sicher nicht nur an dem miesen Wetter. Er setzte sich an die Theke und bestellte sich eine Flasche vom besten schottischen Whisky, den sie hatten. Er trank in schnellen Zügen. Er wollte einfach nur vergessen und die ängstlichen Blicke nicht mehr sehen. Wie sehr ihm jetzt sein Freund fehlte, er wusste immer, wie er ihn aufheitern konnte. Draußen hatte sich der Schneesturm zu einem Blizzard verwandelt. Greylens Laune war seit dem Betreten des Pubs zusehends schlechter geworden. Das Vergessen wollte sich nicht einstellen, also trank er noch schneller. Irgendwann würde er die Besinnung schon verlieren, und dann würde sich auch das Wetter wieder beruhigen.

Aber in einem hat sich Greylen getäuscht. Es gab hier keinen Wirt, sondern eine Wirtin. Elli, der seit einem Jahr das Pub gehörte, schaute überrascht auf, als der fremde Mann, um diese Zeit und bei diesem Wetter, ihr Lokal betrat. Das Erste, was ihr auffiel, war seine Größe, normal sah sie den Leuten, ob Mann oder Frau, direkt in die Augen, aber bei diesem Exemplar musste sie ihren Kopf anheben. Sein überlanges Haar war in nassem Zustand fast schwarz und ringelte sich über seinem Kragen. Der Zwei-Tage-Bart an seinem Kinn enthielt einige rötliche Strähnen. Sein Blick, seine Augen brachten Ellis Herzschlag zum Stolpern. Sie waren von einem tiefen, nadelwalddunklen Grün und ließen Intelligenz und starken Charakter erkennen. Gleichzeitig sah sie aber auch die tiefe Traurigkeit in ihnen. In diesem Moment wollte sie ihn tröstend in die Arme nehmen und ihn nie mehr loslassen. Ach du Scheiße, was war nur los mit ihr. Sie schüttelte den Kopf, um wieder klar denken zu können. Sie sah ihn noch mal an. Kein Wunder, bei so einem Mann würde jede Frau so denken. Ohne sich noch weitere Gedanken darüber zu machen, brachte sie ihm die erwünschte Flasche Whisky.

Elli konzentrierte sich wieder auf ihre letzten Gäste, die sehr ruhig geworden sind. In einigen konnte sie Angst in den Augen erkennen. Sie wusste zwar, dass die Leute hier Fremden gegenüber ein wenig skeptisch eingestellt waren, aber so hat sie ihre Gäste noch nie erlebt. Erneut blickte Elli zu dem Fremden und runzelte nachdenklich die Stirn.

Elli hatte das schottische Pub jetzt schon ein Jahr lang. Vor zwei Jahren zog sie mit ihren Kindern von Österreich nach Schottland. In der alten Heimat war nicht mehr viel, was sie hielt. Nach dem tragischen Unfall ihres Mannes musste sie von dort weg. Nur ihre Mutter fehlte ihr. Schottland fand Elli schon immer faszinierend. Darum fiel ihr die Wahl nicht allzu schwer. Dieser Ort wurde zu ihrer Heimat, und dort hatte sie das erste Mal das Gefühl, zu Hause zu sein. Ihre Kinder sind die einzig wahre Liebe für sie. Das Einzige, was ihr geblieben ist, seit sie ihren Mann verloren hatte. Sie hat den Glauben an die große Liebe mit dem Tod ihres Mannes begraben. Männer wurden geduldet, aber mehr auch nicht. Sie hat keinen Platz mehr für einen Mann in ihrem Leben, geschweige denn in ihrem Herzen. Hier in Schottland hat sie ihr eigenes Pub, mit einer dunklen Vertäfelung, einer lang gezogenen Bar und ein paar Tischen. Ein offener Kamin ziert das Lokal, davor hatte sie eine gemütliche Couch platziert, wo sie sich an freien Abenden, mit ihren Kindern, vors warme Feuer setzte und wo sie sich Geschichten erzählten oder gemeinsam etwas spielten. Oberhalb hat jeder für sich sein eigenes Zimmer. Es fühlt sich alles genau richtig an. Für sie war es ein Heim für die Ewigkeit. Aber jetzt war irgendetwas anders, statt Ruhe und Frieden herrschte hier jetzt Angst. Ihr Gefühl sagt ihr, dass sich ihre Welt bald wieder um 180 Grad wenden würde. Sie sah verstohlen zu dem Fremden rüber, trotz seiner Größe und den breiten Schultern sah er nicht bedrohlich aus. Er saß zusammengesackt auf einen Hocker und hatte nur Augen für das volle Glas, das vor ihm stand. Die Körpersprache verriet ihr, dass er großen Kummer mit sich trägt. Ist er verantwortlich für die angespannte Stimmung? Und wenn dem so wäre, stellt sich nur noch eine Frage. Warum das alles? Ihrer Mitbewohnerin und

Arbeitskollegin, Marie, wich bei seinem Anblick die Farbe aus dem Gesicht. „Marie, was ist los, geht es dir nicht gut?" „Nein, nein, ich habe nichts. Es liegt an ihm." Sie deutet mit dem Kopf in die Richtung des Fremden. In ihren Augen stand entsetzliche Angst. Elli verlor langsam die Geduld. Sie verstand zwar, dass Angst lähmend wirken konnte, aber das hier wirkte schon lächerlich. Leicht verärgert stellt sie Marie zu Rede. „Marie, was ist hier eigentlich los? Ich will Antworten." Marie blickte sie ungläubig an. „Elli, weißt du nicht, wer das ist? Das ist Greylen Mac Donald. Man sagt, er wäre ein Druide und dass auf ihm und der ganzen Familie ein Fluch lastet. Es wäre besser für uns, wenn er so schnell wie möglich wieder verschwindet. Sonst könnte der Fluch auch auf uns übergehen." Elli lächelte Marie sarkastisch an, denn von Flüchen hielt sie nicht viel, außerdem weiß sie aus eigener Erfahrung, dass man selbst nichts dafür kann. „Und was wäre das für ein Fluch?" „Genau weiß ich es auch nicht, anscheinend betrifft es die Frauen, die sich mit ihnen einlassen. Sie sterben nach ihrem ersten Kind, auf mysteriöse Art und Weise." „Dann kann es uns ja nicht mehr treffen. Wir haben ja schon unsere Kinder." Elli lächelt Marie aufmunternd zu. „Okay, wie du meinst, aber ich kümmere mich trotzdem nicht um ihn, wer weiß, ob nicht mehr dahintersteckt." „Das verlange ich auch nicht von dir. Ich mach das schon. Im Moment hat er sowieso alles, was er braucht." Elli verstand Maries Angst. Sie hat generell Angst vor fremden Männern. Das liegt an der schlechten Erfahrung, die sie mit einem bestimmten Mann gemacht hatte, und diese Angst saß sehr tief in ihren Herzen. Marie hat einen Sohn, und der Vater ihres Sohnes hatte sie misshandelt, geschlagen und vergewaltigt, und als er sich auch an ihrem Kind vergreifen wollte, nahm sie ihren Sohn und flüchtete von ihm. Elli hatte sie auf der Straße aufgelesen. Sie war in einem schlechten Zustand. Eine Hand war gebrochen, und ihr Körper war übersät von blauen Flecken und Prellungen. Mit ihrer gesunden Hand hielt sie ihren Sohn. Elli nahm Marie und ihren Sohn mit sich und versorgte sie. Da Marie nicht wusste, wo sie hinsollte, als es ihr besser ging, schlug Elli vor, dass sie hierbleiben könnte, um im Laden mitzuhelfen.

Marie nahm dankend an. Sie hätte auch zu ihrer Mutter gehen können, aber in diesem seelisch verletzten Zustand konnte sie es einfach nicht. Ihre Mutter war ganz vernarrt in ihren Schwiegersohn. In ihrer Nähe war er ein echter Gentleman, nett, zuvorkommend und immer hilfsbereit. Sie würde nie glauben, dass er zu Gewaltausbrüchen neigt. Die Enttäuschung in ihren Augen hätten ihr den Rest gegeben. Sie hätte es damals nicht verstanden. Elli wusste, dass Marie etwas Zeit für sich brauchte, und es hat geholfen. Ihre Mutter und sie sind sich langsam wieder nähergekommen. Sie haben wieder ein richtig gutes Verhältnis zueinander entwickelt, und ihre Mutter verstand sie jetzt auch, nachdem sie von den Verletzungen erfuhr. Von ihrem Mann hat sie sich scheiden lassen und bei Gericht eine einstweilige Verfügung bewirkt, dass er sich ihr und ihrem Kind nicht mehr nähern durfte als 200 Meter. Seit diesem Zeitpunkt machten ihm die Einwohner dieser Stadt das Leben zur Hölle. Als es ihm zu viel wurde, verließ er diese Stadt und wurde nie mehr gesehen. Sie hat nur einmal erfahren, dass er jetzt im Gefängnis saß, was ihr und dem Jungen das Leben ein wenig leichter machte. Sie waren jetzt glücklich, aber vor Männern hat sie immer noch Angst. Elli und Marie kamen gut miteinander zurecht. Heute waren sie die besten Freundinnen. Fast schon wie Schwestern. Sie stritten sich und versöhnten sich wieder. Sie hatten beide Kinder, und jeder achtet auf die Privatsphäre des jeweils anderen. Marie brachte ihr auch alles über die Menschen und deren Gebräuche hier bei. Für Elli und ihre Kinder war das eine große Hilfe. Alles in allem ist es perfekt so, wie es ist.

Greylen wurde immer betrunkener, und je mehr er trank, umso dunkler und größer wurde der Schatten auf seinem Herzen. Wenn sich in näherer Zukunft nichts ändert, wird es zu ernsten Konsequenzen kommen. Sein Herz wird sich zu einem großen schwarzen Nichts entwickeln. Er wird nicht mehr fähig sein zu fühlen. Irgendwie erscheint das sehr reizvoll, aber er hat Angst, jemanden zu verletzen oder sogar zu töten. Von dem vielen Alkohol fiel Greylen, trotz des Wissens, bald sein Herz und seine Seele zu verlieren, in einen besingungslosen Schlaf. Greylen wurde kurz wach, als er von zwei kleinen, aber starken Frauenhänden von der Bar zu einer Couch gebracht wurde. Er spürte, wie reine warme Energien sein Herz berührten. Dieses Gefühl verschwand aber wieder so schnell, wie es gekommen ist. Greylen merkte noch, wie er zugedeckt wurde, bevor er wieder in einen traumlosen Schlaf fiel.

Elli stand nun vor der Couch und sah auf den Fremden hinunter. Ein Leichtgewicht ist er nicht gerade, aber schön anzusehen. Seine Gesichtszüge haben was Aristokratisches und Dominantes. Nach seinen Gesichtszügen zu beurteilen, ist er jemand, der sich zu verteidigen und durchzusetzen weiß. Eine Haarsträhne fiel ihm lose ins Gesicht. Ohne einen weiteren Gedanken daran zu verschwenden, strich sie ihm die Strähne sanft aus dem Gesicht. Marie trat leise hinter Elli und legte ihr eine Hand auf die Schulter. „Elli, ich weiß nicht, ob das so eine gute Idee ist, dass du ihn hier schlafen lässt." Marie runzelt skeptisch die Stirn. „Ich weiß, mir ist auch nicht wohl dabei, dass ein Fremder bei uns schläft, aber mir fällt keine andere Lösung ein. Draußen würde er erfrieren." „Elli, ich weiß, dass du niemanden leiden sehen kannst, du hast einfach ein zu gutes Herz, aber er ist, nach dem Gerede her, ein geborener Druide, und wenn die Gerüchte stimmen, kann er sehr gefährlich für uns werden. „Gerüchte hin oder her, du weißt, dass sie meistens übertrieben sind, und schau ihn dir an, momentan könnte er keiner Fliege etwas zuleide tun." „Im Moment ist es zutreffend, aber was ist, wenn er morgen aufwacht? Du weißt, dass ich vorhatte, mit meinem Sohn morgen zu meiner Mutter zu fahren." „Das kannst du auch. Ich kann schon auf mich selbst aufpassen, außerdem sagt mir mein Gefühl, dass er nicht so gefährlich ist, wie alle denken. Ich glaube sogar, dass er sehr einsam ist." „Okay, ich muss dir wohl vertrauen, aber ich werde dich morgen Mittag anrufen, ob es dir auch ja gut geht, wenn nicht, werde ich ihm die Armee auf den Hals schicken. Am besten wäre, er wäre dann schon wieder verschwunden." „Für dich wäre es besser, wenn du jetzt schlafen gehst. Du möchtest doch morgen früh los." „Ich räume noch ein wenig auf und geh dann auch schlafen." Zum Abschied nahm Marie Elli noch fest in die Arme und gab ihr einen Kuss auf die Wange. Eine Woche kann ganz schön lange sein. Nach dem Aufräumen schaut sie nochmals zu dem Fremden hinüber. Wenn sie noch etwas für Männer übrighätte, wäre er, nach dem Aussehen her, genau der Richtige für sie. Sie hob die Decke auf, die auf dem Boden lag, und deckte ihn behutsam wieder zu. Mit einem traurigen Seufzer drehte sie sich um und ging ebenfalls schlafen.

Greylen wachte mit höllischen Kopfschmerzen auf und seufzte. „Verdammt, das habe ich wohl verdient." Langsam, ohne den Kopf zu viel zu bewegen, setzte er sich auf. Er schaute sich um und fragte sich, wo er überhaupt ist. Langsam kamen die Erinnerungen wieder. Er war in dem Pub, nur nicht mehr an der Theke, sondern auf der Couch. Man hat ihn sogar zugedeckt. Diese kleine Geste gab ihm einen Stich ins Herz. Sein Herz war immer noch mit dunklen Schatten übersät, doch nun konnte er wenigstens wieder einen klaren Gedanken fassen. Kinderlachen drang an sein Ohr. Eine seltsam vertraute, angenehm ruhige Frauenstimme sprach mit ihnen. „Kinder, es wird Zeit reinzugehen. Ihr habt noch nicht gefrühstückt, und wie sagt man: Es soll die wichtigste Mahlzeit des Tages sein." „Ach Mama, es ist gerade so lustig, so viel Schnee gibt es nicht immer." „Ich verstehe euch ja, aber der Schnee ist morgen auch noch da. Schaut, es fängt wieder an!" „Okay, wir gehen ja schon." „Seid bitte leise, es könnte sein, dass unser Besuch noch schläft." „Das ist uns schon klar. Er war auch nicht zu übersehen." „Sarkasmus steht euch nicht, Kinder." Beide lachten und liefen zur Hintertür in die Küche, um nicht bei dem Fremden vorbeizukommen.

Er hört das Klappern des Geschirrs und gedämpftes Kichern. Bald roch es nach frischem Kaffee und Toast. Es roch so verführerisch, dass sich sein Magen vor Hunger verkrampfte, trotz der heftigen Kopfschmerzen, die ihn plagten, stand er auf und betrat die Küche. Die Kinder wurden ganz leise und schauten ihn skeptisch an, nur die Frau trat mit einem Lächeln auf ihren Lippen auf ihn zu. Sie war eine wahre Augenweide. Sie war nicht zu klein und hatte genau die richtigen Rundungen, doch was er so faszinierend an ihr fand, waren ihre stechend blauen Augen, aus denen Intellekt und Gutmütigkeit spricht. In ihren Augen fand er keine Spur von Angst, und das kam ziemlich selten vor. In dieser Gegend ist es eigentlich unwahrscheinlich. „Guten Morgen, Mister Mac Donald. Ich hoffe, wir haben Sie nicht aufgeweckt. Wie geht es Ihnen heute?" „Hatte schon bessere Tage, aber danke." Vor Überraschung brachte er kein weiteres Wort mehr hervor. Sie kannte ihn, aber vielleicht weiß sie ja nichts von seiner Geschichte. Nein, das ist fast unmöglich, hier kennt die Geschichte jeder. Erstaunt und skeptisch blickte er von einem zum anderen. „Ach, Entschuldigung, ich habe versäumt, uns vorzustellen, mein Name ist Elli, und das sind meine Kinder Lisa und Mia." Sie lächelte ihn immer noch an und trat einen Schritt näher, um ihm die Hand zu reichen. Vorsichtig umschloss er ihre kleine Hand, Er spürte ein leichtes Prickeln. Grey richtet sich mit einem Ruck auf, als hätte man ihm einen Schwinger versetzt. Plötzlich fühlte er sich zu groß in seiner Haut, seine Knie drohten nachzugeben, und er schien nicht mehr richtig atmen zu können. Was ist hier eigentlich los?

Elli entzog ihm schnell wieder die Hand und schaute sie verwundert an. Das war aber eigenartig, sie wusste, dass sie anders ist, aber normal hat sie die Kontrolle über ihren Energiefluss. Elli wandte sich ab und ging zur Küchenzeile, um eine Tasse für ihren Gast zu holen und um die Kontrolle über sich wiederzugewinnen. Mit einer vollen Tasse kam sie zurück und stellte sie auf dem Tisch. „Mister Mac Donald, bitte setzten Sie sich, das Frühstück im Stehen einzunehmen ist sicher nicht sehr angenehm." „Oh, ja, danke." Greylen setzte sich, und die Kinder fingen an zu kichern. Von außen betrachtet wirkte diese Situation aber auch ein wenig grotesk. Er kam sich, in diesem Moment, selbst vor wie ein stammelnder Idiot. Er nahm vorerst mal einen Schluck von seinen Kaffee, um wieder einen klaren Gedanken zu schöpfen. Diese Frau brachte ihn irgendwie aus dem Konzept, aber es könnte auch an der Unmenge Alkohol liegen, die er gestern getrunken hatte. Die Erinnerungen, wieso es so weit gekommen ist, schossen wie ein Giftpfeil in sein Herz. Seine Stimmung war wieder auf dem Nullpunkt, und sein Kopf dröhnte immer noch höllisch. Elli drehte sich zu Greylen. Seine Aura trug die Farben des Schmerzes und der Trauer. Die Stimmung sank. Die Kinder sahen dasselbe wie sie und drehten sich fragend zu ihrer Mutter. Elli umarmte die beiden kurz, um ihnen ein sicheres Gefühl zu vermitteln. Sie musste diesen Mann ablenken, aber wie? Elli ging hinüber zu ihm und legt ihm tröstend eine Hand auf die Schulter. Sie ließ ganz vorsichtig positive Energie in ihn hineinfließen, sodass er es nicht bemerkte. „Grey, brauchen Sie noch etwas? Sie sehen etwas angespannt aus." Grey fühlte sich ein wenig besser, und um etwas zu sagen, fragte er nach einer Kopfschmerztablette. „Oh, ja selbstverständlich. Ich hole Ihnen gleich eine." Sie zwinkerte ihren Kindern noch zu und verschwand nach oben.

Als Elli den Raum verließ, wurden die Schatten auf seinem Herzen wieder größer, und er fühlte sich auf einmal sehr einsam.

Die Kinder merkten die Veränderung und rückten, obwohl sie ein wenig Angst hatten, näher an ihn heran, sodass sie ihn leicht berühren konnten. Sie fingen an, Fragen zu stellen, wo er herkommt und wie ihm der Schnee gefällt. Sie redeten über ihren noch nicht fertigen Schneemann und fragten ihn, ob er ihnen dabei helfen könnte.

Greylen entspannte sich wieder und amüsierte sich sogar über die beiden Kleinen. Sie schafften es sogar, dass ein Lächeln über seine Lippen kam. Der Schatten, der ihn umgab, war zwar noch da, aber nicht mehr so dunkel.

Als Elli die Stufen runterkam, hörte sie ihre Kinder mit Greylen lachen. Sie lauschte seiner angenehmen Stimme. Ein wohliges Prickeln wandert über ihren Rücken. Sie beobachtete ihn und ihre Kinder durch die offene Tür. Das Erste, was ihr sofort auffiel, war, dass sich der dunkle Schatten um ihn ein wenig gelichtet hat. Er wirkte entspannter. Das Zweite war das Lachen ihrer Kinder. Die Kinder mit einem Mann lachen zu hören, ist schon zu lange her. Das letzte Mal war, als ihr Vater noch gelebt hat, seither verhielten sie sich Männern gegenüber sehr zurückhaltend. Schuldbewusstsein nagt an ihr. Wie sollen ihre Kinder offener sein, wenn doch sie selbst Männern gegenüber distanziert eingestellt ist, und die schlimme Erfahrung, die Marie und ihr Sohn mit einem Mann gemacht haben, hat die zwei noch argwöhnischer werden lassen. Darum war sie auch irrsinnig stolz auf die beiden. Sie sind über ihren eigenen Schatten gesprungen und haben den Fremden in ihre Mitte gelassen. Sie haben die dunkler werdenden Schatten erkannt und dadurch instinktiv richtig gehandelt. Mit einem Lächeln betrat sie die Küche. „Na, was ist denn hier los, kaum bin ich weg, findet hier eine Party statt." „Mama, Greylen will uns helfen beim Schneemannbauen. Wir werden eine ganze Schneemannfamilie machen." „Das hört sich ja toll an." Sie schaute Greylen in die Augen und gab ihm das Medikament. „Mylord, Ihre Tablette, bitte." Elli deutet einen Knicks an, und alle lachten. „Mylord, könnte ich vielleicht noch eine Tasse Kaffee haben?" „Selbstverständlich, Mylady." Greylen rückte ihr den Stuhl zurecht und goss ihr mit bühnengerechter Haltung eine Tasse ein. Aufgrund der gespielten, steifen Förmlichkeiten, die sie miteinander austauschten, lachten sie noch mehr. Als sie sich wieder einigermaßen beruhigt hatten, nahm Greylen das Gespräch wieder auf. „Bitte, nennt mich einfach nur Grey. Das wäre mir lieber." „Gern! Solche Förmlichkeiten haben hier in diesem Haus so und so keinen Platz." Als das geklärt war, gingen sie dazu über, ihren Tagesplan zu besprechen. „Und, Kinder, was wollen wir heute an unserem freien Abend unternehmen?" „Aber Mama, das weißt du doch. Heute ist doch unser Spieleabend." „Oh, ja, das hätte ich fast vergessen." „Aber Mama!" Die Kinder schauten sie schockiert an. „War ja nur ein Scherz." Elli lächelte die Kinder an. „Okay, meine Kleinen. Der Plan ist wie folgt. Nach dem Brunch zieht ihr euch warm an. Holt den großen Schlitten aus der Scheune und sucht die Schneeschuhe für uns und euch. Wir müssen heute ausnahmsweise zu Fuß ins Dorf. Die Straße ist unbefahrbar." „Wir könnten doch mein Auto nehmen. Es hat Allradantrieb." „Es hat so viel geschneit. Sie, Entschuldigung, du kannst froh sein, wenn du dein Auto überhaupt findest. Außerdem schadet uns ein wenig Bewegung nicht." Greylen schaute zum Fenster hinaus. Elli hatte recht, Schnee, wo man auch nur hinsieht. Was sollte er jetzt machen? In dieser Gegend gibt es kein Hotel. Nach Hause zu kommen ist auch unmöglich, und diese Familie noch länger zu belästigen, wäre eine Frechheit. Als könnte sie Gedanken lesen, meldet sich Elli zu Wort. „Entschuldigung, das konntest du noch gar nicht wissen. Meine Kinder und ich haben schon darüber gesprochen und uns entschlossen, Ihnen in dieser Zeit Maries Zimmer zu Verfügung zu stellen. Marie und ihr Sohn sind heute früh zu ihrer Mutter gegangen. Sie wohnt in der Nähe des Dorfes. Sie werden eine Woche oder zwei dort bleiben, kommt darauf an, wie es ihrer Mutter geht. Als Gegenzug könnten Sie derweil Maries Platz einnehmen und mir ein wenig zur Hand gehen. Was halten Sie davon?" Greylen war überrascht. Diese Geste war das Selbstloseste, was er jemals erlebt hat. „Und, was sagen Sie?" „Danke für dieses Angebot. So eine Geste hätte ich nicht für möglich gehalten. Ich nehme dankend an und werde Ihnen für die Nächte, die ich hier verbleibe, natürlich zur Hand gehen, außerdem werde ich für das Zimmer bezahlen, das ist das Wenigste, was ich für euch tun kann." „Da habe ich nichts dagegen. Aber nun los, sonst kommen wir nicht mehr ins Dorf." Elli brachte Greylen zu seinem Zimmer. Er macht sich schnell noch frisch, um sich wenige Minuten später mit der Familie seiner Gönnerin zu treffen. Er wollte sie auf keinen Fall warten lassen. Vollständig angetreten und gut ausgestattet gingen sie los.

Der Weg ins Dorf war nicht leicht, trotz Schneeschuhe. Sie brauchten eine gute Stunde, um endlich anzukommen. Im Dorf selbst war nicht viel los. Wird wohl an dem vielen Schnee liegen. Sie gingen, bis sie vor einem Café standen. Das Einzige in dem Dorf. Elli war enttäuscht. Die wenigen Menschen, die sie trafen, gingen ihnen aus dem Weg. Sie kannte diese Menschen. Normalerweise grüßten sie schon von der Ferne, aber heute war keine Spur davon. Sie gaben sich abweisend und gefühlskalt. Versteckten sich hinter einer eisernen Maske. Das musste Greylen doch verletzten? Neugierig blickte sie zu ihm hoch. Keine einzige Regung war zu erkennen, als ließe ihn das alles kalt. Kann man sich so gut verstellen? Nein, seine Augen verrieten ihn dennoch. Elli konnte den Schmerz erkennen. Gut versteckt, aber

15

doch anwesend. Sie hakte sich bei ihm ein. Sie wollte ihm das Gefühl vermitteln, nicht allein zu sein. Um den Kindern eine Freude zu bereiten und um ihre Gefühle zu beschützen, machte sie ihnen einen Vorschlag. „Was haltet ihr davon, eure Freunde zu besuchen? Ich und Greylen kümmern uns derweilen um die Besorgungen." „Mama, das ist eine gute Idee. Wie lange dürfen wir denn bleiben?" „Zwei Stunden, mehr aber auch nicht. Wir haben noch einen weiten Weg nach Hause." „Okay, das reicht uns, aber vergesst ja nicht unsere Süßigkeiten für heute Abend." „Das werden wir schon nicht. Ich weiß doch, was für Lecker-mäuler ihr seid. Aber nun los, sonst sind die zwei Stunden vor-bei, bevor ihr losgegangen seid." „Ja, ja, wir sind schon weg." Sie winkten einmal kurz und waren auch schon um die nächste Ecke verschwunden.

Jetzt waren die beiden allein. Elli wusste nicht, ob sie sich freuen oder in Panik ausbrechen sollte. Das Prickeln in ihrem Inneren ist durch die Abwesenheit ihrer Kinder noch intensiver geworden. Es gab ihr ein gutes vertrautes Gefühl, das sie nicht kannte, und genau das ängstigt sie. Sie fühlt sich eindeutig zu wohl bei diesem doch noch fremden Mann. Sie machte sich los von ihm. Um die Situation wieder unter Kontrolle zu bekom-men, fing sie über die Einkaufsliste zu sprechen an.

Greylen konnte die Änderung von Ellis Gefühlen deutlich spüren, was sonderbar war, denn andere Gefühle wahrzuneh-men, gehörte nicht zu seinen Fähigkeiten. Auch das Prickeln in seinem Inneren war neu, aber dadurch, dass es sich gut anfühlte, vertraut, genoss er diesen Moment. Er verstand auch Ellis Re-aktion und stieg auf ihr Gespräch ein. Es war auch für ihn ein wenig beängstigend. Denn das alles war Neuland für ihn und anscheinend auch für Elli. Um nicht noch mehr Zeit zu vergeu-den und um diese Merkwürdigkeiten auszublenden, gingen sie los. Greylen fügte noch einige Kosmetikartikel zur Einkaufsliste dazu. Nach ein paar Minuten kamen sie zu dem einzigen Laden im Dorf. Er war zwar nicht groß, aber man bekam alles, was man so benötigt, sogar Schuhe und Kleidung. Es ist zwar nicht der allerletzte Schrei, aber es ist ausreichend. Greylen steuert sofort die Kleiderecke an, um sich eine andere Jacke und Schuhe zu besorgen. Währenddessen ging Elli ihre Einkaufsliste durch, bis eine Verkäuferin auf sie zusteuerte. Sie heißt Mira und wohnt schon immer hier. Sie hat zwei Kinder, wobei ihre Ältere mit Ellis Große in die Schule geht. Für Elli war Mira eine richtige Schönheit. Sie war schlank, hatte langes blondes Haar, symmetrische Gesichtszüge und blaue Augen. Neben ihr wirkte alles unscheinbar, und so fühlte sich Elli in ihrer Nähe auch. Aber dennoch ist sie ein liebenswerter Mensch, immer ein Lächeln auf ihren Lippen für jeden, das bewunderte Elli sehr an ihr. Mit einem Lächeln kam sie um die Ecke herum und begrüßte Elli mit einer kleinen Umarmung. „Hallo Elli! Wie geht's dir? Dass du dich bei diesem Wetter raustraust. Wenn ich nicht arbeiten müsste, hätte ich mich zu Hause verschanzt." „Das mit dem Verschanzen wäre wirklich eine gute Idee, aber die Kinder wollen einige Leckereien für unseren Spielabend, und wer hätte schon gedacht, dass sich das Wetter so entwickeln würde." „Ja da hast du recht. Der Wetterbericht hat eigentlich schöner gemeldet. Kein Wort eines Schneesturms." Elli schaute wieder auf ihre Liste. Sie hat noch nicht mal die Hälfte, und die Zeit lief ihr davon. Mira sah ihre Reaktion und bot sogleich ihre Hilfe an. Sie hat ja sonst nichts Besseres zu tun bei diesem Geschäftsgang. Während sie ihre Einkaufsliste durcharbeiten, merkt Elli, das Mira sie immer wieder neugierig von der Seite anschaut. „Mira, was ist los? Ich sehe doch, dass dir etwas auf dem Herzen liegt." „Na ja, wenn du schon damit anfängst. Ich hätte wirklich eine Frage an dich. Ich habe gehört, du hättest einen Übernachtungsgast, stimmt das etwa?" „Ja, da hast du richtig gehört." „Und, ist es jemand, den man kennt?" „So wie es den Anschein hat, kennt ihn das ganze Dorf, wieso solltest du da eine Ausnahme sein?" „Okay, ich gebe es ja zu, aber bitte schau mich nicht so an. Mir ist zu Ohren gekommen, dass du einen Mac Donald beherbergst, und da du schon mal hier bist, habe ich mir gedacht, ich frage gleich bei der Quelle nach. Die Gerüchte müssen ja nicht immer stimmen." „Dieses Gerücht entspricht aber der Wahrheit." Mira schaute sie schockiert an. „Hut ab, das hätte ich nicht von dir

17

gedacht, wirklich und wahrhaftig einen Mac Donald. Du traust dich aber einiges." „Wieso?" „Na ja, diese Familie hat hier in der Gegend nicht gerade den besten Ruf, man sagt sich, sie wären Druiden mit großen Zauberkräften und dass ein böser Fluch auf ihnen lastet." Elli hört den warnenden Unterton in ihrer Stimme. „Ach, das. Diese Geschichte habe ich schon gehört. Mir ist bisher nichts Sonderbares aufgefallen. Er wirkt eigentlich sehr nett." In diesem Moment bog Greylen um die Ecke und steuerte direkt auf Elli zu. Miras Augen wurden größer. Ihr Blick bekam einen verträumten Ausdruck. Es fehlte nur noch, dass ihr der Sabber aus dem Mund tropft. Sie blickte ihn an, als wäre er ein großes Appetithäppchen. Mira rempelte Elli von der Seite an. „Nur nett. Der ist ja die reinste Augenweide." Elli schaute zwischen Mira und Greylen hin und her. Er war zwar äußerst attraktiv, das konnte man nicht leugnen, aber übertreiben muss sie auch wieder nicht. Elli blickt Mira verärgert an. Greylen hat die letzten Worte der Unterhaltung von Elli mit angehört, und ihm gefiel Ellis Reaktion. Mit einem Lächeln auf den Lippen trat er zu den beiden Damen. „Elli!" Er dreht sich zu der Unbekannten, verbeugt sich und reicht ihr die Hand. „Darf ich mich vorstellen, mein Name ist Greylen Mac Donald." Mira errötet. Schüchtern nahm sie seine Hand entgegen und stellte sich auch vor. Als das erledigt war, wendet er sich wieder Elli zu. Elli verschränkt ihre Arme vor der Brust. Sie ärgert sich. Wie sich Mira benimmt. Einfach kindisch. Als wüsste Mira, dass sie jetzt fehl am Platz war, verschwand sie um die nächste Ecke. Greylen lächelte sie immer noch an. „Elli, kann ich dir noch etwas helfen?" „Danke, ich habe alles. Wie schaut es bei dir aus?" „Ich habe das Nötigste." „Na, dann können wir zur Kasse gehen." Greylen schob den Einkaufswaagen und legte alles auf das Förderband. Elli packt alles in eine Schachtel. Als es ums Zahlen ging, zückte Greylen sofort seine Kreditkarte. Elli hatte nichts dagegen – wenn er es so will.

Sie verließen den Laden und begaben sich in das einzige Café, das es hier im Ort gab. Es war klein, aber dennoch ausreichend. Fünf kleine Tische und ein Tresen, mehr war es nicht.

An den Wänden hingen Bilder von unbekannten Malern, die die Umgebung rund um das Dorf zeigen. Es war einfach nur gemütlich. Sie setzten sich in eine kleine Nische und bestellen sich zwei Tassen heißen Kaffee. Malcom, der Besitzer, schaute Greylen skeptisch an. Man sah, dass er sich nicht gerade wohlfühlte. Greylen konzentrierte sich nur auf Elli. Er wusste, dass ihn die Dorfbewohner hier nicht haben wollen, aber für Elli, der es egal ist, wer er ist, ignorierte er es. Greylen schaute auf seine Uhr. „Müssten die Kinder nicht schon da sein?" „Schon, aber sie vergessen öfter mal die Zeit beim Spielen. Genieße deinen Kaffee, solange sie noch nicht hier sind, es ist der Beste, den ich kenne." Greylen trank einen Schluck und bestätigte ihre Aussage mit einem zufriedenen Lächeln. „Sie haben wirklich zwei nette Kinder, darf ich fragen, wo ihr Vater ist?" Über Ellis Gesicht huschte ein Schatten der Trauer, und ihre Stimme senkte sich. „Er ist vor drei Jahren an einem Herzinfarkt gestorben." „Das tut mir aber leid." „Muss es nicht. Für mich war es ein Zeichen. Ein Zeichen, mein Leben zu verändern, und wie du siehst, geht es mir und meinen Kindern wirklich gut. Das Einzige, was mir fehlt, ist meine Mutter, sie wollte noch nicht mit uns kommen, aber sie wird uns bald besuchen, und vielleicht schaffe ich es dann, sie zu überreden." „Ich habe schon gehört, dass ihr nicht von hier seid. Darf ich fragen, woher ihr stammt?" „Ja sicher, aber ich weiß nicht, ob dir das etwas sagt. Wir stammen von einem kleinen Land namens Österreich." „Österreich, nein, sagt mir nichts, aber muss es auch nicht. Darf ich dich fragen, wieso ihr nach Schottland gezogen seid? Das hier hättest du auch alles in einem anderen Land bekommen." „Ja, das stimmt. Ich habe mich aber für Schottland entschieden. Wir waren früher schon öfter hier. In den Ferien. Dieses Land hat einfach was Magisches, Friedliches in mir geweckt, und als mein Mann gestorben ist, zog es mich regelrecht in dieses Land. Ich habe diese Entscheidung noch nie bereut und werde es nicht. Aber nun zu dir. Ich habe, seit ich dich gesehen habe, erstaunliche Geschichten von dir gehört, und es wäre nett von dir, mich aufzuklären, ob etwas Wahres daran ist." Greylen sah sie durchdringend an. Er wusste nicht, was er ihr sagen sollte. Sie hatte die Wahrheit verdient, aber was ist, wenn sie so ist wie alle anderen? Ein dunkler Schatten hüllte Greylen ein, und seine Gesichtszüge verhärteten sich. Es begann wieder zu schneien. Elli fiel sofort der Schatten auf, der ihn umgab. Sie ist mit dieser Frage einfach zu weit gegangen. Sie rückte näher an ihn heran und berührte leicht seine Hand. Der Schatten wurde ein wenig heller. „Greylen, du musst mir nichts erzählen, wenn du nicht möchtest. Mich stört es nicht, wer oder was du bist. Ich sehe in dir Leid und Schmerz, aber auch ein großes Herz. Das reicht mir." Greylens Schatten verschwanden ganz. Greylen wollte sich gerade bedanken, da kamen die Kinder herein und bestürmten ihre Mutter. „Es tut uns leid, wir haben die Zeit übersehen." „Das habe ich mir schon gedacht. Wollt ihr noch eine heiße Schoko trinken?" Die Kinder schauten sich nachdenklich an. „Wir wollen schon, aber geht sich das von der Zeit überhaupt noch aus?" „Ja, natürlich! Das Zuspätkommen habe ich von Anfang an mit eingerechnet. Wir haben noch genug Zeit dafür." „Großartig, danke, Mama!" Die Kinder setzten sich, und Malcom brachte die heiße Schoko, über die sich die Kinder gleich hermachten.

Greylen musste lächeln, als die Kinder mit Genuss ihre Schoko tranken, als wäre es das Beste auf der Welt. Nicht ein einziges Wort kam über ihre Lippen, nicht, bis sie auch den letzten Schluck getrunken hatten. Wirklich bemerkenswert für Kinder. Sogar Elli lächelte über ihre Kinder. „Greylen, bleibst du heute noch bei uns?" „Mal sehen, ob die Straßen wieder frei werden, und natürlich, was eure Mutter dazu sagt." Greylen und die Kinder lächelten Elli hoffnungsvoll an. „Wie kann ich da Nein sagen, bei diesen Gesichtern." Elli lachte, und alle anderen stiegen mit ein. „Danke, Mama! Greylen könnte bei unserem Spielabend mitmachen, natürlich nur, wenn er möchte." Die Kinder schauten ihn fragend an.

Greylen wusste nicht was er sagen sollte. Sicher möchte er, aber wollen sie wirklich, dass er dabei ist, oder fragen sie ihn nur der Höflichkeit wegen? Greylen suchte Ellis Blick. Sie lächelt ihn aufmunternd zu. Das reichte ihm, um ihre Einladung anzunehmen. Den ganzen Weg nach Hause strahlte er über das ganze Gesicht. Sogar das Wetter freut sich mit ihnen. Zu Hause angekommen, verschwanden die Kinder gleich in ihre Zimmer. Elli und Greylen verstauten miteinander den Einkauf. Als sie fertig waren, schickte Elli Greylen hinaus ins Wohnzimmer, wo er sich noch ein wenig ausruhen sollte, bevor der Spieleabend losgeht. Doch Greylen packte das schlechte Gewissen. Er wollte sich wenigstens ein wenig nützlich machen. Er machte Feuer im Kamin und holte genug Holz vom Schuppen für die ganze Nacht. Als er fertig war mit seiner selbst auferlegten Arbeit, ging er in die Küche, um dort seine Hilfe anzubieten. „Hm, hier duftet es aber delikat! Kann ich dir noch etwas helfen?" Vor lauter Schreck ließ sie fast den unfertigen Kuchen fallen. Elli schob den Kuchen ins Rohr, nahm einen Kochlöffel in die Hand und drehte sich zu Greylen um. Um ihren Worten Ausdruck zu verleihen, wedelte sie tadelnd mit dem Kochlöffel vor Greylens Nase herum. „Ich glaub mich zu erinnern, dich zum Ausruhen geschickt zu haben, und nein, ich brauche keine Hilfe. Ich hätte fast den Kuchen fallen lassen, als du mich angesprochen hast. Könntest du dich das nächste Mal nicht so anschleichen? Das wäre sehr nett von dir." Greylen musste sich ein Lachen verkneifen. Diese Standpauke tat ihm in der Seele gut. „Es tut mir leid, kommt nicht wieder vor, versprochen." Um seinen Worten Nachdruck zu verleihen, grinste er sie schuldbewusst an. „Na ja, ist ja nichts passiert, aber wenn dir langweilig ist, kannst du mal nach den Kindern schauen. In der Küche ist nicht mehr viel zu machen." „Das mache ich doch gerne für dich." Greylen dreht sich um und ging. Elli schaute ihm hinterher. Er ist wahrlich ein gut aussehender Mann.

Greylen klopfte an die Tür, er wollte nicht unhöflich erscheinen. Vom Kinderzimmer kam ein einstimmiges lautes „Komm rein!" Greylen öffnete die Tür einen Spaltbreit und lugte hindurch. „Eure Mutter hat mich geschickt. Ich soll mal nach euch schauen. Darf ich fragen, was ihr gerade macht?"

„Wir suchen das passende Spiel für heute Abend aus, aber wir sind uns noch nicht einig."

„Kann ich euch irgendwie dabei helfen?"

„Nein, danke, wir haben da so unser eigenes Ding, wie wir unsere Entscheidungen treffen.",,Na, wenn das so ist, gehe ich wieder." „Okay, bis später."

Greylen ging hinunter, um nochmals nach dem Feuer zu sehen. Der Raum war wohlig warm, und das Feuer brannte. Die Couch sah jetzt viel verlockender aus als zuvor. Er beschloss, den Rat von Elli anzunehmen und legte sich hin, um ein wenig zu entspannen. Bevor er einschlief, musste er noch an Elli und ihre beiden Wildfänge denken. Der heutige Tag war seit Langem der Schönste in seinem Leben, und er hoffte, noch einige solche Tage mit dieser Familie zu verbringen.

Elli war mit dem Essen fast fertig, nur der Kuchen brauchte noch eine Weile, für sie eine willkommene Pause, in der sie sich eine Tasse Kaffee genehmigte. In der Hoffnung, dass Greylen im Kaminzimmer ist, nahm sie ihre Tasse und ging hinüber. Sie wollte sich nochmals mit ihm unterhalten und ihm ihren Wochenplan darlegen. Als sie das Kaminzimmer betrat, sah sie, dass er tief und fest schlief. Was auch kein Wunder ist nach solch einer Nacht und solch einem Tag. Leise setze sie sich ihm gegenüber, trank einen Schluck ihres Kaffees und betrachtet ihn in aller Ruhe. Seine Gesichtszüge waren entspannt, und sein dunkles Haar war leicht zerzaust. Er wirkt um einiges jünger, wenn er schlief, nur der Schatten seines Bartes ließ sein Gesicht markanter wirken. Dieser Mann ist wirklich eine attraktive Erscheinung, und das nicht nur äußerlich. Sie hat bereits in sein Herz gesehen, und obwohl er umgeben ist mit Schatten der Wut und des Schmerzes, ist sein Herz rein geblieben. Es strahlt heller als viele andere. Es gleicht dem ihrer Kinder sehr. Ein Zeichen für sie, dass auch er etwas Besonderes ist. Was genau, konnte sie aber noch nicht sagen. Aber was sie noch faszinierender fand an ihm, war die eigenartige Energie, die von ihm ausgeht. Irgendwie vertraut und angenehm. Hätte sie den Männern nicht abgeschworen, wäre er in die engere Wahl gekommen. Aber träumen konnte man ja noch, oder? Ein Seufzer verließ ihre Lippen, als sie daran dachte, wieso es so weit gekommen ist. Mit einem letzten Blick auf Greylen machte sie sich leise auf, um in der Küche nach dem Rechten zu sehen. Als alles fertig war, ging sie hinauf zu ihren Kindern. „Kinder, das Essen ist fertig. Wie schaut es bei euch aus?" „Unsere Zimmer sind sauber, und ein Spiel für heute Abend haben wir auch schon rausgesucht." „Ihr freut euch wohl schon sehr auf heute Abend? Ihr glaubt wohl, ein neues Opfer gefunden zu haben." Elli grinste ihre Kinder an. „Mama, was du immer denkst. Wir freuen uns halt nur." „Ja, ja, das nehme ich euch sofort ab, aber eigentlich wollte ich euch noch sagen, dass ihr noch den Tisch decken müsst, oder wollt ihr lieber Greylen aufwecken?" „Okay, wir decken den Tisch, das mit dem Aufwecken überlassen wir ganz dir allein." „Das habe ich mir schon fast gedacht. Ihr kleinen Angsthasen." Elli lachte, und die Kinder schauten ganz empört zu ihrer Mutter auf. „Wir haben keine Angst, Mama." „Weiß ich doch, war ja nur Spaß, aber nun los, sonst ist das Essen nicht mehr zu genießen." Quatschend gingen sie hinunter, um ihre Aufgaben zu erfüllen.

Elli ging mit leisen Schritten ins Kaminzimmer und setzte sich, ohne ihn aufzuwecken, zu ihm auf die Couch. Ganz sanft rüttelte sie ihn bei den Schultern, und mit sanfter Stimme sagte sie: „Greylen, aufwachen! Das Essen ist fertig!" Als Greylen die Augen aufschlug, dachte er, dass er noch träumte. Er sah in die schönsten Augen, die er je gesehen hatte. In Ellis Augen. Als seine Benommenheit nachgelassen hatte, konnte er auch wieder sprechen. „Wie lange habe ich geschlafen?" „Nicht ganz eine Stunde." Besorgt schaute sie auf ihn herab. Er sah noch sehr müde aus und war ein wenig weiß um die Nase. „Wie geht es dir?" „Mir geht's richtig gut. So gut habe ich schon lange nicht mehr geschlafen." Skeptisch schaute sie ihn von oben herab an. Nach einigen Sekunden lächelte sie ihn an, anscheinend war sie zufrieden mit dem, was sie sah. „Wenn das so ist. Du hast noch einige Minuten für dich. Die Kinder decken gerade den Tisch." „Danke, ich freu mich schon darauf." „Gern geschehen." Mit diesen Worten drehte sie sich um und verschwand zu ihren Kindern in die Küche.

Während Greylen sich frisch machte, dachte er darüber nach, wie schön es war, von Elli aufgeweckt zu werden. Am liebsten hätte er Elli in seine Arme gezogen, als sie ihn mit ihrer sanften Stimme und ihren sanften Berührungen aus dem Schlaf geholt hatte. Wenn er ein ganz normaler Mann gewesen wäre, hätte er es vielleicht gewagt, doch auch dieses Mal verfolgte ihn die Geschichte seiner Vorfahren. Es ärgerte ihn, endlich eine Traumfrau gefunden zu haben und doch nichts machen zu können. Kinderstimmen drangen an sein Ohr. „Greylen! Wann kommst du? Wir haben Hunger!" Greylen wischte seine trüben Gedanken beiseite. Die Kinderstimmen taten ihr übriges, sogar ein Lächeln kam über seine Lippen. Mit schnellen Schritten eilte er in die Küche, bis er vor den beiden stand. „Bin schon da!" Die Kinder schauten ihn erschrocken an. „Das war jetzt aber ganz schön schnell." „Wenn ich will, kann ich auch schnell sein, wie man sieht." „Ja, das kann man wohl sagen." Lachend betraten sie die Küche und setzten sich zu Tisch. Elli stellte das Essen auf den Tisch und setzte sich ebenfalls dazu. „Hm, das duftet aber herrlich!" Jetzt erst fiel ihm auf, dass er seit dem Frühstück nichts mehr gegessen hatte, und der Anblick des Essens ließ ihm das Wasser im Mund zusammenlaufen. Elli häufte ihm eine große Portion auf den Teller, und er aß alles auf. Nachher gab es noch leckeren Kuchen. Mit vollem Magen lehnte er sich zufrieden zurück. „Danke Elli, das war ausgezeichnet." „Das sieht und hört man gerne." „Ich könnte mich ja in den nächsten Tagen mal revanchieren und für euch kochen?" „Ein Mann, der kochen kann, na, so eine Überraschung. Ich hätte nichts dagegen, mal nicht kochen zu müssen." „Na, dann ist es ausgemacht. Wann wäre es den Damen denn gelegen?" Die Kinder kicherten bei diesem Wortlaut. Elli konnte sich ein Schmunzeln nicht verkneifen. „Wann immer Sie möchten, mein Herr." Alle brachen in volles Gelächter aus. Die geschwollene Art war einfach zu komisch. Als sich alle wieder einigermaßen beruhigt hatten, schickte Elli ihre Kinder zum Abwasch, was natürlich nicht ohne großes Genörgel abging. Greylen hatte Mitleid und half ihnen beim Abtrocknen. Es machte ihm großen Spaß, mit den Kindern etwas zu machen, auch wenn es so etwas Banales ist wie der Abwasch. Genau so musste es sich anfühlen, eine richtige Familie zu haben.

Elli trank derweil eine Tasse Kaffee und genoss das Küchenspektakel, das die drei verursachten. Den Kindern tat es gut, ein männliches Wesen in ihrer Nähe zu haben. Es ist einfach schon zu lange aus. Erinnerungen aus vergangenen Zeiten drangen in ihr Bewusstsein. Damals waren sie eine glückliche Familie, wie es im Buche stand. Ein dunkles Geheimnis tötete ihren Mann. Es traf ihn mitten ins Herz, und es war ihre Schuld, seit diesem Zeitpunkt hat sie nie einen anderen Mann in ihre Nähe gelassen. Es könnte ja genauso enden wie damals.

Greylen merkte es sofort. Die Stimmung im Raum wurde von Kummer durchflutet. Ein Blick auf Elli bestätigte sein Gefühl. Die Kinder hatten es auch bemerkt und gingen zu ihrer Mutter, um sie auf andere Gedanken zu bringen. Greylen machte es wütend. Der Gedanke allein, dass es irgendjemanden gibt, der dieser Frau Kummer bereitet, brachte ihn fast aus der Fassung. Wenn er denjenigen in seine Finger bekommt, wird der es noch bitter bereuen, Elli solch seelischen Schmerz fühlen zu lassen. Wie Greylens Gefühle, so war auch das Wetter draußen. Der Wind heulte wütend auf und brachte eisigen Regen mit sich. Einige Minuten später besänftigte sich die Stimmung wieder. Die Kinder haben es geschafft, ihre Mutter auf andere Gedanken zu bringen. Um sich selbst auf andere Gedanken zu bringen und um zu erfahren, wie Elli sich das Zusammenleben mit ihm vorstellt, setzte er sich zu ihr, um zu reden. Die Kinder entschuldigten sich und verließen die Küche, um die Spiele zu holen. „Elli, ich hätte noch eine Frage an dich." „Und die wäre?" „Eigentlich wollte ich mich nur vergewissern, ob du weißt, auf was du dich da einlässt, wenn du mich hier wohnen lässt." „Ja, ich glaub, das weiß ich." „Ich weiß nur nicht, ob dir die Tragweite bewusst ist. Es könnte durchaus sein, dass du lange Zeit keine Gäste mehr hast." „Das glaub ich nicht. Ich habe hier in der Gegend das einzige Pub, auch wenn einige sich zu Hause verschanzen, gibt es noch genügend, die nach getaner Arbeit gemütlich ein Bier trinken möchten." „Da könnten sie recht haben, aber was ist mit dir? Fürchtest du nicht um ihren Ruf oder um dich und deine Kinder?" „Um mich und meine Kinder mach ich mir keine Sorgen, und geredet wird immer, das stört mich nicht. Außerdem schadet es nicht, einen Mann im Haus zu haben." „Das sehen die Leute im Dorf aber anders." „Du musst ihnen ein wenig Zeit lassen, um sie besser kennenzulernen, dann sehen sie sicher auch das, was ich sehe." „Und das wäre?" Greylen blickte Elli ängstlich und erwartungsvoll an. Er hatte Angst. Was würde sie sagen, würde sie ihn anlügen?

Dieser Blick ließ Elli alle Bedenken über Bord werfen. Sie schaute ihm tief in die Augen, um ihm zu signalisieren, dass für sie eine Lüge nicht infrage käme. „Greylen, du bist ein gut aussehender, sympathischer Mann, der sein Herz am richtigen Fleck trägt, und wenn du den Bewohnern in diesem Ort dasselbe zeigst wie mir, dann können sie gar nicht anders, als dich zu mögen." Greylen lehnte sich entspannt zurück, ohne den Augenkontakt zu unterbrechen. „Danke für das Kompliment und deine Offenheit. Ich weiß gar nicht, womit ich mir das verdient habe." „Du warst freundlich und hilfsbereit, und ich kann sagen, dass ich eine gute Menschenkenntnis besitze, und ich sehe nichts Schlechtes an dir." „Vielleicht hast du dich aber diesmal geirrt?" „Wenn ich mich geirrt habe, dann kümmere ich mich darum, wenn es so weit ist." „Na, das ist aber eine außergewöhnliche Einstellung." „Ich bin auch nicht gewöhnlich." Elli grinste ihn schelmisch an. „Das würde ich auch nie behaupten." Greylen grinste schelmisch zurück. Als alles besprochen war und die Kinder mit ihren Spielen herunterkamen, gingen sie ins Kaminzimmer. Greylen holte noch etwas Holz von draußen, und Elli bereitete für jeden noch eine Portion Eis zu, bevor die Spiele anfangen konnten.

Die Stimmung war ausgelassen und fröhlich. Sie hatten viel zu lachen. Da die Spiele auf Deutsch waren, hatte Greylen anfangs große Probleme damit. Deutsch, kann man sagen, ist eine schwere Sprache. Die Übersetzung ins Englische brachte aber viele Lacher. So ging es bis mitten in die Nacht hinein. Bis die Kinder ihr Gähnen nicht mehr unterdrücken konnten. Elli brachte die

Kinder ins Bett mit dem Versprechen, Greylen zum nächsten Spielabend wieder einzuladen.

Greylen bereitet in der Zwischenzeit für sich und Elli eine Tasse Kaffee und legte noch Holz aufs Feuer. Währenddessen kreisten seine Gedanken immer wieder um die wunderschöne Frau, die gerade ihre Kinder ins Bett brachte. Es ist irgendwie seltsam, er spürt eine sehr enge Verbindung zu Elli, und es irritiert ihn. Und was ist mit diesem Leuchten? Sie scheint von innen heraus zu strahlen. Ein Strahlen, das alle, die in ihrer unmittelbaren Nähe sind, beeinflusst. Hat sie wie er auch Fähigkeiten? Weiß sie deswegen, wie er sich fühlt? Wer oder was ist diese Frau eigentlich? Viele Fragen, aber keine Antworten. Aber eins wusste er, heute war er das erste Mal dankbar für seine angeborene Fähigkeit, das Wetter zu ändern, ansonsten wäre er hier nicht gelandet. Bei einer Familie, die ihn, obwohl sie ihn nicht kannte, aufgenommen hatte. Eine Familie, die, als sie festgestellt hatten, wer oder was er ist, ihn nicht einfach fallen gelassen hat, sondern ihn so akzeptierte, wie er ist. Es war so, als hätte ihn das Schicksal hierhergebracht. Er spürte eine Art Band zwischen ihm und Elli. Es fühlte sich älter an als alles, was er kannte.

Elli kam die Treppe herunter. Greylen war so in seinen Gedanken gefangen, dass er es nicht einmal bemerkte. „Darf ich fragen, über was du so nachgrübelst?" Greylen schaute irritiert hoch. „Entschuldigung, das wollte ich nicht. Ich mach mir nur sorgen um meinen Vater." Elli merkte sofort, dass er nicht die ganze Wahrheit gesprochen hat. Sie ließ ihn, denn sie wusste, dass es manchmal besser ist, nicht alles preiszugeben. „Das kann ich verstehen. Ich mach mir auch Sorgen um meine Mutter, sie ist einfach zu weit weg, und danke für den Kaffee. Es ist schön, auch mal bedient zu werden." „Gern geschehen. Das ist das Wenigste, was ich für dich tun kann." Elli wurde leicht nervös. Sie waren endlich allein, und ihr liegen ein paar Fragen auf der Zunge. Sie wusste einfach nur nicht, wie sie damit anfangen soll. Greylen unterbrach das Schweigen. Er sah, wie nervös sie wurde, und er fand es einfach hinreißend. „Elli, wieso so nervös? Du hast nichts zu befürchten von mir." „Das ist es nicht. Ich

habe ein paar Fragen und weiß nicht, ob ich sie dir stellen kann."
„Das kommt auf die Fragen an. Aber versuch es doch einfach."
„Eigentlich wollte ich mehr über dich erfahren. Ich habe zwar
schon vieles gehört, aber es ist mir zu wenig. Ich möchte wissen,
wer du eigentlich bist." Greylen blickte sie nachdenklich an. „Ich
weiß nicht, ob das so eine gute Idee ist. Es könnte sein, dass sie
mich hochkant in die Kälte verfrachtest, und es ist wirklich kalt
draußen." „Ich bin nicht der Typ, der jemanden in den sicheren
Tod schickt, mein Lieber, das müsste dir an diesem Tag klarge-
worden sein." „Tut mir leid, das weiß ich doch. Es ist nur nicht
leicht, über mich oder meiner Familie zu sprechen." „Tut mir
leid. Ich verstehe. Ich kann warten." Greylen dachte kurz nach,
bis sich Entschlossenheit auf seinem Gesicht zeigte. Elli hat das
Recht dazu, alles zu erfahren. Sie hat ihm so viel gegeben, da ist
es doch das Wenigste, ihr alles zu erzählen. Er muss seine Angst
hintanstellen und ihr die Wahrheit erzählen. Entschlossen, ihr
alles zu erzählen, schaute er ihr tief in die Augen. „Ich bin bereit.
Du sollst alles erfahren." Elli blickte ihn mit dankendem Blick an.
„Es fing alles vor langer, langer Zeit an. In einer Zeit, wo Ehen
noch arrangiert wurden. Wo die Frauen noch nichts zu sagen
hatten. Damals liebte ein Mac Donald eine Frau, die nicht für
ihn bestimmt war. Sie war eine Heilerin. Sie wohnte nicht direkt
im Dorf, sondern abgeschieden, am Rande des Waldes. Die Einwohner waren froh, dass sie nicht gerade in ihrer Mitte wohnte,
man sagt ihr magische Kräfte zu. Sie konnte Krankheiten heilen, woran man eigentlich sterben musste. Die Menschen waren
dankbar für ihre Nähe. Sie hatten aber auch große Angst vor ihr.
Mac Donald war ein Druide, wie jeder männliche Nachkommen
in unserer Familie. In dieser Zeit waren wir hochgeachtet. Wir
waren für das Überleben vieler Menschen verantwortlich. Wir
kümmerten uns um die Natur und dass genug Nahrung für jeden da ist. Wir waren sozusagen für ein gewisses Gleichgewicht
zuständig. Wir nahmen unsere Pflichten sehr ernst.

Mac Donald war schon einer anderen versprochen, einer Frau,
die sein Vater für ihn ausgewählt hatte. Er redete auf seinen Vater ein, die Abmachung zu lösen, da er sie nicht liebte, sondern

eine andere. Aber all das Reden half nichts. Sein Vater blieb stur. Diese Frau war reich an Ländern und Gold, mit dieser Verbindung wären sie fast so reich wie der König von England selbst. aber seinem Vater war aller Reichtum lieber als das Glück seines Sohnes. Mit dieser Erkenntnis beschlossen die beiden auszureißen. Sie planten alles bis ins letzte Detail, auch der Zeitpunkt wurde sorgfältig ausgewählt, doch es kam alles anders als geplant.

Sein Vater bekam Wind von der ganzen Sache. Eines Nachts, bevor der Plan in die Tat umgewandelt werden sollte, ging sein Vater zu der Frau, um ihr die ganze Sache auszureden. Er bot ihr sogar sehr viel Geld an. Sie entgegnete, sie könne nicht, die Liebe zu seinem Sohn ist zu stark, und außerdem würde sie bereits sein Kind unter ihrem Herzen tragen. Sein Vater wurde so wütend, dass er die Frau in ihrem eigenen Haus fesselte und es in Brand steckte. Er blieb und hörte sich die schrecklich schmerzvollen Schreie an, bis sie verstummten. Er blieb solange, bis das Haus niedergebrannt war und er die Überreste der Frau mit eigenen Augen sah. Sein Herz blieb kalt. Für ihn war ein Ärgernis aus dem Weg geräumt.

Sein Sohn bemerkte es am nächsten Tag, als seine Geliebte nicht am vereinbarten Treffpunkt aufgetaucht ist. Er ging zu ihrem Haus, um sie zur Rede zu stellen, doch es gab kein Haus mehr. Als er die Überreste seiner Geliebten sah, brach er voller Trauer am Boden zusammen. Tränen flossen herab und sickerten neben seiner Geliebten in die Erde. Voll Trauer und Wut auf das Leben gab er einen schmerzerfüllten lauten Schrei von sich. Sein Leben hatte ab diesem Zeitpunkt keinen Sinn mehr.

Nach einer Weile begrub er seine Geliebte neben ihrem Haus unter ihrem Lieblingsbaum und machte sich auf den Weg zu seinem Vater. Er wusste nicht, wie das passieren konnte, aber wenn es einen Schuldigen gibt, dann war es sein Vater. Dort angekommen, tat sein Vater sehr überrascht, als wüsste er nichts davon. Sein Sohn glaubte ihm, er war ja sein Vater. Gebrochen gab er dem Willen seines Vaters nach und heiratete die Frau, die sein Vater für ihn ausgewählt hatte.

In der Hochzeitnacht erschien dem frisch vermählten jungen Mann im Traum die Königin der Walküren. Zornentbrannt verfluchte sie die Familie, da sie zwei wichtige Leben zerstört hatte. Sie schilderte ihm das Verbrechen seines Vaters und dass durch dieses Verhalten die ganze Familie mit einem Fluch belastet wird. Der lautete, dass jede Frau nach dem Erstgeborenen, der immer männlich sein wird, sterben muss. Nur die reine Liebe einer Frau könnte sie von diesem Fluch erlösen.

An nächsten Morgen, noch ganz durcheinander, ob das nur ein Traum war oder doch mehr, eilte er zu seinem Vater, um ihn zur Rede zu stellen. Er erzählte ihm, wie wütend die Königin war und dass sie die ganze Familie verflucht hätte. Sein Vater bereute den schwerwiegenden Fehler, kniete sich hin und bat um Vergebung. Doch es war schon zu spät. Der Fluch blieb bis zum heutigen Tag bestehen. Jede Frau, die sich mit uns einließ, starb nach dem Erstgeborenen.

Mein Vater dachte damals, die wahre Liebe gefunden zu haben. Aber er machte einen gravierenden Fehler. Er hat ihr nichts von dem Fluch erzählt, erst als sie schwanger war, erfuhr sie davon, von einer Bediensteten. Sie verließ ihn auf der Stelle. Sie glaubte, so dem Fluch noch zu entkommen, aber es war, so wie immer, zu spät. Sie starb bei meiner Geburt. Mein Vater zog mich allein groß. Eine andere Frau kam für ihn nicht mehr infrage, denn er hat sein Herz an sie verloren." Elli sah Greylen mitfühlend an. „Und du, Greylen, hast du dein Herz bereits verloren?" „Ich dachte, ich hätte die Richtige gefunden, aber als ich ihr von dem Fluch erzählte, drehte sie sich um und ging, ohne auch nur einmal zurückzublicken. Wie naiv von mir. Ich bin schon so weit, zu denken, dass es so was wie die reine Liebe für unsere Familie gar nicht gibt." Überwältigt von seinem Kummer, ließ er die Schultern hängen und blickte auf seine zusammengefalteten Hände. Er traute sich nicht, in Ellis Augen zu blicken. Er fürchtete sich, denselben angstvollen Blick in ihr zu sehen wie in allen anderen, und bei Elli wollte er ihn nicht sehen. Jetzt fehlte noch, dass sie ihn ihres Hauses verwies. Verständlich eigentlich, aber bei ihr, der Gedanke schmerzt ihn sehr, Schatten überzogen sein Herz. Draußen fing es wieder an zu schneien, und der Wind wurde immer stärker und ließ die Fensterläden klappern.

Schweigend blickte Elli Greylen an. Es tat ihr leid, ihn so leiden zu sehen, das hat er nicht verdient, aber sie konnte auch die Reaktionen von den Frauen verstehen, es ist nicht leicht, wenn man weiß, dass man stirbt, wenn man mit diesem Mann ein Kind bekommt. Elli verstand nun seine tiefe Traurigkeit in seinen Augen und die dunklen Schatten, die nie ganz von ihm wichen. „Greylen, schau mich an, bitte!" Langsam hob er seinen Blick und sah ihr zögernd in die Augen. Was er darin sah, traf ihn tief ihn seinem Herzen. Er sah weder Angst noch Enttäuschung, sondern Zuneigung und tiefstes Verständnis. Er konnte es gar nicht glauben, aber sie fürchtete sich nicht vor ihm. „Greylen, es tut mir leid, dass du das alles durchmachen musstest, wenn ich könnte, würde ich die Zeit für dich zurückdrehen, aber das kann ich leider nicht." Die Ehrlichkeit in ihren Augen überzeugte ihn.

Vorsichtig nahm sie ihn tröstend in die Arme, etwas unbeholfen, da sie schon lange keinen Mann mehr so nahe an sich gelassen hatte. Es tat ihm gut. Sie spürte, dass er sich immer mehr entspannte. Nach einer Weile zog er sie noch fester an sich und vergrub seinen Kopf in ihr Haar. Wie ein Ertrinkender, der nach Luft schnappte, und obwohl sich Elli das nicht mehr vorstellen konnte, genoss sie es auch. Sein herb männlicher Duft hüllte sie ein. Seine Umarmung war stark und wirkte beschützend. Sie fühlte sich seit Langem wieder als Frau. Es fühlt sich richtig an, so festgehalten zu werden. Müde, wie sie war, kuschelte sie sich noch enger an ihn. Sein Herzschlag wirkte so beruhigend, dass sie nach wenigen Atemzügen einschlief.

Greylen glaubte zu träumen. Er lag hier mit einer wunderschönen Frau in seinen Armen, die alles von ihm wusste. So etwas ist ihm all die langen Jahre noch nie passiert. Ganz sanft strich er ihr eine Locke aus dem Gesicht. Sie sieht entspannt und zufrieden aus. Was Schöneres hat er in seinem Leben noch nie erlebt. Sie sieht aus wie ein Engel, der vom Himmel fiel. Für ihn ist es ein wahres Wunder. Könnte sie seine wahre Liebe sein? Sie ist einzigartig, wunderschön, stark und voller Geheimnisse. Elli ist ein großes Rätsel für ihn, aber er fühlte sich zu ihr sehr stark hingezogen. Als wären sie mit einem unsichtbaren Band verbunden.

Greylen macht sich langsam Sorgen. Das Feuer war schon ziemlich heruntergebrannt, und es wurde kühl im Raum. Eine Decke ist auch nicht in der Nähe. Er wollte sie nicht loslassen, aber er musste sie in ihr Zimmer bringen. Sie soll seinetwegen nicht krank werden. Vorsichtig stand er auf und nahm Elli in seine Arme. Elli wurde davon kurz wach und murmelt im Halbschlaf: „Nein, nicht. Es ist gerade so schön." „Es wird aber kalt hier unten." „Du bist ja hier und wärmst mich." „Ich finde das keine gute Idee." „Wir sind doch Freunde. Oder?" „Ja, das sind wir." „Dann geht das schon in Ordnung." Greylen legte Elli sanft auf die Couch zurück. „Ich hole eine Decke und leg noch mal nach." „Ja, gut." Mit diesen Worten schlief sie sofort wieder ein.

Greylen steckte in der Zwickmühle. Sein Ehrgefühl sagt ihm, sie in ihr Zimmer zu bringen. Sein Herz sagt ihm, sich zu ihr zu legen und diese Zeit zu genießen, sie in den Armen zu halten. Er blickte auf sie herab. Dieser Blick reichte, sein Ehrgefühl zu verabschieden. Er legte nach und holte eine Decke, bevor er Elli endlich wieder in die Arme schließen konnte. Zufrieden wie noch nie schlief auch er in wenigen Minuten tief und fest ein.

Es war noch finstere Nacht, als Elli ihre Augen öffnete. Ihre innere Uhr hatte sie geweckt. Für sie eigentlich Zeit zum Aufstehen, bevor die Kinder aufwachten. Doch irgendwer hielt sie eng umschlungen. Es war Greylen, und jetzt fiel ihr alles wieder ein. Die Geschichte, die er ihr erzählt hatte. Wie sie ihn in ihre Arme genommen hatte und dass sie ihn gebeten hat, bei ihr zu bleiben. Sie war schockiert von sich selbst. Aber eins musste sie sich eingestehen. Es ist schön, so aufzuwachen. Vorsichtig, um Greylen nicht zu wecken, windet sie sich langsam aus seiner festen Umarmung heraus. Als sie es geschafft hat, schaute sie ihn noch einige Sekunden lang an. Für sie war er der perfekte Mann, der auch noch gut roch. Doch war dieser Mann nicht für sie gedacht. Sie konnte keine Beziehung mehr eingehen, das hat ihr die Vergangenheit gezeigt. Elli hatte ein Geheimnis, mit dem andere Menschen nicht zurechtkamen. Der Vater von den Kindern starb daran, als er davon erfuhr. Er war so überrascht, dass er einen Herzinfarkt erlitt. Damals wollte sie keine Geheimnisse mehr zwischen ihrem Mann und sich selbst, noch dazu, weil die Kinder dasselbe Problem hatten. Als er es erfuhr, stieg er ins Auto, fuhr fort und starb. Er ist nur ihretwegen gestorben, und das konnte sie sich niemals verzeihen. Mit einem leisen Seufzer drehte sie sich um und ging in die Küche, um das Frühstück vorzubereiten. Elli saß bereits bei ihrem Frühstückskaffee, als sie oben leises Fußgetrappel hörte. Sie hörte, wie sie leise tuschelnd an Greylen vorbeischlichen, um dann mit hungrigen Augen in der Küche zu stehen. „Guten Morgen, Kinder!" „Guten Morgen, Mama! Wieso schläft Greylen draußen auf der Couch?" Elli schmunzelte. „Ich habe keine Ahnung, da müsst ihr ihn schon selbst fragen." „Mama, gestern Abend hatten wir sehr viel Spaß. Es hat uns an früher erinnert, als Papa noch lebte." „Ja, es war wirklich ein schöner Abend, aber gewöhnt euch nicht daran, Greylen ist nur so lange hier, bis die Straßen wieder frei sind." „Ja, Mama das wissen wir doch." „Was haltet ihr davon, ihn aufzuwecken? Wäre schade, wenn er das Frühstück verpassen würde." „Machen wir gern, aber du musst mitkommen." Gemeinsam schlichen sie sich an Greylen heran, um ihn laut aufzuwecken. „Guten Morgen, Greylen. Frühstück ist fertig!" Greylen schlug die Augen auf und sah in drei Augenpaare, die ihn angrinsten. „Guten Morgen, ihr drei." Greylens Stimme ließ sanfte Schauer über ihren Rücken gleiten. Mit zärtlichem Ausdruck in seinen Augen blickte er Elli tief in die Augen. „Und wie habt ihr geschlafen?" Elli antwortete für alle. „Danke, gut. Das Frühstück ist fertig. Wir wollen doch nicht, dass du das verpasst, es soll doch die wichtigste Mahlzeit am Tag sein." „Danke, Frühstück ist immer gut." Gemeinsam gingen sie in die Küche, wo sich sofort alle aufs Frühstück stürzten. Nach dem Frühstück einigten sie sich, dass die Kinder zu Hause bleiben dürfen und Greylen ihnen dafür Nachhilfe in Gälisch gibt, natürlich müssen sie auch noch den Laden auf Vordermann bringen. Als alles besprochen war, gingen sie gemeinsam rüber. Greylen wischte mit den Kindern Tische und Stühle ab und machte danach den Boden sauber. Greylen hielt sein Versprechen und brachte den

Kindern während der Arbeit Gälisch bei. Als vorne alles fertig war, schickte Elli die Kinder zum Spielen. Sie und Greylen brachten die Bar noch in Ordnung. Da sie am Vortag ausgemacht hatten, dass Greylen in seiner Anwesenheit Marie vertreten wird, zeigte Elli ihm noch die wichtigsten Dinge, die man hinter der Bar wissen sollte.

Zu zweit hinter der Bar war es ziemlich eng. Elli war das vorher noch nicht so aufgefallen, aber jetzt, wo Greylen so nah bei ihr stand, liefen ihr bei jeder zufälligen Berührung angenehme Schauer über den Rücken, und ihr Herz schlug schneller. Sie wurde zunehmend nervöser. Greylen merkte ihren Stimmungswechsel, und er fand es einfach entzückend. Es war aber auch ziemlich eng hier hinten, man konnte sich kaum umdrehen, ohne sich unabsichtlich zu berühren. Er fand es wunderschön, so nah bei ihr zu sein. Sie roch nach Lavendel. Ihre Lippen luden zum Küssen ein, und in ihren blauen Augen strahlte ihm eine solche Kraft entgegen, dass es ihm fast den Atem verschlug. Er wollte sie sofort in die Arme nehmen und in ihrem Duft versinken und nie wieder loslassen. Elli bemerkte Greylens sehnsuchtsvollen Blick. Es gefiel ihr, aber sie musste es beenden, bevor irgendjemand es bereuen wird. Sie entschloss sich, die Lehrstunde zu unterbrechen und hoffte, dass es für heute Abend reichen wird. „Ich glaub, das reicht für heute. Der Rest wird sich von selbst ergeben. Was hältst du noch von einer Tasse Kaffee?" Greylen brauchte einige Sekunden, um seinen Blick von ihren wunderschönen Lippen abzuwenden, um sich auf ihre Frage zu konzentrieren. Nach einem Räuspern antwortet er. „Oh, danke, Kaffee hört sich gut an." Elli holte zwei Tassen Kaffee und setzte sich Greylen gegenüber. Er schaute sie nachdenklich an. „Greylen, was ist los? Hast du Bedenken wegen heute Abend?" „Nein, das ist es nicht. Ich dachte gerade an dich, und mir ist aufgefallen, dass du über mich schon einiges weißt, aber ich weiß nichts über dich, außer ein paar Kleinigkeiten." „Was willst du denn wissen?" „Nun ja! Du bist eine attraktive Frau, und mich wundert es, dass du noch allein bist. Bei dir müssten die Männer eigentlich Schlange stehen." „Na ja! Es gibt einige Männer, die nur ihre eigenen Kinder haben wollen, und von dem Rest, der übrig bleibt, war der Richtige noch nicht dabei." „Der Richtige? Was für eine Vorstellung hast du von deinem Richtigen?" „Ich habe keine Ahnung. Ich weiß nur, dass ich es fühlen muss und dass es mehr sein sollte als Schmetterlinge im Bauch." „Fühlen? Was genau meinst du damit?" „Das kann man nicht erklären, dass fühlt man genau hier." Elli legte ihre Hand direkt auf Greylens Herz. Instinktiv legte er die seine über ihre. Seine Aura verband sich mit ihrer. Eine machtvolle Energiewelle schlug über beide ein, als sich ihre Auren verbanden. Greylen und Elli schauten sich tief in die Augen, beide waren wie hypnotisiert voneinander. Ihre Lippen kamen sich immer näher, sie konnte seinen Atem auf ihrer Haut spüren, und sie wollte ihn küssen. Von Weitem hörte sie Kinderlachen. In diesem Moment erwachte sie aus ihrer Trance. Sie schüttelte den Kopf, stand erschrocken auf und machte einen Schritt zurück. Der Stuhl fiel mit polterndem Geräusch um. Sie blickte Greylen mit weit aufgerissenen Augen an, drehte sich um und lief in die Küche. „Was hätte ich da fast gemacht?" „Wie ist es überhaupt so weit gekommen?" Elli klammert sich mit beiden Händen am Küchentisch fest. Sie konnte gar nicht glauben, dass sie so die Fassung verlieren konnte. So etwas ist ihr bisher noch nie passiert. Und was war das für eine eigenartige Energie? Es war die machtvollste Energiequelle, die sie je gespürt hatte. Einladend, aber gleichzeitig auch furchteinflößend. So viel Macht sollte keiner besitzen. Wenige Minuten später hörte sie die Kinder. Sie ging zum Waschbecken, spritzte sich kaltes Wasser ins Gesicht und setzte ein Lächeln auf. Egal, was das auch war. Die Kinder brauchten nichts davon zu erfahren. „Mama! Wir haben Hunger." „Tut mir leid. Es wird noch ein wenig dauern. Ihr könnt euch inzwischen ein paar Kekse nehmen, aber nicht zu viel." „Danke, Mama." Und schon waren sie wieder weg.

Elli fing an zu kochen, und dabei schweiften ihre Gedanken immer wieder zu dem zuvor Geschehenen. Sie hätte fast einen Mann geküsst und seine Augen. Sie hätte sich in ihnen fast verloren. Was ist nur los mit ihr? Das kann nur mit den Hormonen zu tun haben. Es ist doch schon eine lange Zeit her, dass sie einem Mann so nah war, und Greylen ist ein Traum von einem Mann, das kann einem schon die Sinne verwirren. Ob er auch diese Energie wahrgenommen hat? Oder war das nur eine Einbildung? Nein! Diese starke Energie konnte keine Einbildung sein, aber was hat das alles zu bedeuten? Seit dieser Mann hier eingetroffen ist, ist nichts mehr so, wie es war.

Greylen stand verdutzt im Zimmer und blickte in die Richtung, in der Elli gerade verschwunden ist. Was war das nur für eine starke Energie? Kommt diese Kraft vielleicht von Elli? Nein, das kann nicht sein. Er spürte zwar etwas an ihr, aber das kommt nicht annähend an diese Energie ran. Aber was er wusste war, dass sie sich fast geküsst hätten. Er hätte liebend gerne von ihren vollen Lippen gekostet, aber konnte er ihr das antun? Trotz allem lächelte er. Es gefiel ihm, was für eine Wirkung er auf Elli ausübt, denn sie hat dieselbe Wirkung auf ihn. Um sich noch mal zu versichern, ging Greylen hinter Elli her in die Küche. „Elli, kann ich dir bei irgendetwas behilflich sein?" Elli wurde leicht nervös. Seine Nähe hat was Berauschendes, aber auch gleichzeitig Furchteinflößendes. Sie eilte hastig in der Küche umher und vergaß dabei fast, die Kartoffeln vom Herd zu nehmen. „Nein, nein danke. Ich sag Bescheid, wenn das Essen fertig ist." „Okay, wie du meinst!" Greylen war zufrieden. Er hat sich nicht getäuscht. Mit einem Lächeln auf den Lippen dreht er sich um und ging in sein Zimmer, um sich frisch zu machen.

Als Greylen endlich ging, holte Elli erst mal tief Luft. Sie brauchte noch ein wenig Zeit, um das Geschehene zu verarbeiten. Sie kam zu dem Schluss, dass es nur an ihren Hormonen liegen konnte, die sich hin und wieder mal bemerkbar machten. Heute wurde sie regelrecht überrumpelt von ihnen. Als das Essen fertig war, rief sie alle. Die Stimmung bei dem Essen war wieder normal. Greylen brachte den Kindern sogar noch ein paar Worte Gälisch bei. Nach dem Essen erledigte Elli noch ein paar Kleinigkeiten im Haushalt. Sie setzte sich danach zu ihren Kindern, um auch das schottische Märchen anzuhören, das Greylen gerade anfing zu erzählen. Während Elli versuchte, Greylen zuzuhören, wurde sie öfter von seinen Lippen abgelenkt. Wie hätte es sich wohl angefühlt? Seine Lippen waren so einladend und sinnlich. Würde ein Kuss wirklich so viel verändern?

Während der Geschichte musste Greylen unterbrechen. Es war Zeit, die Bar zu öffnen. Die Kinder kamen mit. Sie halfen Greylen, bis Elli sie hinauf ins Bett schickte. Greylen ging mit, um ihnen die Geschichte zu Ende zu erzählen. Elli bediente weiter. Dieses Lokal besteht hauptsächlich aus Stammgästen. Einige kommen alle Tage. Einige kommen nur hin und wieder. Sie kommen vom Dorf und der umliegenden Umgebung. Bei diesem Wetter erwartet sie sich nicht gerade viele Leute, was ihr und Greylen nur zugutekommen wird.

Robin, ein alter Stammgast, betrat das Lokal. Er hat mit dem ehemaligen Besitzer gemeinsam die Schule besucht, und der ist schon vor zwei Jahren in den Ruhestand gegangen. Obwohl er nicht mehr der Jüngste war, fand sie es nett, dass er hin und wieder nach dem Rechten schaut. Er war wie ein Großvater für sie, und das zeigte sie ihm auch. Sie ging ihm entgegen, umarmte ihn und gab ihm einen dicken Kuss auf sein behaartes Gesicht. Seine grauen Haare standen in alle Richtungen ab. Seine Falten sagten ihr, dass er ein glücklicher Mann war. Sie machte sich dennoch Sorgen um ihn und schimpfte mit ihm und erklärte ihm, ohne seinen Stolz zu verletzten, dass er mit seinem Alter lieber zu Hause bleiben sollte bei diesem Wetter, aber umso älter sie werden, umso sturer wurden sie auch. Sie geleitete ihn ans Feuer und brachte ihm sein Lieblingsbier. „Elli, mir ist zu Ohren gekommen, dass du einen Mann beherbergst?" Sie hätte es wissen müssen. Weswegen hätte auch sonst Robin das Haus verlassen? Sie war leicht angesäuert. „Ja, das habe ich! Und ich hätte es mir eigentlich gleich denken können. Wieso solltest du sonst bei diesem Wetter ein Bein vor die Tür setzen." „Elli, bitte sei nicht verärgert. Ich mach mir einfach nur Sorgen um dich. Weißt du eigentlich, was für ein Ruf dieser Mister Mac Donald hat?" Robins schuldbewusster Gesichtsausdruck reichte, um nicht mehr

böse auf ihn zu sein. „Ich bin nicht böse auf dich. Nur leicht enttäuscht. Greylen ist kein schlechter Mann, und natürlich weiß ich
über ihn Bescheid. Seit er hier wohnt, war er immer hilfsbereit
und zuvorkommend. Ich könnte nichts Schlechtes über ihn sagen, und wenn wir schon dabei sind, kannst du dir ja selbst ein
Bild von ihm machen. Er vertritt nämlich Marie in ihrer Abwesenheit." In diesem Moment kam Greylen in die Gaststube
und lächelte Elli entgegen. Robin schaute Elli entsetzt an, fasste
sich aber gleich wieder, als Greylen sich neben sie stellte. „Elli,
die Kinder wollen, dass du kommst." „Danke, Greylen! Wenn
irgendetwas ist, ruf mich!" Elli drehte sich, mit einem warnenden Blick auf Robin gerichtet, um und ging.

Greylen stand jetzt einem Gast gegenüber, der sein Vater, wenn
nicht sein Großvater sein könnte. Er wurde von oben bis unten
misstrauisch gemustert, und um Elli nicht zu enttäuschen, nickte er nur höflich und ging hinter die Bar. Es war nicht leicht für
ihn. Die Gäste musterten ihn ängstlich. Er bemühte sich zwar,
eine freundliche Miene aufzusetzen und höflich zu sein, aber innerlich zog sich eine Eisschicht über sein Herz. Erst als Elli wieder auftauchte und sie ihn mit einem liebevollen Blick anschaute,
ging es ihm wieder besser. Für diesen Blick würde er alles tun.

Elli bemerkte die dunklen Schatten, die sich über das Lokal
ausbreiteten, und es ging von Greylen aus. Es tat ihr leid. Sie wusste, dass es nicht leicht war für Greylen, und sie war stolz auf ihn,
dass er trotz allem zu jedem freundlich war. Doch die Schatten
zeigten sein wahres Inneres. Sie ging zu ihm, umarmte ihn und
hauchte einen kleinen Kuss auf seine Wange. Das reichte aus, um
die Schatten für diesen Moment zu verbannen. Die Stimmung
im Lokal wurde wieder besser.

Je später der Abend, umso voller wurde es. Es schien, als wäre
das ganze Dorf gekommen. Greylen und Elli meisterten es, als
wären sie schon ewig ein eingespieltes Team. Sie schafften es, alle
Gäste zufriedenzustellen. Elli wunderte sich nur über die Men-
schenmenge. Es hatte den Anschein, als hätte die Neugier über
die Angst gesiegt, und sie war froh darüber. Die Stimmung wurde immer ausgelassener und die Leute gesprächiger. Zum Schluss

war Greylen nicht mehr Mister Mac Donald, der Druide, sondern nur noch Greylen. Ein freundlicher, sympathischer Mann.

Greylen konnte es kaum glauben, dass die Menschen ihre Meinung ihm gegenüber so schnell geändert hatten, und das alles nur dank Elli. Mit ihrer lockeren Art und wie sie mit den Gästen umging, damit hat sie es geschafft, ihn in ein gutes Licht zu stellen. Er allein hätte es nie geschafft. Sie hat sein bisher ödes Leben um hundertachtzig Grad auf den Kopf gestellt, und er schuldet Elli einiges dafür.

Die Leute kamen und gingen. Zur Sperrstunde um Mitternacht waren auch die letzten auf dem Weg nach Hause. Sie machten noch alles sauber und trafen letzte Vorbereitungen für morgen, bevor sie sich endlich hinsetzen und die Füße hochlegen konnten. Beide genossen die Stille nach dem Getümmel. Sie saßen eine Weile nebeneinander, ohne auch nur ein Wort zu wechseln. Sie waren müde, aber auch zufrieden, dass der Abend so gut verlaufen ist. Nach einigen Minuten der Ruhe nahm Greylen Ellis Hand, beugte sich zu ihr rüber und schaute ihr tief in die Augen. „Elli, danke für diesen Abend. Du weißt gar nicht, was du heute für mich getan hast. Ich stehe tief in deiner Schuld." Elli wurde nervös. Sie spürte wieder diese Energie. Es fühlt sich warm und einladend an. Gefühle der Leidenschaft regten sich tief in ihr. Diese Gefühle waren beängstigend, aber gleichzeitig auch schön. Greylens Augen strahlten. Es lag so viel Zärtlichkeit darin, dass es ihr die Sprache verschlug. Sie versank regelrecht in seinen Augen. Ihre Lippen kamen sich immer näher, bis sie sich berührten. Strahlende Energie durchflutet den Raum. Elli ließ sich von seiner Kraft und Wärme überspülen. Er küsste so, wie er aussah. Ziemlich überwältigend. Seine Zunge fuhr über ihre Lippen, und ein elektrisches Schaudern überlief Elli. Sie vergaß ihre und seine Probleme. Sie vergaß, wo sie war. Das Einzige, was für Elli in diesem Moment existierte, war das Gefühl, ganz in Greylen MacDonalds Armen eingeschlossen zu sein. Er roch nach Mann, fühlte sich fest an wie ein Fels, schmeckte warm und süß und sehr männlich. Ihre Sinne trieben in chaotischen Wirbeln herum. Nichts in Ellis beschränkten Erfahrungen mit

Männern hätte sie darauf vorbereiten können, was sie jetzt spürte. Die Leidenschaft überwältigte sie, doch sie legte die Hände auf seine Schultern – und schob ihn weg. Greylen schüttelte den Kopf, um wieder zu sich zu kommen. Er blickte in ihre Augen, und was er da sah, gefiel ihm nicht. Er sah Angst. Es tat ihm leid, dass er sich so gehen ließ. Er hätte ihr nie so nahekommen sollen, aber irgendwie konnte er in dem Moment, als sich ihre Lippen berührten, nicht mehr klar denken. Er wäre bis zum Äußersten gegangen, und das hätte sie nicht verdient. Kein Wunder, dass sie Angst hat. Vor lauter Schuldbewusstsein konnte er ihr nicht mehr in ihre Augen sehen. Er starrte auf den Boden und raufte sich vor lauter Kummer die Haare. Er hat es vermasselt. Die bisher glücklichsten Momente in seinem Leben, einfach vermasselt.

Elli konnte es gar nicht glauben. Sie, die den Männern abgeschworen hatte, wirft sich einem Mann an den Hals. Einem Mann, den sie gerade erst einen Tag kennt. Was ist nur los mit ihr, und was wird Greylen von ihr denken? Sie hat schon genug Geheimnisse zu hüten und Probleme zu lösen. Ein Mann würde alles nur noch verkomplizieren. Verstohlen blickt sie zu Greylen rüber. Er wirkt verzweifelt, aber wieso? Nach einer Weile wusste sie es. Der Fluch, er macht sich Sorgen um sie. Sein Kummer hüllt sie ein wie ein schwerer Mantel, und es tat ihr leid. Elli probierte mit sanfter Stimme, Greylen aus seiner Trübsinnigkeit zu holen. „Greylen, bitte schau mich an." Greylen konnte es nicht glauben, als er Ellis Stimme hörte. Statt wütend oder ärgerlich klang sie sanft und voller Mitgefühl. Greylen schaute zu ihr hoch, direkt in ihre Augen. Sie leuchteten warm und einladend. Mit dieser Reaktion hatte er nicht gerechnet. „Elli, es tut mir leid. Ich habe dich in Gefahr gebracht. Wenn du mich jetzt loswerden willst, kann ich das gut verstehen." Elli umfasste zärtlich, mit beiden Händen, sein Gesicht. „Greylen, ich will dich nicht loswerden. Du bist nicht schuld daran, was eben passiert ist. Ich bekam Angst vor mir selbst." Verwundert starrte er sie an. „Ja, du hast richtig gehört. Ich hatte Angst. Wir haben uns geküsst, und ich sah nur noch uns beide, in helles Licht getaucht. Ich habe meine Kontrolle verloren und meine Prinzipien über Bord geworfen. In dem Moment, als mir das klar wurde, fühlte ich mich schäbig." Greylen nahm Elli tröstend in die Arme. Er verstand es nicht. Wie kann jemand sich solche Prinzipien auferlegen? Eins verstand er jetzt aber. Sie hatte kein einfaches Leben, und sie brauchte genauso viel Trost wie er. „Elli, eins verstehe ich nicht. Ich habe dich in Gefahr gebracht. Eigentlich müsstest du mich hassen." Elli blickte ihn verwundert an. „Hassen, nein. Wieso sollte ich?" „Wenn wir zum Äußersten gegangen wären, wärst du sofort schwanger geworden und nach der Geburt des Kindes gestorben." Elli lächelt ihn an. „Kann sein, oder auch nicht, wer weiß." So viel Zuversicht verstand er nicht. „Hast du keine Angst vor dem Tod?" „Wenn ich es leugnen würde, würde ich mich selbst anlügen. Ich hätte Angst um meine Kinder, aber nicht meinetwegen. Ich hatte schon Kontakt mit dem Tod. So unangenehm fühlte es sich nicht an. Außerdem glaube ich, dass man es nicht selbst bestimmen kann, wenn es soweit ist." Was sie verschwieg war, was sie damals gerettet hat. Zufrieden und erleichtert über diese Antwort drückte er Elli noch näher an sich. Sie nahm es dankend an und genoss die feste Umarmung. Vor Erschöpfung schliefen sie gemeinsam ein.

Leises Getrippel riss Greylen aus dem Schlaf. War es wirklich schon so früh am Morgen? Nach dem Kinder-Gekicher auf jeden Fall. Was werden sie sich jetzt wohl denken? Greylen schlug die Augen auf. „Guten Morgen, Kinder, gut geschlafen?" Mia und Lisa guckten Greylen skeptisch an. „Wir schon, und ihr?" „Danke der Nachfrage. Ich habe ausgezeichnet geschlafen." In diesem Moment wachte Elli auf und erschrak. Ihre Kinder waren schon wach und beäugten sie. Ach Gott, ist das peinlich. Wie soll sie ihnen das bloß erklären? Wie konnte sie nur so lange schlafen? Aber sie wusste es ja bereits. In Greylens Armen fühlte sie sich so geborgen, dass nicht mal die morgendlichen Albträume eine Chance hatten, sie zu wecken. Jetzt musste sie sich nur noch eine gute Ausrede einfallen lassen, wieso sie hier geschlafen haben, und es sollte auch noch glaubwürdig klingen. Das wird nicht gerade leicht, nach ihrem skeptischen Blick zu beurteilen. Elli sprang auf umarmte ihre Kinder und gab ihnen jeweils einen Guten-Morgen-Kuss, danach gingen sie alle in die Küche, um das Frühstück vorzubereiten und um ihnen die Situation zu erklären.

Greylen nutzte die Gelegenheit und ging in sein Zimmer, um sich frisch zu machen. Er wollte Elli Zeit geben, um den Kindern die Situation zu erklären. Was nach dem, wie die Kinder sie vorgefunden haben, nicht leicht wird. Außerdem wurde es Zeit für ihn, seine Gedanken zu ordnen, die sich nur um Elli drehen. Die gestrige Nacht hat sich schier in sein Gehirn gebrannt. Er spürte jetzt noch ihre Lippen auf den seinen, und ihr Geruch haftet überall an ihm. Er fand es schade ihren lieblichen Duft abzuwaschen, aber was sein muss, muss sein.

Als Elli mit den Kindern in der Küche angekommen ist, wurde sie auch gleich mit Fragen bombardiert. „Wieso hast du mit Greylen auf der Couch geschlafen?" „Ist Greylen jetzt dein fester Freund?" „Habt ihr euch geküsst?" Ellis Kopf drehte sich von einer zu anderen. Ihr ging das alles viel zu schnell. „Stopp, meine Lieben. Ich werde euch alles erklären, aber alles mit der Ruhe." Elli stellte das Frühstück auf den Tisch und machte frischen Kaffee, und erst als Elli ihren ersten Schluck Kaffee hatte, fing sie an, ihre Fragen zu beantworten. „Okay, Kinder! Es war nicht so, wie es ausgesehen hat. Greylen und ich sind nur Freunde. Wir beide saßen nach der Arbeit noch eine Weile beieinander und haben geredet. Vor lauter Müdigkeit schliefen wir beide an Ort und Stelle ein. Ich muss aber zugeben, dass wir einfach nur zu faul waren, um raufzugehen." „Okay, Mama, hört sich realistisch an. Auf der Couch neben dem Kamin kann es sehr gemütlich sein. Aber jetzt zu etwas anderem! Wir sollten heute eigentlich in die Schule, kannst du uns irgendwie dort hinbringen?" „Das weiß ich doch! Ich weiß nur noch nicht, ob die Straßen schon befahrbar sind." „Wir sollten es probieren, noch einen Tag fehlen, und wir hängen wieder hinterher." „Na ja, mit Schneeketten müssten wir es eigentlich schaffen, und ich sollte auch noch ein paar Kleinigkeiten erledigen. Na, dann macht euch fertig! In fünfzehn Minuten fahren wir los." Elli schrieb Greylen noch einen Zettel, und dann waren sie auch schon fort.

Greylen war gerade fertig, als er eine Autotür zuschlagen hörte. Er schaute aus dem Fenster und sah gerade noch Elli, wie sie aus der Einfahrt fuhr. Was soll das? Will sie sich und die Kinder unbedingt in Gefahr bringen? Er war wütend, bei diesem Wetter sollte sie nicht mit dem Auto fahren. Sie sollten zu Hause bleiben. Er hätte doch fahren können. In der Küche angekommen, sah er an der Kaffeekanne angelehnt einen Brief, den er auch sofort öffnete.

Lieber Greylen
Bringe die Kinder in die Schule und werde noch ein paar Kleinigkeiten erledigen. Sind bald wieder zurück. Fühle dich wie zu Hause. Bis bald, Elli, Mia und Lisa.

Er goss sich eine Tasse Kaffee ein und setzte sich. Auf Frühstück hatte er keine Lust. Er war immer noch wütend und machte sich Sorgen. Elli hat das zustande gebracht, wo sein Vater gescheitert ist. Sie hat ihm sein Lachen wiedergegeben. Sie besitzt eine große innere Kraft, die sein Herz berührt. Wenn ihr jetzt irgendetwas passieren würde, würde er alles wieder verlieren, und wer weiß, ob er sich dann wieder erholt. Frustriert ging er ins Kaminzimmer und legte sich auf die Couch. Es roch nach Elli. Dieser Duft stimmte ihn friedlich. Mit schönen Gedanken an die gestrige Nacht schlief er tief und fest ein.
Elli verabschiedete sich vor der Schule bei den Kindern und fuhr dann los, um ihre Kleinigkeit zu erledigen. Diese Kleinigkeit war für Elli mehr als nur eine Kleinigkeit. Diese Kleinigkeit war ein Grund, dass sie hier gelandet sind, und diese Kleinigkeit gab ihr Ruhe und Frieden. Diese Kleinigkeit lag in der Nähe ihres Zuhauses. Unterwegs genoss sie den Anblick der hügeligen Landschaft. Alles war mit Schnee bedeckt, und die Sonnenstrahlen brachten alles zum Funkeln. Für Elli war dieses Land etwas ganz Besonderes, egal was auch immer für ein Wetter gerade herrsche. Einfach ausgedrückt. Sie liebte dieses Land, und sie würde nie wieder von hier wegziehen, für nichts auf dieser Welt. Sie blieb am Fuße eines Hügels stehen. Ihr Ziel: eine majestätische

alte Eiche am höchsten Punkt des Hügels. An diesem besonderen Ort, bei diesem besonderen Baum ist das Klima immer angenehm mild. Warmer Wind mit reinigender Energie säuselt um diesen Ort. Elli wusste oder spürte es vielmehr, dass diese wunderbare Energie direkt von der alten Eiche stammte. Hier fühlte sie sich geborgen. Sie wusste auch, dass sich dieser Ort nur bestimmten Menschen zeigt. Sie und ihre Kinder gehörten zu diesen Menschen. Für sie war es eine Ehre, zu diesen Menschen zu gehören. Dieser Baum mit der unsagbaren angereicherten positiven Energie war nicht nur magisch, sondern auch ihr bester Freund. Die alte Eiche weiß Geheimnisse, die sie sonst nie jemandem anvertrauen könnte, und mit ihrer Art half sie ihr. Ihre Kinder fühlten es auch. An manchen trostlosen Tagen möchten sie selbst an diesen Ort, dann fuhren sie los und kamen fröhlich und mit vollem Tatendrang wieder nach Hause. Für Elli war heute so ein Tag. Sie war durcheinander. Ihre Gefühle spielten ihr einen Streich, und sie wusste nicht, wie sie damit umgehen sollte. Die Bilder von letzter Nacht, ihre Gespräche, diese Energie, die auf-tauchte, wenn sie und Greylen sich näherkamen, der Fluch und ihre Kinder, all das stieg ihr zu Kopf. Sie hatte Angst und fühlt sich hilflos. Sie vermutete, dass sich ihr Leben wieder mal um hundertachtzig Grad drehen würde, und sie kann nichts dage-gen tun. Sie setzte sich nieder und lehnte sich an die alte Eiche. Energie, direkt vom Baum, strömte durch ihren ganzen Körper hindurch. Sie genoss die Wärme und die Stärke, die sich in ihr ausbreitete. Das Gefühl der Angst und Hilflosigkeit ließ nach. Sie konnte wieder klar denken. Sie saß zwei Stunden an diesem Ort und ließ ihren Gedanken freien Lauf. Sie bekam zwar keine Antworten, aber ihr war um einiges leichter ums Herz. Sie ent-schloss sich, alles dem Schicksal zu überlassen. Dankbar verab-schiedete sie sich, ging zum Auto und fuhr los, um die Kinder von der Schule zu holen.

Die Kinder freuten sich, denn das hatten sie nicht erwar-tet. Sie plapperten auch gleich drauf los, Teenagergerede eben. Elli musste leicht schmunzeln, als sie ihnen zuhörte. Es erinner-te sie an ihre eigene Teenagerzeit. Sie wusste aber auch, dass es ihre Kinder nicht leicht hatten, sie mussten schon bald lernen, ein Geheimnis zu bewahren, und das ist für Kinder nicht gerade leicht. Deswegen lächelte Elli. Trotz Geheimnis verhalten sie sich wie normale Kinder, aber für wie lange? In einigen Jahren gehen sie ihre eigenen Wege, und dann? Elli riss sich aus ihren trübsinnigen Gedanken. So weit wollte sie noch nicht denken. Beim Nachhauseweg nahmen sie noch Pizza für alle mit. Zum Kochen war es eindeutig schon zu spät.

Greylen tigerte nervös durchs Haus. Er machte sich Sorgen. Es ist schon spät. Sie hat doch geschrieben, sie wäre bald wieder zurück. Vielleicht ist etwas passiert? Vielleicht will sie ihm aber auch nur aus dem Weg gehen? Verständlich wäre es. Elli ist zwar eine starke Frau, aber die ganzen Geschichten über ihn machen selbst ihm Angst. Wie sollte dann schon Elli damit umgehen? Die Ungewissheit machte ihm Angst, vielleicht wird sie ihn doch noch rauswerfen? Der Gedanke daran schmerzte ihn. Elli war etwas Besonderes. Ihre Energie erwärmte sein Herz. Ihr Lächeln bringt auch ihn zum Lächeln, wenn er ihr in die Augen schaut, ist es so, als wären sie ganz allein auf der Welt. Wenn er sie nie wiedersehen könnte. Wer weiß, was dann aus ihm wird? Aber er wird sich ihrer Entscheidung beugen, egal, wie sie sich auch entscheidet. Um sich abzulenken, macht er sich daran, das Lokal sauberzumachen und den Kamin anzuheizen. Mittlerweile ging es auf Mittag zu. Von Elli und ihren Kindern war immer noch nichts zu sehen. Er nahm sich ein Buch, machte es sich auf der Couch gemütlich und blätterte gelangweilt darin umher. Bis er das erlösende Geräusch von Kinderlachen und Ellis sanfte Stimme hörte. Er wartete, bis sie alle ins Kaminzimmer kamen. Es sollte doch nicht so aussehen, als säße er auf Nadeln. Als sie hereinstürmten, blickte er gelangweilt von seinem Buch hoch. „Hallo Kinder! Wie war es in der Schule?" „Hallo Greylen! War echt großartig." Und schon kam er auch nicht mehr zu Wort. Sie erzählten ihm alle Neuigkeiten. Wer mit wem, was für ein Lehrer der Hinterhältigste ist und von ihren besten Freunden. Greylen schaute währenddessen immer wieder fragend zu Elli. Obwohl Greylens Stimme ihr ein angenehmes Prickeln in der

Magengrube verursachte, stand Elli nur da und ließ sich nichts anmerken. Sie musste beim Anblick seiner Lippen daran denken, wie herrlich es sich anfühlt, von ihm geküsst zu werden und wie köstlich er schmeckte. Sie errötete leicht bei diesem Gedanken, und gleichzeitig war Elli von sich selbst schockiert, dass sie überhaupt an so was denken konnte. Sie drehte sich um und ging mit der Pizza in die Küche. Dort stellte sie Gläser und Teller auf den Tisch, bevor sie alle zum Essen rief. Die Kinder waren natürlich die Ersten. Greylen kam hinterher und blickte Elli skeptisch an. Er wollte wissen, wieso sie so lange weg war. Er machte sich Sorgen, obwohl es anscheinend keinen Grund dazu gab. Elli scheint viel ausgeglichener zu sein als zuvor. Was wohl der Grund dafür war? „Greylen, es tut mir leid wegen der Pizza. Meine Kleinigkeit hat länger gedauert als geplant." „Du brauchst dich nicht zu entschuldigen. Pizza ist doch was Gutes, wie man an den Kindern sehen kann." Beide schauten zu den Kindern und mussten lachen, als sie sahen, wie sich die Kinder mit einem glücklichen Gesichtsausdruck ihr erstes Stück in den Mund stopften, und um nicht zu kurz zu kommen, fingen auch sie an zu essen. Reden kann man ja auch später. Satt und zufrieden lehnten sie sich nach dem Essen zurück. Gegen Pizza kann man wirklich nichts sagen, dachte sich Elli, als sie in die zufriedenen Gesichter blickte. „Darf ich nun fragen, was dich so lange aufgehalten hat, Elli?" Elli wollte sich gerade eine Antwort überlegen, da antworteten auch schon die Kinder. „Mama war bei unserem besonderen Ort. Sie hat die alte Eiche besucht." Ellis Kopf zuckte schockiert hoch. Wie konnten die Kinder nur? Was soll sie nun sagen? Wie konnten die Kinder überhaupt wissen, dass sie dort war? Sie fing nervös an, mit ihren Fingern zu spielen. Eine gute Antwort wäre jetzt nicht schlecht. Greylens Kopf schnellte zu den Kindern. „Wen hat sie besucht? Eine alte Eiche? Hat sie euch gesagt, wohin sie fährt?" „Nein, das nicht, aber sie hat das gewisse Strahlen, was für uns bedeutet, dass sie dort war."

Greylen wurde neugierig. In seiner Welt als Druide gibt es Bäume, die mehr sind als nur Bäume. Man sagt sich, dass in gewissen Bäumen verloren gegangene Seelen wohnen, die als Beschützer und Berater fungieren. Sie sind nur für diejenigen spürbar, die für würdig erklärt werden und besondere Fähigkeiten besitzen. Er hat so einen Baum noch nie gespürt geschweige denn gesehen. Könnten Elli und ihre Kinder so einen Baum haben? Und wenn ja, was für Fähigkeiten wären das? Und wen von ihnen betrifft es, einen oder alle? Elli und ihre Kinder machten ihn neugierig. Er ist überzeugt davon, dass bei allem mehr dahintersteckt, als es den Anschein hat. „Ja, Kinder, ich war an unserem Lieblings-Ort. Ich brauchte ein wenig Zeit für mich selbst." „Du könntest uns aber das nächste Mal wieder mitnehmen." „Bald, wenn es wieder etwas schöner ist, dann veranstalten wir ein Picknick dort. Einverstanden?" „Ja, Picknick, das hatten wir schon lange nicht mehr." Satt und zufrieden mit dieser Antwort machten sie sich auf, um ihre Hausaufgaben zu erledigen.

Elli wusste, dass es Zeit war, Greylen ein paar Antworten zu geben. Sein fragender Blick verfolgte sie schon, seit sie angekommen waren. Sie goss sich und Greylen noch eine Tasse Kaffee ein, bevor sie sich zu ihm gesellte. „Greylen, ich hatte heute nicht wirklich etwas zu erledigen. Ich brauchte Zeit zum Nachdenken. Das Gespräch und das darauffolgende hat mir Kopfschmerzen verursacht." „Das tut mir leid, das wollte ich nicht. Wenn du möchtest, werde ich euch verlassen. Du sollst meinetwegen nicht leiden." Greylen Blick wurde leer, und die Schatten breiteten sich um ihn herum aus. „Greylen, nein! Das wollte ich nicht sagen. Ich finde es schön, dich hier zu haben. Ich weiß nur nicht, wie ich mit all dem umgehen soll." „Ich kann es dir nicht sagen. Ich selbst suche schon lange nach einer Lösung, aber ohne Erfolg. Die einfachste Lösung für dich wäre, mich einfach rauszuschmeißen." „Nein, das kommt gar nicht infrage. Ich habe lange nachgedacht, und eines weiß ich: Das ist keine Lösung. Für keinen von uns." Greylen seufzte erleichtert. Elli ist genauso, wie er es sich gedacht hatte. „Und wie soll es nun weitergehen?" „Ich weiß es nicht. Am besten wäre es, einfach nicht mehr darüber nachzudenken. Die Zeit wird das regeln." „Danke, Elli. Du weißt gar nicht, was das für mich bedeutet, aber eine Frage hätte ich da noch. Dieser Baum, die alte Eiche, an der du heute warst. Hat der Baum für dich eine bestimmte Bedeutung?" Elli zögerte kurz. „Nein, nicht wirklich. Es ist nur schön dort, mehr nicht." Greylen bemerkte Ellis Zögern, ließ es aber, weitere Fragen zu stellen. Er konnte an ihrem Gesichtsausdruck sehen, dass sie sich in dem Moment, als er ihr die Frage nach der alten Eiche stellte, verschloss. Heute reichte es sowieso. Er war glücklich, dass er noch bleiben durfte und dass er sich in Elli nicht getäuscht hatte, Weiteres wird sich schon noch finden.

Als alles besprochen war, gingen sie zur normalen Tagesordnung über. Sie gingen rüber ins Lokal, um nach dem Rechten zu sehen, aber viel war nicht mehr zu tun. Greylen hatte wirklich gute Arbeit geleistet. Die verbliebene Zeit verbrachten sie mit den Kindern. Zur Öffnungszeit gingen sie alle ins Lokal und warteten dort auf die ersten Gäste. In der Zwischenzeit unterhielten sie sich noch. Die Kinder kamen auf die Idee, bei dem nächsten Sperrtag das versprochene Picknick zu veranstalten, eben auch deswegen, weil Greylen noch hier ist und sie ihn gerne dabeihaben möchten. Elli hielt es für keine gute Idee, und Greylen wundert sich nur, dass überhaupt irgendwer in Erwägung ziehen konnte, bei diesem Wetter ein Picknick zu veranstalten. Elli hatte keine Chance. Die Kinder hatten aber auch recht. Für sie wäre es auch wieder mal gut, ihre Energien aufzuladen. Und Greylen? Vielleicht wäre es gar nicht so schlecht, ihn zur alten Eiche mitzunehmen. Der Baum möchte sie beschützen. Wenn er nicht gut wäre für sie, würde er ihr das schon deutlich zeigen. Sie vertraut der alten Eiche. Elli ließ sich von der Begeisterung der Kinder anstecken und ließ ihre Skepsis fallen. Um nicht länger zu warten und um der ständigen Fragerei, wann es endlich so weit wäre, zu entgehen, setzte sie das Picknick gleich für morgen an. Als es spät wurde, brachte Elli die Kinder ins Bett. Greylen bediente währenddessen die wenigen Gäste. Einige Minuten später hoffte Greylen schon, dass Elli nicht mehr allzu lange braucht. Die Gäste wurden stetig mehr, und ein wenig Unterstützung wäre jetzt schon angebracht. Einige wenige Gäste blickten ihn noch ein wenig ängstlich und argwöhnisch an, aber einige Wenige, die ihn schon von gestern kannten, begrüßten ihn, als gehörte er schon ewig hierher. Das erleichterte das Ganze immens. In dem Moment, als Elli die Gaststube betrat, vergaß er einen kurzen Augenblick, was er gerade machen sollte. Ihr Aussehen und die Energie, die sie umgibt, blendeten ihn förmlich. Als er ihr in die klaren hellblauen Augen schaute, war es für einen kurzen Moment so, als gäbe es nur sie und ihn. Sie war sein rettender Engel. „Greylen, die Kinder würden dir auch noch gerne gute Nacht sagen, aber bitte halte dich kurz, so wie es aussieht, reichen zwei Hände nicht mehr." „Keine Sorge! Ich werde mich beeilen."

Elli stürzte sich sofort in die Arbeit, und Greylen beeilte sich, dass er so schnell wie möglich wieder bei Elli sein konnte. Das Geschäft lief gut. Das Lokal war bis oben hin voll. Ob es an der Neugier lag oder an dem vielen Schnee, konnte Elli nicht beurteilen. Greylen blühte bei der Arbeit regelrecht auf. So wie es den Anschein hat, ist seine Familie ein wenig selbst schuld für ihre Isolation. Der Kontakt zu diesen Menschen öffnete ihm die Augen. Die Zeit verging wie im Flug. Pünktlich zur Sperrstunde ging auch dann der letzte Gast. Um morgen auch genug Zeit fürs Picknick zu haben, erledigten sie heute noch die Arbeit für morgen. Danach machten sie es sich noch mit einer Tasse heißen Kaffee auf der Couch gemütlich. „Ich bin froh, dass wir schon alles für morgen erledigt haben, auch wenn ich jetzt noch müder bin als zuvor. Es war heute ziemlich voll für einen normalen Arbeitstag, ob das wohl an dir liegt?" „Kann sein, aber ich, glaube es liegt nur am Schnee und an deiner reizenden Art." „Danke, so etwas hört man immer gerne." Elli musste lächeln bei diesem schönen Kompliment. „Elli, ich freu mich schon auf unser morgiges Picknick. Ich hoffe nur, dass es nicht zu kalt dafür ist." „Dort, wo wir sind, wird es nicht kalt sein, Greylen." „Das muss aber ein außergewöhnliches Plätzchen sein." „Für uns ist er es, ob er es für dich ist, kann ich nicht sagen. Lass dich einfach überraschen." „Jetzt hast du mich aber neugierig gemacht." „Tut mir leid, aber da musst du dich schon ein wenig gedulden, aber nun zu einem anderen Thema: Solltest du dich nicht einmal bei deinem Vater melden? Er wird sich sicher schon Sorgen machen." „Ich brauch mich nicht bei meinem

Vater melden. Er weiß bereits, wie es mir geht." „Du hast schon mit ihm telefoniert?" „Nein, das brauche ich nicht. Er kann es am Wetter sehen." „Beim Wetter? Wie soll das funktionieren?" „Na ja, du weißt ja bereits, dass ich ein geborener Druide bin, und zu unserem Erbe gehört eben auch eine besondere Fähigkeit. Meine Fähigkeit besteht daraus, das Wetter zu verändern. Leider habe ich das noch nicht unter Kontrolle. Meine Gefühle steuern das Wetter." „Ach, jetzt wird mir einiges klar. Ich habe mich schon gewundert über diese schnellen Wetterumschwünge, und es erklärt auch den Schneesturm bei deiner Ankunft." „Ja, ich gestehe. Es ist alles meine Schuld, aber es war nicht meine Absicht. Obwohl ich heute froh bin, dass es so gekommen ist, sonst hätte ich dich nicht kennengelernt." „Danke, das kann ich nur zurückgeben. Ich finde trotzdem, dass du dich bei deinem Vater melden solltest. Ich als Mutter möchte auch immer wissen, wo meine Kinder sind. Wie, glaubst du, wird sich dein Vater fühlen?" „Ja, du hast ja recht. Ich werde mich morgen bei ihm melden, versprochen." „Das finde ich gut. Greylen, ich möchte mich nochmals für deinen Einsatz heute bedanken. Du hast gute Arbeit geleistet." „Danke! Mir ging es heute richtig gut. Das liegt sicher nur daran, weil du in meiner Nähe warst. Du vertraust mir, und ich möchte dich nicht enttäuschen." Elli blickte ihm erschrocken in die Augen. Vertrauen! Ich! Kann das sein? Ja, es stimmt! Scheiße, wie ist das denn passiert? Das ist doch gar nicht meine Art. Was soll das alles? Gut, dass wir morgen zur alten Eiche fahren. Greylen legte sanft einen Arm um Ellis Schulter. „Elli, was ist los? Du siehst so erschrocken aus? Habe ich was Falsches gesagt?" „Nein, nein überhaupt nicht, oder doch? Nein. Es ist nur die Tatsache, dass ich dir wirklich vertraue, die mich so erschreckt. Ich vertraue eigentlich nur mir selbst, das gehört zu einer meiner eisernen Regeln, und diese Regeln machten mich stark und brachten mich gut durchs Leben, doch irgendwie lösen sie sich gerade auf, das ängstigt mich." „Elli, schau mich an! Ich weiß, dass es nicht leicht ist, jemandem zu vertrauen, darum ehrt es mich umso mehr, dein Vertrauen zu besitzen. Ich kann dir versprechen, dass ich dich nicht enttäuschen werde, und wenn du mir nicht glaubst, kannst du meine wenigen Freunde fragen." „Ich weiß! Ich sehe es in deinen Augen. Du wirst mich absichtlich nie enttäuschen." „Auch nicht unabsichtlich, Elli. Zwischen uns gibt es etwas Besonderes, und das werde ich sicher nicht zerstören."

Elli nippte an ihrer Tasse. Ihre Lippen waren feucht, und ein winziger Tropfen sammelte sich an ihrer Unterlippe. Es war nur ein einzelner Tropfen, doch der faszinierte Greylen über alle Maßen. Er konnte sich einfach nicht von diesem Anblick losreißen, und als ihre Zunge zum Vorschein kam, um den Tropfen aufzufangen, vergaß er alles, was er ihr noch sagen wollte. Ihre Augen wurden vor Erstaunen größer, als er auf einmal nach ihrer Tasse griff und sie wegstellte. Dann nahm er Elli hoch und setzte sie auf den Tisch. „Was soll das werden?", fragte sie unsicher, aber das wusste er selbst nicht genau. Er roch ihre Erregung, und er sah, wie sich unter dem dünnen Stoff ihre Nippel aufzurichten begannen. Mit einem Finger strich er genau dort über das T-Shirt. „Ich weiß es nicht", antwortete er. „Oh", hauchte sie. Greylen lächelte und zeichnete mit der Fingerspitze die Konturen ihres Mundes nach, der sich wunderbar zart anfühlte. Sein Finger wanderte an ihrem Hals entlang bis zum Rand ihres T-Shirts. Elli lief ein wohliger Schauer über den Rücken. Dann folgte er der Wölbung ihrer Brust, bis zum Ende ihres T-Shirts. Er schob ihr den Stoff über den Kopf, um ihren Busen freizulegen. Elli atmete schneller und angestrengter, und plötzlich hielt sie die Luft an, als er den Finger sanft um ihre Brustwarze kreisen ließ. Er wusste, sie war äußerst erregt, und ihre Reaktion sprang auch auf ihn über. „Greylen", stöhnte sie, während er den Kopf vorbeugte, um mit der Zunge über die aufgerichtete Spitze zu streichen. Der Schauer, der jede Faser ihres Körpers durchfuhr, erfasste auch ihn und brachte ihn dazu, die Lippen um ihre Brustwarze zu schließen und erst vorsichtig, dann fordernder zu saugen, sodass ihre Erregung sich genauso steigerte wie seine. Solch eine gemeinsam empfundene Lust hatte er noch nie erlebt. Er konnte fühlen, was sie erregte, ob es ihr auch so ergeht. Er ließ abrupt von ihrer Brust ab und richtete sich auf. Elli öffnete blinzelnd die Augen und schnappte nach Luft, als er unerwartet ihre Hose auszog, um sie von allem lästigen Stoff befreit ansehen zu können. Greylen sah ihr tief in die Augen, als er sich vorbeugte, ihre Knie umfasste und ihre Schenkel auseinanderdrückte, damit er sich zwischen sie schieben konnte. Dann legte er die Arme um sie und hob sie an, sodass er nur den Kopf ein wenig nach vorn sinken lassen musste, um nacheinander beide Nippel mit Zunge und Lippen zu verwöhnen. Elli klammerte sich an seinen Schultern fest und ließ den Kopf in den Nacken sinken, während sie jede seiner Berührungen mit einem Stöhnen beantwortete. Eine lustvolle Welle nach der anderen überspülte sie und erfasste zugleich auch ihn. „Greylen, bitte", hauchte sie, schlang die Beine um ihn und drückte sich an ihn, um ihn spüren zu können. Aber er hielt sich vor Augen, dass es vielleicht seine letzte Gelegenheit sein würde, mit ihr so zusammen zu sein. Er ist eindeutig jetzt schon zu weit gegangen, und so oder so wird sie ihm das nie verzeihen. Es soll wenigstens ein Erlebnis werden, von denen beide in langen, einsamen Nächten noch zehren können. Er griff nach ihren Händen und zog sie von seinen Schultern. Dann drückte er Elli rücklings auf den Tisch und wanderte mit Lippen und Zunge von ihrer Brust zu ihrem Bauch. Dort widmete er sich einen Moment lang intensiv ihrem Nabel, wobei ihm auffiel, dass sie nach Lavendel duftete. Er konnte nicht anders und musste einfach über ihre zarte Haut lecken und an ihr knabbern, was Elli dazu brachte, immer heftiger zu zucken, je weiter er sich ihrer Hüfte näherte. Keuchend schnappte Elli nach Luft, ihr ganzer Körper bebte vor Wollust. Sie bohrte die Fingernägel in seine Hände, so fest hielt sie ihn umklammert, doch den Schmerz nahm Greylen kaum wahr, da er selbst von seiner Lust so mitgerissen wurde, dass alles andere an Bedeutung verlor. Doch die wachsende Erregung, durch die Elli allmählich die Kontrolle über sich verlor und die bei ihm das Gleiche bewirkte, genügte ihm noch nicht. Mit einem Fuß zog er einen Stuhl heran, setzte sich hin und ließ Ellis Hände los, damit er ihre Beine weiter spreizen konnte. Als er sein Gesicht zwischen ihren Schenkeln vergrub, begann sie, spitze Schreie auszustoßen.

Sie spürte seine raue Zunge über die empfindlichste Stelle ihres Körpers streichen, dann kniff sie die Augen fest zu und schnappte nach Luft, während er sie weiter und weiter in den Wahnsinn trieb. Mit einem Mal spürte sie, wie sich jeder Muskel in ihrem Körper anspannte, um endlich die Erfüllung zu erfahren, die er ihr versprach. Gleichzeitig wurde ihr Verstand von Wogen der Lust umspült, die mit jedem Ansturm noch etwas stärker und intensiver wurde, bis sie eine schier unerträgliche Kraft erreichten.

Entweder würde das Ganze in einem unvergleichlichen Höhepunkt gipfeln, fuhr es ihr durch den Kopf, oder aber es würde sie in tausend Stücke zerreißen. Sie hielt sich am Rand der Tischplatte fest und presste die Finger so sehr zusammen, dass sie zu schmerzen begannen. Die Wogen der Lust kamen in immer kürzeren Abständen, bis ihre Sinne buchstäblich zu explodieren schienen. Als sie ihren Höhepunkt erreichte, schrie sie laut auf. Greylen zog sie von Tisch auf seinen Schoß und küsste sie, bis ihr Beben nachließ. Greylen ließ von ihren Lippen ab und schaute ihr in die Augen. Sie waren immer noch dunkel vor Leidenschaft. Greylen hob eine Hand, um ihr eine Haarsträhne aus dem Gesicht zu streichen. Als Elli wieder zu Atem kam, legten sie sich eng zusammen auf die Couch. Beide wussten nicht, was sie jetzt sagen sollen. Das alles war so unerwartet. Sie mussten das alles erst mal verdauen. Elli verstand nicht, wie das passieren konnte. Was wird er jetzt wohl denken von ihr? Und wohin soll das alles führen? Eins konnte sie aber nicht leugnen, für sie war es der beste Sex seit Langem, aber wie soll sie ihm jetzt klarmachen, dass sie keinen Mann in ihrem Leben haben kann? Wenn ihr Leben nicht so kompliziert wäre, würde sie nicht lange überlegen, aber das ist nicht der Fall. Sie und ihre Kinder haben ein Geheimnis, das geheim bleiben soll. Sie hat aus eigener Erfahrung gelernt, dass ein Geheimnis viel zerstören kann. Dieses Risiko will sie nicht mehr eingehen. Trauer überschattet ihr Herz. Diese Erkenntnis traf sie sehr. „Elli, was ist los? Soll ich dir etwas holen?" „Ein Kaffee wäre nicht schlecht." Greylen erhob sich und ging zur Kaffeemaschine. Sein Körper glänzte im Schein des Kamins, und sein Muskelspiel war beeindruckend.

Er ist wirklich eine wahre Augenweide. Bevor sie sich endgültig anzog, schaute sie ihn noch einige Sekunden lang bewundernd an. Als Greylen den Kaffee zubereitete, wanderten seine Gedanken immer wieder zu Elli und dem eben gerade Geschehenen. Er war fasziniert und überrascht zugleich. Ihm war schleierhaft, wie es überhaupt dazu kommen konnte, und die Tatsache, dass er fühlen konnte, was sie fühlte, brachte ihn ein wenig aus dem Gleichgewicht. Er konnte sich nicht erinnern, so etwas je erlebt zu haben, und solche Gefühle hätten sich sicher in sein Gedächtnis gebrannt. So wie eben. Neugierig blickte er zu Elli. Wie sie so dasaß, grübelnd, konnte er nicht anders, als sie zu bewundern. Diese Frau war stark und wunderschön. Sie war leidenschaftlich und gleichzeitig die Gutmütigkeit in Person. Alles in allem die perfekte Frau. Was sie wohl gerade denkt? Sie wirkt besorgt. Es ging aber auch alles ein wenig zu schnell. Mit vollem Tablett und einem unguten Gefühl ging er zu ihr. Er drückte ihr eine heiße Tasse Kaffee in die Hand und setzte sich neben Elli. Nach einem Schluck suchte Elli Greylens Blick. Sie wusste nicht, wie sie das Gespräch anfangen sollte nach so einem befriedigenden Sexerlebnis. Es tat ihr jetzt schon leid, ihm eine Abfuhr zu erteilen, aber ihr blieb keine andere Möglichkeit. Sie hoffte trotz allem, dass Greylen es gut aufnehmen wird und dass sie weiterhin Freunde sein können. Kaum hat sie diesen Gedanken fertig gedacht, löste sich das Problem von selbst. Greylen hielt ihrem besorgten Blick nicht mehr stand und fragte nach. „Elli, was ist los? Ich merke doch, dass dir etwas am Herzen liegt. Aber eigentlich kann ich es mir schon denken, habe ich recht?"

„Es tut mir leid, Greylen, aber das hier hätte nie passieren dürfen. Es war schön, das kann ich nicht leugnen, aber in meiner Vergangenheit ist einfach zu viel passiert. Es hat mir gezeigt, dass für mich nicht mehr als eine Freundschaft möglich ist. Am besten, wir vergessen das Geschehen, soweit es möglich ist." „Tut mir leid, aber das verstehe ich nicht. Was hat das hier alles mit deiner Vergangenheit zu tun? Hast du vielleicht irgendjemanden ermordet oder so?" Ihr Kopf zuckte hoch, und einen kurzen Augenblick nahm er etwas Verlorenes in ihrem Blick wahr. „Bitte frage mich nicht. Ich kann es nicht, auf jeden Fall hat es nichts mit dir zu tun. Das musst du mir glauben." Greylen schaute ihr einige Sekunden lang in die Augen. „Ich glaube dir, aber das hier kann ich nicht einfach vergessen. Es war zu intensiv. Und deine Vergangenheit, egal was es auch war. Es stört mich nicht. Mir liegt viel an dir, Elli, und ich will dich nicht verlieren, deswegen werde ich mich deinem Willen beugen und versuchen, nur ein Freund zu sein, aber versprechen werde ich dir nichts." „Das ist mehr, als ich erwarten durfte. Danke dafür! Ich hatte schon befürchtet, dich als Freund zu verlieren, und das wäre mir sehr nahegegangen." Als Greylen das hörte, grinste er. Elli konnte nicht anders als zurückzulächeln. Sie will ihm keine Hoffnungen machen, aber es ist trotzdem schön, ihn glücklich zu sehen. Beide redeten noch ein wenig, bis es Elli die Augen zudrückte. Es war schon spät oder besser gesagt schon früh, aber keiner von beiden wollte ins Bett. Beide genossen zu sehr die Zweisamkeit. Elli war schon so müde, dass sie sich an Greylen lehnte. Greylen wusste, dass sie schon längst schlafen sollten, aber es war einfach zu schön, und er wollte sich nicht von Elli trennen, nicht einmal für ein paar Stunden Schlaf. Also dachte er über eine Alternative nach, die aber das Risiko beinhaltete, dass Elli sofort aufstand und ihn aus dem Haus schmiss. „Elli, es ist Zeit, noch ein paar Stunden zu schlafen. Wir haben morgen doch einiges vor." „Ja du hast recht, aber eigentlich zahlt es sich nicht mehr aus, ins Bett zu gehen. Es sind doch nur noch drei Stunden." „Aber schlafen sollten wir trotzdem noch. Was hältst du davon, einfach hier zu schlafen? Ich hole noch eine Decke, und das Thema wäre erledigt." Elli musterte ihn skeptisch. Sie sollte ihn eigentlich auf Abstand halten, aber dieses Angebot klingt einfach zu verlockend, um Nein zu sagen, und sie war einfach schon zu müde, um in ihr Zimmer zu gehen. Greylen wartete nervös auf eine Antwort und war erleichtert, als ihm Elli vermittelte, dass sie einverstanden war mit seinem Vorschlag. Während Elli es sich schon gemütlich machte, holte Greylen die besagte Decke. Als er zurückkam, war Elli schon fast eingeschlafen. Er legte sich angezogen hinter sie, deckte sich und Elli zu und legte seinen Arm fest um sie. Elli kuschelte sich an ihn und genoss seine Wärme. Zufrieden, ohne irgendwelche Gedanken, schliefen sie tief und fest ein.

Am nächsten Tag wachte Elli mit einem mulmigen Gefühl auf. Zwei sarkastisch dreinblickende Augenpaare blickten auf sie und Greylen herab. Dieser Blick bedeutete nichts Gutes. „Guten Morgen, Mama. Es hat den Anschein, als bräuchten wir dich nicht mehr zu fragen, ob wir Greylen aufwecken sollen." Greylen wachte in dem Moment auf, als er merkte, wie Elli zusammenzuckte. Die Stimmen beruhigten ihn, und er lauschte, was jetzt wohl kommen mag. Er merkte natürlich, dass Elli leicht verlegen wurde. Nach dem Bild, das sie abgaben, kann man sich aber auch nicht wundern. Um Elli nicht allein zu lassen mit der geballten Kinderstreitmacht, schritt er für alle anderen Anwesenden unerwartet ein. „Guten Morgen, und nein, ihr braucht mich nicht mehr zu wecken, dass habt ihr gerade eben gemacht." Die Kinder blickten ihn überrascht an. Elli lächelte ihn dankbar an. „Entschuldigung, wir wollten dich nicht wecken." „Kein Problem. Ich wollte sowieso bald aufstehen, so wie ihr. Wir haben doch alle noch etwas vor heute." „Ja, unser Picknick! Wir freuen uns schon so darauf." „Na dann, Kinder, ab in die Küche, um zu frühstücken." Ohne noch ein weiteres Wort verschwanden beide in die Küche. „Danke Greylen, ich wusste nicht, was ich jetzt zu ihnen sagen sollte. Du hast mir sozusagen aus der Patsche geholfen." „Das war doch selbstverständlich, aber dafür habe ich jetzt eine heiße Tasse Kaffee verdient." „Die bekommst du. Gib mir ein paar Minuten, und du hast den besten Kaffee, den du je getrunken hast, vor dir." „Na, da bin ich aber schon gespannt, ob der besser ist als der Kaffee im Dorf." Elli erhob sich. „Okay, sagen wir: den zweitbesten." Elli lächelte ihn noch dankbar an, bevor sie, wie die Kinder zuvor, in der Küche verschwand. Greylen ging sich frisch machen, um so schnell wie möglich zu einer Tasse dampfend heißen Kaffees zu kommen. Kaum in der Küche angekommen, wurde Elli mit Fragen bombardiert. Dass sie und Greylen auf der Couch geschlafen haben, gab ihnen genügend Zunder, um darauf herumzureiten. Nur die Drohung, dass sie kein Picknick machen würden, stoppte die beiden. Als der

Kaffee gerade fertig wurde, betrat Greylen frisch rasiert und angezogen mit noch feuchtem Haar die Küche. Elli blieb fast die Luft weg bei diesem Anblick. Ihr ging es einfach nicht in den Kopf, was so ein schöner Mann an ihr finden konnte. Sie fand sich selbst, äußerlich, nur durchschnittlich. Greylen setzte sich und bewunderte den voll gedeckten Tisch. In dieser kurzen Zeit so ein Frühstück auf den Tisch zu bringen, grenzte an Zauberei. Greylen lächelte Elli entspannt an. Elli musste sich zusammennehmen, um nicht rot zu werden. Sein Lächeln war unschlagbar und brachte ihr Herz zum Rasen. Irgendwie schaffte sie es dann doch, ihre außer Rand und Band geratenen Gefühle wieder unter Kontrolle zu bringen, bevor sie Greylen und sich eine dampfend heiße Tasse schwarzes Lebenselixier einschenkte. Die Kinder redeten während des Frühstücks nur mehr von dem bevorstehenden Picknick, und Greylen wunderte sich, dass so etwas Einfaches wie ein Picknick solch eine Freude bereiten konnte. Seine Neugier wuchs. Er war gespannt, an was für einen Ort sie ihn brachten. Als sich das Frühstück dem Ende neigte, schlug ihm Elli vor, sich bei seinem Vater zu melden. Er hätte noch genügend Zeit dazu, da sie sowieso noch einiges vorzubereiten haben. Dass sein Vater wusste, wie es ihm geht, war natürlich für alle klar ersichtlich, aber Elli meinte, dass er auch wissen sollte, wo er sich gerade befindet. Greylen war nicht gerade begeistert von dem Vorschlag. Er konnte sich schon vorstellen, wie sein Vater reagieren würde, wenn er erfuhr, wer ihn so glücklich machte. Irgendwie konnte er ihn auch verstehen. Aber hier bei würde er sich nichts sagen lassen, denn diese Frau bedeutete ihm sehr viel, auch wenn es ihm sein Herz kosten wird. Das ist es ihm auf jeden Fall wert. Trotz aller Bedenken ging er auf den Vorschlag von Elli ein, schnappte sich sein Telefon und ging zum Telefonieren rauf in sein Zimmer. Elli und die Kinder bereiteten in dieser Zeit alles für das Picknick vor.

Greylen setzte sich aufs Bett, atmete noch einmal tief durch und wählte mit schwerem Herzen die Nummer seines Vaters. Nach einigen Sekunden hörte Greylen die vertraute rauchige, dunkle Stimme seines Vaters. „Verdammt! Greylen, wo hast du

dich verkrochen?" „Entschuldige Vater, es tut mir leid, aber zuerst brauchte ich ein wenig Zeit für mich selbst, und danach habe
ich irgendwie die Zeit aus dem Auge verloren." „Papperlapapp!
Faule Ausrede! Wo bist du, und was kann so wichtig sein, dass
du deinen Vater vergisst? In einer Höhle hast du dich sicher nicht
verkrochen, nach dem Wetter zu beurteilen?" „Ich bin nicht allzu weit entfernt von zu Hause. Der Schneesturm, den ich verursacht habe, zwang mich, an einem Pub haltzumachen. Dort
betrank ich mich besinnungslos. Die Besitzerin hatte Mitleid
mit mir und gab mir ein Zimmer zum Übernachten." „Einfach
so?" „Sie wollte mich nicht erfrieren lassen. Dafür hat sie ein zu
weiches Herz." „Weiß sie, wer du bist?" „Ja, sie weiß alles, von
dem Fluch und meinen Fähigkeiten." „Und du bist immer noch
dort?" „Ja, und sie hat mich für heute zu einem Picknick eingeladen." „Das findet ihr Mann in Ordnung?" „Sie hat keinen
mehr. Sie und ihre zwei Mädchen sind allein." Nachdenkliches
Schweigen am Ende der Leitung. „Ich sehe, dass du glücklich
bist, mein Sohn, und ich kann dir nur raten, dich nicht zu verlieben. Es ist zu gefährlich, und du weißt wieso." „Vater, Elli ist
etwas Besonderes. Sie ist anders als die anderen." „Das war deine Mutter für mich auch." „Nein, das glaube ich nicht. Elli ist
anders." „Okay, so wie es aussieht, kann ich nichts mehr dazu
sagen. Es scheint so, als wäre jedes weitere Wort vergeudet. Ich
kann dir jetzt nur mehr anbieten, für dich da zu sein, wenn es hart
auf hart kommt, mein Sohn." Ein mitleidiges Seufzen drang an
Greylens Ohr. „Vater, sie könnte die Richtige sein." „Ja, könnte
sie. Das haben vor uns auch schon viele gedacht." „In ein paar
Tagen komme ich nach Hause, dann können wir weiterreden."
„Das würde mich sehr freuen, mein Sohn. Hier ist es ziemlich
einsam ohne dich. Bis bald, mein Sohn." Und schon war das Gespräch beendet.

Greylen saß da und dachte über das eben geführte Telefonat
mit seinem Vater nach. Sein Vater hatte schon recht mit seinen
Behauptungen über die Richtige. Viele von seinen Vorfahren
glaubten auch, die Richtige gefunden zu haben, aber diejenige
war nie dabei. Konnte es sein, dass er sich das auch nur einbildete,

wie all seine Vorfahren? Und wenn? Hat er das Recht, eine Familie zu zerstören? Nein, das könnte er nicht. Diese Familie ist ihm schon zu sehr ans Herz gewachsen. Aber einfach so gehen, dass konnte er auch nicht. Er fasste den Entschluss, die kurze Zeit, die sie noch miteinander hatten, zu genießen und auf jede Kleinigkeit, die anders ist, zu achten. Vielleicht ist sie doch die Eine, die den Fluch lösen konnte. Für sein Herz konnte er es nur hoffen.

Von unten hörte er Stimmen, die ihm sagten, dass alle zum Aufbruch bereit sind. Er zog sich noch was Warmes über, bevor er der ungeduldig wartenden Meute gegenübertrat. Für ihn war dieses Bild wie ein wahr gewordener Traum. Das fröhliche Gelächter der Kinder, eine glückliche, zufriedene Frau, und das Allerbeste daran war, dass er sich fühlte, als wäre er ein Teil davon. Das brachte auch ihn zum Lächeln.

Als Greylen endlich unten ankam, nahm er Elli den Korb ab und hakte sich bei ihr ein. Elli fühlte sich wie ein pubertierender Teenager, sie hatte richtige Schmetterlinge im Bauch, und wo er sie berührte, blieb ein warmes Prickeln, das sich im ganzen Körper ausbreitete. Wenn sie es doch einfach nur zulassen könnte. Es wäre so schön.

Als alle endlich im Auto saßen, fuhren sie los. Dort angekommen, blickte sich Greylen erst mal um, aber er konnte nichts Einladendes sehen, wo er jetzt gerne ein Picknick machen würde. Als er nach dem besagten Ort fragte, bekam er zur Antwort, dass sie noch ein gutes Stück Fußmarsch zurücklegen müssten, was ja eigentlich logisch ist. Wer macht schon auf einem Parkplatz ein Picknick? Er konnte sich eigentlich auch noch nicht vorstellen, bei dieser Kälte ein Picknick zu machen, aber er ließ sich gerne überraschen. Der Weg war nicht so mühsam, wie es den Anschein hatte. Es wirkte fast so, als schmelze der Schnee, bevor sie einen Schritt darauf machen konnten, so kamen sie zügig zu dem auserwählten Picknickplatz.

Greylen war verwirrt. Von einem Moment auf den anderen waren die Kinder verschwunden, erschrocken blickte er zu Elli. Elli lächelte ihn wissend an, hakte sich bei ihm ein und ging mit ihm dort hin, wo die Kinder verschwunden waren. Plötzlich konnte er nichts mehr sehen. Gleißend weißes Licht blendete ihn so stark, dass er die Augen schließen musste. Als er sie wieder öffnete, konnte er es fast nicht glauben, er musste träumen, was anderes konnte es nicht sein. Dort, wo zuerst alles bedeckt war mit Eis und Schnee, stand nun eine stattliche Eiche in ihrer vollen Pracht. Rund um den Baum herum lag kein Schnee. Der Boden fühlte sich warm und trocken an, und obwohl der Wind zuerst eisig war: Unter diesem Baum war es ein laues, warmes Lüftchen. Mit einem unguten Gefühl trat er an dem Stamm und berührte vorsichtig die Rinde. Ein leichtes Prickeln fuhr durch seinen Körper, als würde er durchleuchtet. Sofort zog er seine Hand zurück. Ehrfürchtig blickte er den Baum an. Könnte es sein, dass das ein seltener Beschützerbaum ist? Er hat davon gelesen, aber ihm war es noch nie zuteil geworden, einen solchen zu Gesicht zu bekommen. Wie kam Elli zu dieser Ehre? Solche Bäume zeigen sich nur denen, die sie für würdig erachten. Sein Blick wanderte von dem Baum zu Elli. Was oder wer versteckt sich hinter dieser wunderbaren Frau?

Elli bereitet derweil alles vor, dass sie es ja alle gemütlich haben. Sie wusste, dass Greylen sie brauchen würde. Als alles fertig war, schaute sie sich um. Die Kinder spielten, und Greylen, der stand nur da und starrte den Baum an. Vorsichtig trat sie an seine Seite und legte ihre Hand auf seine Schulter. Greylen zuckte vor Schreck förmlich zusammen und blickte sie schockiert und ehrfürchtig an. Elli musste lächeln bei diesem Anblick. Was hat sie denn auch sonst erwartet, ihr ging es ja damals auch nicht besser. „Greylen, genieß es und lass es geschehen. Nimm es als Geschenk. Er zeigt sich nicht jeden." „Elli, weißt du überhaupt, was das ist?" „Ein guter Freund und Ratgeber." Sie nahm seine Hand und legte sie auf den Stamm. Helles warmes Licht durchströmte beide, die Welt um sie verschwand in einem Sprudel bunter Farben. Es gab nur mehr ihn und sie. Ihre Herzen schlugen in selben Takt mit den pulsierenden Farben. Als der Zauber verblasste, ließen beide los. Greylen fühlte sich akzeptiert und glücklich. Er musste sich hinsetzen, um das eben Geschehene zu verdauen. Das war auch für ihn als Druiden nicht leicht zu verarbeiten. Elli setzte sich neben ihn, um da zu sein, wenn er reden wollte. Sie konnte ihn ja verstehen. Es ist etwas, was es eigentlich nicht geben sollte, aber ihm als Druiden, was ja eigentlich auch ein Mythos ist, sollte es leichter fallen, diese Magie zu verstehen. Sie saß da und schaute den Kindern zu, wie sie spielten. Die Verbindung, die sie mit der Eiche hatte, zeigte ihr deutlich, dass der Baum nichts gegen Greylen hat, er wirkte glücklich und zufrieden, und sie war froh darüber. „Elli?" „Ja?" „Dieser Baum ist mehr als nur ein Freund und Ratgeber, er ist ein Beschützerbaum, und man muss etwas sehr Besonderes sein, dass er sich einem preisgibt. Elli, was verheimlichst du mir? Wer bist du wirklich?" Greylens Sinne sind schnell. Es war nur ein Bruchteil einer Sekunde, doch er sah es. Angst und Schrecken überzog kurz ihr Gesicht, aber sie fasste sich schnell wieder. „Greylen, es tut mir leid, dass ich dich enttäuschen muss, aber ich bin ein Mensch wie jeder andere, an mir gibt es nichts Besonderes." „In den Büchern steht aber etwas anderes. Vielleicht weißt du nur noch nicht, was du bist oder kannst?" „Greylen, glaubst du nicht, dass ich das in meinem Alter schon wissen sollte? Wir sind eine ganz normale Familie, mehr nicht. Vielleicht brauchte dieser Baum so etwas wie eine Familie, und wir waren in der richtigen Zeit am richtigen Ort. Aber eine Frage hätte ich da, wieso weißt du so viel über solche Bäume?" „Zu Hause haben wir eine eigenen Druiden-Bibliothek, und als kleines Kind musste ich anfangen, diese Bücher zu lesen. Ich lernte alles über die Druidenkünste und die Regeln und Konsequenzen, die damit verbunden sind, aber eben auch unsere Familiengeschichte, wo Geschichten über solche Bäume vorkamen." Greylen blickte sie neugierig an und kam zu einem Entschluss. „Elli, ich muss dir wohl glauben, dass ihr ganz normal seid, aber was ist heutzutage schon normal?" „Ich kann dich ja verstehen, du suchst nach etwas Außergewöhnlichem, aber es ist leider nicht so." „Nein, tu ich nicht. Ich wollte schon mein ganzes Leben normal sein und hab alle andere darum beneidet. Es ist nicht leicht, anders zu sein. Darum ist es so schön, dich und die Kinder kennengelernt zu haben, hier habe ich das erste Mal das Gefühl, ein ganz normaler Mensch zu sein." „Das bist du auch. Was ist heutzutage schon normal?" Elli grinst ihn schelmisch an. „Greylen, ich hätte da noch eine Bitte an dich! Erzähl niemandem von diesem Ort. Er soll etwas Besonderes bleiben." Er schaute ihr tief in die Augen, mit überzeugender Stimme und einer Hand auf seinem Herzen antwortete er ihr. „Das werde ich." Elli fiel ein Stein vom Herzen. Sie hätte nicht gewusst, was sie getan hätte, wenn er es nicht versprochen hätte. „Elli, zu einem anderen Thema: Wieso bist du eigentlich mit den Kindern hierhergezogen? Nach dem Alter der Kinder zu urteilen müsstet ihr doch schon ein sehr geregeltes Leben mit Schule und Freunde gehabt haben. Da zieht man doch nicht mir nichts, dir nichts so einfach in ein anderes Land?" „So einfach war es auch nicht. Angefangen hat das Ganze mit dem Tod meines Lebensgefährten. Wir brauchten Abstand zu allem, darum entschlossen wir uns, in den Urlaub zu fahren, und da ich schon immer nach Schottland wollte, fuhren wir hierher. Zufällig kamen wir hier in diese Gegend. Dieser Baum übte so eine starke Anziehung auf uns aus, dass wir uns entschlossen, hierherzuziehen. Ich weiß, das hört sich jetzt alles übereilt an, aber wir nahmen es als Zeichen für einen Neuanfang." „Das erklärt, wieso ihr hier seid, aber ich kann mir nicht vorstellen, dass das alles so leicht war. Die Menschen hier sind Fremden gegenüber nicht gerade freundlich gesinnt." „War es auch nicht. Die Menschen hier mieden uns, und wir waren schon im Begriff, wieder zurückzukehren. Wir saßen eines Abends in diesem Pub. Die Kinder sind voller Erschöpfung eingeschlafen, und ich wusste nicht mehr weiter. Der damalige Besitzer hatte Mitleid mit uns und nahm uns auf. Er war allein und konnte Hilfe gebrauchen, und wir brauchten eine Bleibe und Arbeit. Er wurde für mich eine Art Vaterersatz. Ich habe ihm viel zu verdanken." „Was ist mit deiner richtigen Familie, fehlt sie dir nicht?" „Doch, überhaupt meine Mutter. Ich habe ihr viel zu verdanken, und die Gespräche mit ihr fehlen mir sehr. Aber sie kommt uns schon bald besuchen, und vielleicht bekomme ich sie ja dazu, zu uns zu ziehen." „Das hört sich gut an." Greylen fing an zu grinsen. In ihm machte sich gerade eine großartige Idee breit. „Elli, ich hätte da vielleicht eine Idee, um es deiner Mutter ein wenig geschmackvoller zu machen, um hierherzuziehen! Was hältst du von einem echten traditionellen schottischen Fest bei dir im Pub?" „Das hört sich großartig an, aber ich habe von so etwas doch keine Ahnung." „Dafür hast du ja mich, als echten Schotten." In diesem Moment kamen die Kinder angerannt, sie hatten Hunger. Da erst bemerkte sie, dass auch sie Hunger hatte. Das Gespräch mit Greylen hat sie alles vergessen lassen. Mit dem Versprechen, dieses Thema am Abend ausführlicher zu bereden, genossen sie erst mal das mitgenommene Essen. Als sie fertig waren und alles wieder verstaut war, spielte Greylen mit den Kindern, und Elli genoss die Zweisamkeit mit der alten Eiche. Sie lehnte sich an ihren Stamm und genoss die Wärme, die er ausstrahlte. Sie bedankte sich bei ihm. Sie war froh darüber, dass er Greylen akzeptierte, denn obwohl er schon viel ertragen musste in seinem Leben, hat er sich sein reines Herz bewahrt. Irgendwie war es aber auch ihr selbst sehr wichtig, wieso, konnte sie nicht sagen. Vorerst war sie zufrieden und genoss die harmonische Stimmung. Einige Zeit später schlenderte Elli zu ihrer lustigen Gesellschaft. Sie wollte Greylen eine kleine Verschnaufpause gönnen. Greylen kam ihr entgegen und tippte ihr sanft auf die Nase. „Du bist dran." Elli zeigte ihm die Zunge und sprintete, mit einem Lächeln auf den Lippen, hinter ihren Kindern her. Greylen ging zur Eiche und ließ sich dort nieder, wo Elli zuvor saß. Er lehnte sich an den Stamm, und ihm wurde gleich warm ums Herz. Er wollte sich mit diesem Baum unterhalten, auch wenn es irgendwie idiotisch klang. Er wollte mehr erfahren von der Eiche und Elli, also sprang er über seinen eigenen Schatten und legte los. „Ich danke dir, dass du mich akzeptierst, aber meine Familiengeschichte spricht nicht gerade für mich, aber das weißt du sicher alles." Ein warmes Prickeln fuhr ihm als Bestätigung über den Rücken. „Ich kann dich nur nicht verstehen. Ich bin doch eine große Gefahr für deinen Schützling. Du müsstest mich eigentlich von ihr wegscheuchen. Wieso duldest du mich trotzdem in ihrer Nähe? Und wieso gerade Elli? Was ist sie? Ich habe gelernt, dass ihr nicht grundlos jemanden auserwählt. Sie muss schon etwas Besonderes sein." Wieder spürte er das warme Prickeln als Bestätigung. „Und, wirst du mir zeigen, was es ist?" Ein kalter Lufthauch ließ in frösteln. „Ich habe verstanden. Ich werde es erfahren, wenn der richtige Zeitpunkt gekommen ist. Mit dem muss ich mich wohl zufriedengeben." Er schloss die Augen für ein paar Sekunden und atmete tief durch. Die Luft ist so rein und klar, man merkt kaum, dass es eigentliche Winter war. Er fühlt sich glücklich und zufrieden, das kann nur der Baum und Elli bewirken. Nach einiger Zeit der Ruhe und des Friedens stand er auf und ging zu Elli und ihren Kindern, die immer noch vergnügt am Spielen waren. Als er Elli in die Augen schaute, dachte er nur mehr daran, sie in seinen Händen zu halten und sie nie mehr loszulassen. Der Traum wurde jedoch rüde von einem Ball auf seinem Kopf unterbrochen. „Schlafen kannst du zu Hause, mein Lieber!" „Na wartet, ich zeig euch mal, wie wir Schotten Fußball spielen." Mit einem siegessicheren Lächeln legte er los. Am Ende des Nachmittags erzählte ihnen Greylen noch eine alte schottische Geschichte, dazu aßen sie noch den Rest vom Picknick. Alles in allem war es der schönste Ausflug, an den er sich erinnern konnte. Glücklich und zufrieden fuhren sie wieder zurück.

Zu Hause mussten sie sich alle erst mal frisch machen. Als Elli danach in die Küche kam, war Greylen schon dort und wartete mit einer Tasse frischen heißen Kaffee auf sie. Mit seinen feuchten Haaren, die jetzt tief schwarz wirkten, fand sie ihn äußerst attraktiv. Seine Augen strahlten sie zärtlich an. Ja, das wäre ein Mann zum Verlieben. Ein Mann, von dem man eigentlich nur träumt. Dankend nahm sie die Tasse entgegen. Als sie unabsichtlich seine Hand streifte, fuhr ein angenehmes warmes Prickeln durch ihren Körper. Es war anders, als sie es sonst kannte. Es fühlte sich besonders an. Schnell zog sie ihre Hand zurück und blickte ihm fragend in die Augen. Sie wollte wissen, ob er es auch gespürt hat. Noch bevor sie ihn fragen konnte, stürmten die Kinder in die Küche. Sie nahmen sich einen Joghurt aus dem Kühlschrank und plapperten gleich drauflos. Sie fragten, ob Greylen bei ihrem Spielabend dabei sein würde, aber er konnte es noch nicht sagen, freuen würde er sich aber schon. Was wohl Elli davon hielt? Die Kinder und Greylen schauten Elli fragend an. Sie musste lächeln bei diesem Anblick. „Wenn Greylen noch da ist, ist er herzlich eingeladen mitzuspielen." Dankend und erleichtert blickten die

Kinder und Greylen sie an. Als das Thema mit dem Spielabend geklärt war, war es auch schon soweit, das Pub zu öffnen. Die ersten Gäste waren Stammgäste, ältere Herren, sie kamen fast jeden Tag, um Karten zu spielen. Als sie Greylen gestern bei Elli sahen, war es ein Schock für sie. Es passte ihnen überhaupt nicht, gerade ihn in Ellis Nähe zu sehen. Gestern mussten sie das erst mal verdauen, aber heute sagten sie Elli, was sie davon hielten. Sie konnte ihnen nicht böse sein. Als der Vorbesitzer starb und sie das Pub übernommen hatte, haben sie die Rolle übernommen, über sie und ihre Kinder zu wachen, und sie waren ihr immer eine große Hilfe. Sie fand es nett von ihnen, weil sie sich Sorgen machten, auch wenn es keinen Grund dazu gab. Nur Greylen tat ihr ein wenig leid, den feindlich gesinnten Blicken ausgeliefert. Sie erzählte es ihm. Er fand es sehr amüsant und bemühte sich umso mehr, es ihnen recht zu machen und sich nichts anmerken zu lassen. Einige Zeit später mussten die Kinder ins Bett. Greylen ging mit und erzählte ihnen noch die Geschichte zu Ende, die er am Nachmittag angefangen hatte. Der Abend verlief ereignislos. Gäste kamen und gingen, zur Sperrstunde waren alle weg. Obwohl sie schon sehr müde waren, putzten sie noch alles. Zum Feierabend machte Elli ihnen noch einen Kaffee. Sie setzten sich vor den Kamin und genossen die Stille, bis Greylen das Schweigen brach. „Elli, hast du dir schon Gedanken über meinen Vorschlag gemacht, ein original schottisches Fest abzuhalten?" „Ja schon, aber ich habe da noch meine Zweifel. Wie kann ich, obwohl ich nichts von schottischen Gebräuchen verstehe, ein solches Fest veranstalten?" „Dafür hast du ja mich. Ich werde dir alles zeigen und helfe dir bei der Organisation." Elli blickte ihn skeptisch an. „Das nimmt sicher viel Zeit in Anspruch, mehr Zeit, als du bei uns verbringen wolltest. Ich möchte dich nicht von deinen Verpflichtungen abhalten." „Ich würde es dir nicht vorschlagen, wenn ich nicht die Zeit dafür hätte, Elli." „Okay, aber bevor ich endgültig zustimme, musst du mir versprechen, dass ich mich finanziell nicht übernehme und die Kinder nicht darunter leiden." „Wir werden alles gemeinsam bereden, bevor wir einen Groschen ausgeben, und die Kinder werden Spaß daran haben, das kann ich dir versprechen." „Wenn das so ist, habe ich nichts mehr dazu zu sagen und freu mich auf eine gute Zusammenarbeit. Morgen ruf ich meine Mutter an und frag sie mal, wann sie ankommt, vielleicht könnte es ja so eine Art Willkommensfeier sein." „Ja, das ist eine gute Idee, und ich werde meinem Vater Bescheid sagen. Er mag solche Feste." „Und morgen in der Früh erzählen wir es gleich den Kindern. Bin schon gespannt, wie sie darauf reagieren." „Die werden sich freuen darüber. Elli, ich hätte da noch eine kleine Bitte! Ich möchte noch gerne meinen besten Freund hinzufügen. Er macht das hauptberuflich und ist ganz gut in diesen Sachen." „Ein Freund von dir? Das hört sich gut an, aber ich möchte, dass es ein kleines Fest wird. Ich möchte nichts Großes." „Nein, das wird es nicht, das verspreche ich dir." „Das hoffe ich für dich. Was ist eigentlich mit der Kleidung? Wir haben nichts Traditionelles, und bei einem solchen Fest sollte man wohl so etwas anziehen." „Gut, dass du das ansprichst! Das ist das Erste, worum wir uns kümmern sollten, es dauert eine Weile, bis alles angefertigt ist." „Anfertigen, das ist doch sicher sehr kostspielig?" „Unser Schneider macht das schon, außerdem hast du noch was gut bei mir. Du hast mir ja das Leben gerettet." „Du übertreibst!" „Na dann ist es abgemacht, morgen fahren wir in die Stadt, bestellen die Kleider, und vielleicht kann ich dir ja auch gleich meinen Freund vorstellen." „Morgen schon?" „Wieso nicht? Oder hast du schon etwas anderes vor?" „Nein, das nicht, aber wir haben es noch nicht mal den Kindern erzählt." „Die werden sich freuen, und gegen einen kleinen Ausflug haben sie sicher nichts einzuwenden." „Du hast ja recht, wieso warten?" „Hast du noch irgendwelche Bedenken, Elli?" „Zurzeit nicht. Aber ich bin jetzt auch zu müde, um noch einen klaren Gedanken zu fassen." Greylen rückt näher an Elli heran. Elli lehnte sich bei ihm an. Beschützend legt er seine Hände um sie. Ihr letzter Gedanke, bevor sie in seinen Armen einschlief, war, dass sie sich noch nie so wohl bei jemand anderem gefühlt hat. Oder hatte sie es nur vergessen, wie sich so etwas anfühlte? Greylen blickte sie zärtlich an. Sie sah so zerbrechlich und unschuldig aus. Sanft streichelte er ihr die Haare aus der Stirn. Ihre weiche Haut und ihr Körper, der an seinen gepresst ist, ließ seine Lust auflodern. Das war gar nicht gut. Er erhob sich mit ihr und brachte sie in ihr Bett, deckte sie zu und gab ihr einen zärtlichen Kuss auf die Stirn, bevor er widerwillig ihr Zimmer verließ. Greylen ging zur Bar und schenkte sich einen doppelten Whisky ein, den er auf einen Zug austrank. Seine Selbstbeherrschung wurde bei dieser Frau auf eine harte Probe gestellt. Sie war einfach nur fantastisch. Er konnte nichts Negatives an ihr finden. Außerdem hatte sie etwas Geheimnisvolles an sich, als wäre sie ein unlösbares Rätsel, das es zu lösen gibt. Was für ein Mann könnte hier widerstehen? Er schenkte sich noch ein Glas ein. Ihm gingen so viele Gedanken durch den Kopf. Elli und die Kinder, und was hat es mit diesem Baum auf sich, und wenn er sie beschützt, wieso lässt er mich so nah an sie herankommen? Er muss doch wissen, dass ein Fluch auf ihn und seiner Familie lastet. So ein Baum weiß doch alles. Auf jeden Fall hat er es so in einem Buch gelesen – und wie lange konnte er ihr noch widerstehen? Eigentlich müsste er von hier fort. Er brachte Elli und die Kinder nur in Gefahr, aber jetzt ist es schon zu spät. Er hat ihr ein Versprechen gegeben, mit ihr dieses Fest zu machen, und ein Versprechen hat er noch nie gebrochen. Er musste es schaffen, ihr zu widerstehen, auf jeden Fall, so lange, bis das Fest vorbei ist, um endgültig aus ihren Leben zu verschwinden Mit diesen traurigen Gedanken und einer halben Flasche Whisky intus ging auch er schlafen.

Elli schlief sehr unruhig. Sie träumte von jenem Tag, als sie ihren Liebsten verloren hat. Es fühlte sich an, als passierte das Ganze in diesem Moment. Die ganzen Bilder, die sie glaubte, verdrängt zu haben, tauchten wieder auf. Der ängstliche Gesichtsausdruck, als sie ihm ihre Fähigkeit demonstrierte. Wie er fluchtartig das Haus verließ. Der Anruf von der Polizei, der Anblick des Leichnams ihres Liebsten. Die Liebe ihres Lebens, und das Schlimmste war, den Kindern zu erzählen, dass ihr Vater nie mehr zurückkommen würde, weil er tot ist. Sie fühlte sich innerlich so leer, und wenn ihre Kinder nicht gewesen wären, wäre sie mit ihm gestorben. Diese Leere fühlte sie auch jetzt wieder. Tränenüberströmt wachte sie auf. Sie zog ihre Knie eng an sich und wippte vor lauter Kummer hin und her, bis die Tränen versiegten. Im Haus war es Gott sei Dank noch ganz still. Was auch kein Wunder war, denn die Morgendämmerung hatte gerade erst eingesetzt. Sie war wie gerädert. Der Albtraum und der wenige Schlaf setzten ihr gewaltig zu. Benommen ging sie in die Küche, trank einen Schluck Wasser und ging wieder zu Bett. Sie wollte eigentlich nicht mehr schlafen, weil sie Angst hatte, dass sich dieser Traum wiederholte, aber ihr Körper und ihr Geist ließen das nicht zu, wenige Minuten später schlief sie wieder tief und fest ein. Kaum schlief sie, fing sie auch wieder zu träumen an, aber dieses Mal war es anders. Eine Gestalt, nur aus Licht, erfüllte ihr Herz mit Geborgenheit. Elli wollte ihr entgegenlaufen, aber dieses Wesen entfernte sich mit derselben Geschwindigkeit. Elli wollte fragen, wer sie ist, aber der einzige Satz, der von dem Wesen kam, war: „Überwinde die Angst, um zu leben." Diesen Satz wiederholte sie immer und immer wieder, bis Elli aufwachte. Ihr Bett war zerwühlt, ihr ganzer Körper schmerzte. Angefangen vom Kopf bis zu den Zehen. Es fühlte sich so an, als wäre sie einen Marathon gelaufen. Sie sehnte sich nach einer Dusche und einem sehr starken Kaffee. Wenn doch das Aufstehen nicht so schwer wäre. Wenige Minuten später raffte sie sich auf und ging unter die Dusche, vielleicht verschwinden ja die Schmerzen damit. Die Schmerzen wurden zwar ein bisschen weniger, aber der Großteil blieb. So konnte man doch nicht den ganzen Tag überstehen. Ihr blieb also nichts anderes übrig, als ihre Gabe einzusetzen. Sie setzte sich aufs Bett und konzentriert sich auf ihre innere Energie, die sie besaß. Sie leitete diese heilende Energie durch ihren ganzen Körper, um die Schmerzen zu beseitigen. Sie hat diese Gabe schon von Geburt an. Die Einzigen, die davon wussten, waren ihre Eltern und ihre Kinder, die selbst eigene Gaben besaßen. Nicht ihre heilenden Kräfte, sondern andere. Für sie war diese Gabe Segen und Fluch zugleich, so praktisch es auch war, sich selbst und andere zu heilen, so nahm jedoch gerade diese Fähigkeit ihren Geliebten von ihr. Sie hat seit diesem Zeitpunkt nie wieder jemandem davon erzählt, geschweige denn je wieder einen Mann in ihr Leben gelassen. In einer Beziehung haben Geheimnisse nichts zu suchen, es macht alles nur kaputt, wenn man ständig auf der Hut sein muss. Das ist auch der Grund, wieso sie Greylen so gut verstehen konnte. Ihr kommt es auch manchmal so vor, als wäre sie verflucht. Sie sehnte sich, genauso wie er, nach einem normalen Leben. Als ihre Schmerzen weg waren, fühlte sie sich wie neu geboren, das war die angenehme Seite ihrer Fähigkeit. Sie führte die Energie wieder zurück zu ihrem Herzen, wo sie am besten aufgehoben war. Danach zog sie sich an, ging runter in die Küche, wo sie sich sofort ihren heiß verdienten Kaffee machte. Im Haus war es noch ganz still, alles schlief noch. Sie setzte sich hin und genoss in aller Stille mit einer Tasse heißen Kaffee den Ausblick aus dem Fenster. Es war herrlich, alles war so friedlich. Der Schnee, der die ganze Landschaft einhüllte, fing durch die ersten Sonnenstrahlen zu glitzern an. Es wirkte wie ein Wunderland. So viel Schönheit kann eigentlich nicht real sein. Ein kleines Vögelchen setzte sich aufs Fensterbrett und klopfte mit seinem Schnabel an die Scheibe, als wollte es herein. Für einen normalen Menschen wäre so etwas undenkbar, aber für sie war es das Normalste auf der Welt, denn eines von ihren Kindern konnte mit Tieren sprechen. Elli holte sich eine Handvoll Vogelfutter, das sie für solche Fälle zu Hause hatte, und fütterte das kleine Vögelchen. Wenige Minuten später stürmten die Kinder herein. Mia rannte sofort zum Fenster und begrüßte zuerst ihre Freundin und danach erst ihre Mutter. „Es freut mich, dass du meine Freundin kennengelernt hast. Sie heißt Chip." „Es freut mich für dich. Ich hoffe nur, dass du nicht in Gegenwart von anderen Menschen mit ihr sprichst, sonst hält man uns wieder für Freaks, und wir können wieder in ein anderes Land ziehen, und das, glaube ich, möchte keiner von uns." „Ach Mama, das wird schon nicht passieren. Die Tiere wissen bereits, dass ich mit ihnen nicht sprechen kann, wenn andere Leute in der Nähe sind, und die halten sich daran." „Das ist gut so. Ich weiß, es ist nicht immer leicht, aber es ist das Beste für uns." „Aber wir könnten es Greylen erzählen, der müsste uns doch am besten verstehen, da er selbst doch ein echter Druide ist." „Nein, Kinder. Ich finde das keine gute Idee. Er hat schon mit sich selbst viel zu tun, und unsere Fähigkeiten würden ihn höchstens noch mehr belasten. Ist besser, wir lassen alles beim Alten." Enttäuscht schauten sie ihre Mutter an. „Hey, nicht traurig sein, vielleicht können wir es ihm ja eines Tages erzählen, aber jetzt ist es noch zu früh. Lasst ihm ein bisschen Zeit." Mit diesem kleinen Hoffnungsschimmer konnten beide leben, und sie konnten wieder lächeln. „Ach Lisa! Ich hätte da noch eine Bitte an dich. Ich bräuchte ein paar Tomaten fürs Geschäft, könntest du mir ein paar zaubern, muss nicht gleich sein. Ich bräuchte sie bis zum Abend." „Sicher Mutter, ist im Nu erledigt." „Das freut mich zu hören. Ich habe festgestellt, dass du mit deiner Fähigkeit immer besser und schneller zurechtkommst, da darf ich dir schon gratulieren. Ich bin richtig stolz auf dich." „Danke Mama!" Voller Stolz grinste Lisa übers ganze Gesicht. Sie hat auch viel geübt in der letzten Zeit. Am Dachboden sah es aus wie in einem tropischen Regenwald. Alles Mögliche Grünzeug wuchs da oben. Wenn Elli nach oben schaute, konnte sie nur mehr staunen über die Pflanzenvielfalt auf ihrem Dachboden. Es war fast wie ein kleines Paradies. Mia hat es sogar geschafft, dort oben auch ein paar Tiere unterzubringen, die, wie Mia erzählte oder was man sah, sich dort pudelwohl fühlten. Ella freute sich für die beiden, dass sie wenigstens einen kleinen Ort für sich haben, wo sie sich entfalten konnten. Immer verstecken, was man kann, kann ganz schön erdrückend sein, überhaupt für Kinder. Manchmal wünscht sich Elli, eine ganz normale Familie zu sein. Alles wäre um einiges leichter. Solch ein Geheimnis zu hüten, kostet nämlich sehr viel Energie. Sie weiß nicht einmal, woher diese Fähigkeiten kommen. In ihrer ganzen Familie weist keiner solche Anomalien auf. Traurig, aber wahr, sie mussten allein damit klarkommen. Das alles war ein Grund mehr, sich auf nichts Ernstes mehr mit einem Mann einzulassen. Und nun war da Greylen, ein Mann, wie man ihn nur aus Büchern kennt, groß, stark, mit wunderschönen Augen, hilfsbereit und liebevoll, und er hat nichts anderes zu tun, als ihr ständig durch den Kopf zu spuken. Hoffentlich bekommt er von der ganzen Sache nichts mit. Wer weiß, was dann passieren wird. Der einzige Mann, dem sie je ihr Geheimnis preisgegeben hatte, starb wenig später darauf, auch wenn es nur so ausgesehen hatte, dass es ein Unfall war, war Elli überzeugt, dass er die Wahrheit über seine Familie nicht verkraftet hatte und es ihm das Herz gebrochen hat. „Mama, was ist los? Du siehst so nachdenklich aus." „Nichts, meine Lieben." Um die Kinder abzulenken, fragte Elli: „Was haltet ihr von Frühstück? „Das wäre lecker. Wir helfen dir auch dabei. Sollen wir Greylen aufwecken, dass er mit uns frühstücken kann?" „Nein, lieber nicht! Er hatte eine harte Nacht hinter sich, lassen wir ihn lieber ausschlafen." Enttäuscht schauten sie ihre Mutter an. „Es ist ja nur für heute, Kinder, morgen dürft ihr ihn aufwecken, versprochen." Diese paar Worte brachten die Kinder wieder zum Strahlen, und sie genossen es sogar, wieder mal mit ihrer Mutter allein zu frühstücken.

Greylen wachte erst gegen Mittag auf, sein Kopf schmerzte höllisch. „Das habe ich davon. Wieso musste ich auch unbedingt eine Flasche Whisky saufen. Ich müsste das eigentlich schon besser wissen." Das Aufstehen war noch eine viel härtere Tortur. Er brauchte drei Anläufe, bis er endlich unter der Dusche stand, bei jedem Versuch, das Bett zu verlassen, drehte sich nämlich das ganze Zimmer. Eine gute halbe Stunde stand Greylen unter der kalten Dusche, bis er sich wieder einigermaßen im Griff hatte. Frisch angezogen und immer noch mit höllischen Kopfschmerzen, ging er hinunter in die Küche, wo er Elli vermutete. Er braucht unbedingt etwas gegen diese Schmerzen. Wie vermutet, stand Elli in der Küche und kochte das Mittagessen. „Morgen Elli!" Erschrocken drehte sie sich um. Sie war so vertieft in ihr Rezept, dass sie ihn nicht kommen hörte. „Entschuldige, ich wollte dich nicht erschrecken." „Ist ja nichts passiert. Du siehst aus, als könntest du einen starken Kaffee gebrauchen." „Ich glaub, nicht nur einen. Ich habe höllische Kopfschmerzen, hast du vielleicht noch eine Tablette für mich?" „Tut mir leid,

71

ich habe keine mehr." „Oh nein! Mit so einem Kopf bin ich nicht zu gebrauchen." Mit schmerzerfüllten, blutunterlaufenen Augen blickte er sie an. Es schmerzte Elli sehr, ihn so leiden zu sehen, deswegen traf sie eine Entscheidung. „Vielleicht kann ich dir trotzdem ein wenig helfen." „Das wäre großartig, aber ich befürchte, ohne Tablette wird das nicht funktionieren." „Trink zuerst einmal deinen Kaffee, und dann wirst du schon sehen. Bei meinen Kindern funktioniert es auch immer." „Ein Versuch ist es wert, was habe ich denn auch schon zu verlieren? Viel schlimmer kann es ja nicht werden." Mit einem wissenden Lächeln reichte Elli Greylen eine Tasse Kaffee. Greylen trank. Der Kaffee war genau richtig. Nach dem ersten Schluck lichtete sich der Nebelschleier in seinen Kopf, das Einzige, was blieb, war der Schmerz. Da hilft auch nicht der stärkste Kaffee. Elli trat hinter Greylen. Sie schloss die Augen und konzentrierte sich auf ihre innere Energie, die sie in ihrem Herzen trug. Sie leitete sie zu ihren Händen, bis sie es kaum noch aushalten konnte. Die Energie wusste, dass es etwas zu tun gibt. Sie legte vorsichtig ihre Hände auf Greylens Kopf. Sie konnte den Schmerz fühlen, und das war nicht gerade sehr angenehm. Elli begann die Energie zum Zentrum des Schmerzes zu leiten und wandelte den Schmerz in gute Energie um, die ihn stärker macht. Als alles vollbracht war, zog sie ihre innere Kraft wieder zurück in ihr Herz. Erschöpft setzte sie sich neben Greylen und trank den Rest seines Kaffees. Greylen konnte es kaum fassen. Er hatte so etwas noch nie in seinem Leben erlebt. Er konnte fühlen, wie sich eine fremde Energie in seinem Kopf bewegte, und so, wie sie auftauchte, verschwand sie auch wieder, wie seine höllischen Schmerzen. Ihm ging es sogar besser als je zuvor. Verwundert griff er nach seinem Kopf. Er musste sich versichern, ob es wirklich noch sein eigener war. Überrascht über dieses Wunder schaute er zu Elli, die auf einmal sehr erschöpft wirkte. Seine Skepsis gegenüber ihr wurde immer größer. Was zum Teufel war hier los? Elli holte sich und Greylen noch eine Tasse Kaffee. Sie hatte sich wieder einigermaßen erholt. Ihre eigene Energie lässt nicht zu, lange erschöpft zu sein. Wenigstens ein Vorteil für sie. Greylen zerriss es fast vor Neugier. Er wollte es wissen. Als Elli endlich ihre Tasse absetzte, stellte er sie zur Rede. „Elli, was war das, das war doch nicht normal?" „Doch, schon. Du kennst es nur noch nicht. Es ist eine erweiterte Form einer Kopfmassage. Ich habe es von meiner Mutter und die von ihrer und so weiter." Elli lächelt ihn an. Sie wusste, dass Greylen nicht mehr weit entfernt war, das Geheimnis herauszufinden. Sie hätte es nicht tun dürfen, noch dazu ist er doch ein Druide, wer weiß, was sie wirklich sehen oder fühlen können. Sie konnte jetzt nur mehr gute Miene zum bösen Spiel vortäuschen. Vielleicht konnte sie ihn noch ein wenig hinhalten. „Ich weiß nicht, ob ich dir das glauben soll. Aber wenn es so ist, dann bin ich schon sehr gespannt auf deine Mutter. Weißt du eigentlich schon, wann sie kommt?" Greylen spürte, dass er hier nicht weiterkam. Er braucht einfach noch ein wenig mehr Zeit, aber er wird es noch herausfinden. Denn was er wusste ist, dass hier etwas gar nicht stimmt. Das ist keine normale Familie, wie sie es ihm glauben lassen wollen. „Nein, habe ich noch nicht. Ich werde sie nach dem Essen anrufen, und ich habe mir gedacht, es den Kindern während des Essens zu erzählen. Sie werden sich sicher freuen über das Fest." „Das glaub ich auch. Ich werde noch schnell meinen Freund anrufen, ob er Zeit hat für mich und das Fest." „Aber nicht zu lange, das Essen ist bald fertig." „Mach ich nicht, bin gleich wieder da." Und schon war er weg. Elli atmete tief durch. Oh Gott, war das knapp. Wieso hat sie es einfach nicht dabei belassen? Er wäre schon nicht daran gestorben. Jetzt müssen sie noch vorsichtiger sein, dank ihr. Nicht einmal ihre Kinder machen solche Fehler. Okay, man kann es jetzt sowieso nicht mehr ändern. Ohne noch einen Gedanken daran zu verschwenden, machte sie sich daran, etwas Normales wie das Essen fertig zu machen.

Greylen saß derweil auf seinem Bett und dachte über das gerade Geschehene nach. Es war so greifbar, aber irgendwie auch nicht. Wie konnte er nur Elli dazu bringen, ihm alles zu erzählen? Er muss noch einmal zu dem Baum, vielleicht konnte er ihm mehr zeigen. Er ruft seinen Freund an und erzählte ihm von der rätselhaften Frau, wo er derzeit wohnte, und dem geplanten Fest.

Sein Freund sagte sofort zu. Er sagte sogar einige Termine ab, um ihm zu helfen und natürlich diese Frau kennenzulernen, die Greylen so den Kopf verdreht hatte. Elli war früher mit dem Essen fertig, als gedacht, und sie nutzte die Zeit, um mit ihrer Mutter zu telefonieren. Sie war froh, eine vertraute Stimme wie die ihrer Mutter zu hören. Die einzige Person in ihrem Leben, die von ihren Fähigkeiten wusste und noch lebte. Sie konnte ihr alles erzählen, ohne sich ein Blatt vor ihren Mund zu nehmen, und sie freute sich, sie endlich wiederzusehen. Ihre Mutter hob sofort ab. „Hallo Mutter! Wollte fragen, wann du hier bei uns eintrudelst? Ich und meine Kinder können es kaum erwarten, dich wiederzusehen." „Nicht mehr lange, hab schon alles geregelt. Ich komme genau in 14 Tagen bei euch an." „Das freut mich aber. Ich könnte wieder mal jemanden zum Reden gebrauchen." „Das kannst du doch auch so, oder stimmt etwas nicht?" „Ach Mutter, wenn du wüsstest. Am liebsten wäre mir, du wärst schon hier." „Was ist los? Das hört sich aber nicht gut an." „Ach Mutter, das kann ich dir nicht einfach so erzählen, aber mach dir keine Sorgen, ich kann noch warten. Es sind doch nur mehr 14 Tage, und das werde ich auch noch überleben, und so schlimm ist es eigentlich auch nicht. Ich glaub, mir kommt es nur so vor oder so. Es ist besser, wir reden, wenn du hier bist. So wirklich kann ich dir das per Telefon nicht erklären." „Mein Kind, du sprichst in Rätseln, aber wenn es nicht mehr geht, ruf sofort an, und ich lass alles liegen und stehen und komme auf der Stelle." „Ich glaub, das wird nicht nötig sein, aber ich ruf dich an, wenn es Ärger gibt. Und du rufst mich an, wenn du weißt, wann genau du ankommst." „Das ist doch klar, meine Kleine." „Mutter, ich muss aufhören. Die Meute ist auf dem Weg zur Küche, wie ich höre. Bis bald, Mutter." „Bis bald, meine Kleine, und schöne Grüße an die Kinder." „Werde ich ausrichten." Elli legte auf und stellte das Essen schnell auf den Tisch, um die hungrige Meute nicht länger warten zu lassen. Greylen kam einige Sekunden später zu Tisch. Ein Glück für ihn. Einige Minuten später, und alles Essen wäre weg. Ja, ihre Kinder fackelten nicht lange, wenn es ums Essen ging. Den Nachtisch servierten die Kinder, und sie hatten sogar an Kaffee für die Erwachsenen gedacht. Elli und Greylen saßen jetzt zwischen den Kindern so eng, dass sie sich berührten. Elli musste sich stark konzentrieren, um den Kindern von dem schottischen Abend zu erzählen. Es war nicht Greylen allein, was das ausmachte, oder doch? Nein, es war diese warme, helle Energie, die sie beide einhüllte. Diese neue, aber doch nicht fremde Energie. Sie konnte es sich einfach nicht erklären. Ein lautes Juhu von ihren Kindern holte sie wieder zurück. Greylen hatte ihnen alles erzählt. Ob er das auch spürte? Und wenn ja, kann er es gut unterdrücken. Sie war froh, dass die Kinder so begeistert waren, auch wenn es hieß, dass alle anpacken mussten. „Mutter, bekommen wir auch die passenden Kleider dazu?" Sie schaute kurz zu Greylen, denn sie hatten die Einzelheiten noch gar nicht besprochen, und irgendwie sah es so aus, als würde es einen Haufen Geld kosten. Ob das doch kein Fehler war? Greylen antwortete wieder für sie. „Natürlich, Kinder, das gehört dazu, aber dafür müssten wir einen Tag zusperren. Es ist ein Ausflug in die Stadt, und ich glaub nicht, dass wir rechtzeitig wieder zu Hause sind. Am besten wäre es schon morgen, wenn es eurer Mutter recht wäre." Die Kinder schauten hoffnungsvoll zu ihrer Mutter. Einen Tag zusperren. Oh Gott, noch weniger Geld in der Kasse. Ihr ging es finanziell nicht schlecht, doch sie mussten alles eisern zusammenhalten, um so leben zu können wie jetzt. Aber der Blick ihrer Kinder und Greylen? Wer könnte da schon Nein sagen? Auf jeden Fall muss sie mit Greylen bald die Einzelheiten durchgehen, sonst könnte es in einem Dilemma enden. „Okay, uns bleibt wohl nichts anderes übrig, außerdem kommt eure Oma schon in 14 Tagen. Ich hoffe, wir schaffen es in so kurzer Zeit." Greylen sah die Sorgen in ihren Augen und nahm ihre Hand. Energie floss wärmend durch ihren Körper. Sie wollte die Hand schon zurückziehen, aber irgendwie konnte sie es nicht. Es fühlte sich beschützend an und nahm all ihre Sorgen. „Elli, ich verspreche dir, dass wir es schaffen. Mein Freund hilft uns, und Marie ist dann auch wieder da. Es wird nichts schiefgehen. Genau in 14 Tagen wird dieses Fest stattfinden." Elli nickte. Sie glaubte ihm. Ganz tief in ihr wusste sie es. Er würde ihr gegenüber nie ein Versprechen brechen. „Greylen, Greylen, trägst du dann auch so einen Kilt wie unsere Schulkameraden in der Schule?" „Das ist doch selbstverständlich. Jeder echte Schotte hat so etwas im Kleiderschrank." In Ellis Kopf tauchte ein Bild auf. Greylen in einem Kilt, an ihrem Baum. Ein echter Highlander, kraftvoll, verwegen und stolz. Ein Traum von einem Mann. Sie schaute ihn verstohlen von der Seite an. Muss er denn so attraktiv sein? Ihre Prinzipien, die sie jahrelang gehütet und gepflegt hatte, werden nach und nach zunichtegemacht. Er ist aber auch etwas Besonderes. Er strahlt eine andere Energie aus als normale Männer. Vielleicht liegt es ja nur daran, dass er nicht normal ist, sondern ein Druide? So viele Fragen und keine Antworten. Auf jeden Fall muss sie ihre Hormone wieder unter Kontrolle bringen, das wäre auf jeden Fall vernünftiger. Sie konzentrierte sich wieder auf das Gespräch. Sie diskutierten noch eine Weile, wie sie es den Leuten schonend beibringen konnte, dass morgen zu ist und wie sie Werbung für ihr Fest machen sollten. Sie einigen sich auf Mundpropaganda, denn hier in der Gegend reicht das vollkommen aus. Als sie alles besprochen hatten mit den Kindern, war es schon so spät, dass noch kaum Zeit war für etwas anderes. In Eile erledigten sie die letzten Vorbereitungen und sperrten das Lokal auf. Die ersten Gäste warteten schon. Die Arbeit verlief ohne Zwischenfälle, und das Schöne daran war, dass sie nicht einmal böse waren, als sie hörten, dass morgen geschlossen ist. Nein, sie freuten sich sogar darüber, als sie von dem schottischen Fest hörten, und sie versprachen, es sofort jedem zu erzählen. Als zur Sperrstunde alle weg waren, setzten sie sich noch gemütlich auf das Sofa. Es war richtig behaglich, aber leider sah das Elli nicht. Sie machte sich Sorgen um das Fest – oder besser gesagt: um das Finanzielle. Sie musste unbedingt mit Greylen darüber sprechen. Er hatte schon jetzt das Ruder übernommen. Wer weiß, wie viel das alles kostet. „Greylen, ich muss mit dir über das Fest reden. Ich bin dir sehr dankbar für deine Hilfe, aber ich mach mir Sorgen um das liebe Geld. Wie du siehst, leben wir nicht gerade in Saus und Braus, und das Fest scheint jetzt schon eine Menge Geld zu verschlingen. Ich weiß nicht, wie ich mir das leisten kann." „Du machst dir zu viele Sorgen. Ich kenne viele, die uns gratis helfen, und einige, die uns einen guten Rabatt geben. Die Lieferanten müssen wir erst nach dem Fest bezahlen, und alles, was übrig bleibt, geht wieder zurück. Ich kann dir sogar versprechen, dass du mit einem Gewinn aussteigst." Elli schaute ihn erstaunt an. „Wie hast du das denn geschafft, und wann hast du das denn alles geregelt?" „Ich habe halt so meine Kontakte, meine Kleine." Selbstsicher lächelt er sie an. Er wusste schon seit Mittag, dass ihr etwas auf der Leber lag. Deswegen freute er sich umso mehr, dass er es geschafft hatte, ihr diese Sorgen zu nehmen. Vor lauter Dankbarkeit gab Elli Greylen einen Kuss auf die Wange. Greylen schaute sie überrascht an. Das hatte er jetzt nicht erwartet, aber es freute ihn. Durch den Kuss saßen sie jetzt noch enger zusammen, und ihr Geruch stieg ihm in die Nase. Sie roch so gut nach Lavendel und Frau. Er konnte gar nicht mehr klar denken. Sie wollte gerade etwas sagen, aber er hörte es nicht. Er sah nur mehr ihre roten, vollen Lippen, die sich verführerisch bewegten. Ohne noch weiter nachzudenken, zog er sie in seine Arme und küsste sie. Sie schmeckte so süß, und ihre Lippen waren so weich und warm. Ein leichtes Stöhnen drang aus ihrer Kehle, als er ihr mit der Zunge die Lippen öffnete und sie ihn willkommen hieß. Sie küssten sich immer leidenschaftlicher. Er zog sie auf seinen Schoß. Er brauchte ihre Nähe, ihre Wärme und ihre Hingabe. Seine Hände waren überall, und sie wollte es auch. Doch als er ihr die Hose öffnen wollte, stieß sie sich von ihm ab, stand auf und blickte ihn mit ängstlichem Gesichtsausdruck an. Er brauchte einige Sekunden, um wieder bei klarem Verstand zu sein. Er verstand die Welt nicht mehr. Wie hat er es nur so weit kommen lassen? Wenn Elli nicht aufgesprungen wäre, wäre er bis zum Äußersten gegangen. Das hätte ihr den Tod gebracht. Kein Wunder, dass sie Angst bekommen hat. Schockiert und enttäuscht über sich selbst, raufte er sich die Haare. Als Elli den Kummer in Greylen sah, tat ihr ihre Reaktion sofort leid. Sie wollte ihn nicht verletzten, und jetzt gab er auch noch sich selbst die Schuld daran. Nein, so konnte sie ihn nicht leiden lassen. Sie musste das klarstellen. Sie setzte sich wieder neben ihn hin. In seiner Nähe fiel ihr sofort auf, dass auch ihr seine Berührungen und seine Wärme fehlten, und auch sie wollte mehr, und genau das machte ihr Angst. Sie kannte solche Gefühle schon lange nicht mehr, und deswegen war sie auch so überrascht und ängstlich, denn mit ihren Geheimnissen darf so etwas nicht passieren. Unglücklicherweise wusste sie jetzt nicht, wie sie ihm das erklären sollte. Sie waren beide schon zu weit gegangen, um es rückgängig zu machen, aber er sollte wissen, dass es nicht seine Schuld ist. Ihr wird nichts anderes übrig bleiben, sie musste ein kleines Risiko eingehen. „Greylen, es tut mir leid. Meine Gefühle haben mich überrascht. Es lag nicht an dir, du trägst keine Schuld an meiner Reaktion." „Nein, Elli. Es ist meine Schuld. Ich hatte mich nicht mehr unter Kontrolle, und genau das hätte dir das Leben kosten können." Trauriger Ernst stand in seinen Augen. „Ich weiß von deinem Fluch, und ich kann dir garantieren, dass das nicht der Grund für meine Reaktion war. Meine Reaktion betrifft meine Gefühle für dich, sie haben mich sozusagen überrumpelt. Solche Gefühle habe ich schon sehr lange nicht mehr empfunden. Mein Leben lässt so etwas eigentlich nicht zu, und dann kamst du, und alles ist auf einmal anders. Ich kann es mir nicht leisten, solche Gefühle zu haben. Es hat schon zu viel Leid gebracht." Mit traurigen Augen blickte sie ihn an. „Elli, wovon sprichst du hier. Du könntest mir nie Leid zufügen. Nicht so wie ich dir." „Greylen, nein, das stimmt nicht ganz. Ich kann dir aber nicht mehr darüber erzählen, nur eins sollst du wissen. Du bist nicht schuld daran, und ob Fluch oder auch nicht, du kannst mir kein Leid zu fügen. Das kannst du mir glauben." Überrascht blickte er Elli an. „Was soll das jetzt heißen? Dieser Fluch ist unumgänglich!" „Wie gesagt: glaub es oder auch nicht. Ich kann dir zurzeit nicht mehr sagen. Es täte mir im Herzen leid." „Was?" „Bitte, lass es. Ich kann nicht." Elli blickt ihn flehend an. Sie konnte nicht mehr. Sie war den Tränen nah. Der Schmerz, den sie damals empfunden hat, als ihr Mann gestorben ist, war sehr greifbar. Es fühlte sich an, als liege ein schwerer Stein auf ihrem Herzen. Greylen sah ihren Kummer. Er konnte den Schmerz spürbar fühlen. Er wollte sie nicht bedrängen, und es tat ihm leid. Er wusste, er war zu weit gegangen. Mitfühlend legte er ihr den Arm um die Schulter. Elli lehnte sich dankbar an ihn. Seine Wärme hüllte sie ein wie eine warme Decke, und ihr Herz wurde ein wenig leichter. Sie war so müde und erledigt von dem Gespräch, dass sie sofort in seinen Armen einschlief. Greylen blickte auf Elli herunter. Dieser Anblick wird sich für immer in sein Herz brennen. Mit ihren leicht zerzausten Locken und den rötlich gefärbten Wangen schaute sie aus wie ein Engel aus dem Himmel. Keine andere Frau wie Elli hat ihn je als menschliches Wesen behandelt oder ihm sogar eine Art Liebesgeständnis gebeichtet. Nicht, nachdem sie wussten, dass ein Fluch auf ihm lastet. Nur Elli. Diese Frau ist eindeutig das Schönste, das ihm je widerfahren ist, auch wenn es nur von kurzer Dauer sein kann. Das Risiko ist einfach zu hoch. Greylen nahm sich vor, die Zeit so gut wie möglich zu genießen. So wie eben. Es ist schon ein großer Genuss für ihn, diese Frau nur halten zu dürfen. Trotzdem wollte er es ihr so gemütlich wie möglich machen. Ganz vorsichtig löste er sich von ihr, holte Decken und Polster für sie beide, legte noch ein paar Scheite in den Kamin, zog sich seine Socken und sein T-Shirt aus uns legte sich wieder zu ihr. In ihrem Halbschlaf drehte sie sich zu ihm und schmiegte sich ganz eng an ihn. Zufrieden und mit einem warmen Gefühl in seinem Herzen schlief auch er ein.

Schweißgebadet wachte sie mitten in der Nacht auf. Sie hatte schon wieder diesen seltsamen Traum wie am Tag zuvor. Das jagte ihr eine Heidenangst ein, und noch dazu lag sie neben Greylen. Sie brauchte einige Minuten, um herauszufinden, wie es dazu überhaupt kam. Wieder klar im Kopf, fiel ihr alles wieder ein. Sie hätte sich ins Bett legen können, aber sie konnte nicht. Dieser Traum beschäftigte sie mehr, als sie wollte, und nur in Greylens Nähe fühlte sie sich ein wenig ruhiger. Sie schmiegte sich noch enger an ihn, und sein starker, beständiger Herzschlag half ihr, wieder einzuschlafen.

In der Früh wachte ausnahmsweise Greylen als Erster auf. Elli schlief noch tief und fest und lag in seinen Armen. Oh Gott, war das ein gutes Gefühl. So aufzuwachen, hatte er sich schon ein Leben lang gewünscht. In diesem Moment wäre ihm am liebsten, wenn die Zeit stehen bleiben würde. Er betrachtet sie noch eine Weile, bevor er sich entschied, ihr eine Tasse Kaffee zu bringen. Er musste sie wecken, auch wenn es noch so verlockend war, hier mit ihr liegen zu bleiben, aber sie hatten heute noch viel zu erledigen. Wieso musste er ihr auch ein schottisches Fest vorschlagen? Leise, um niemanden zu wecken, ging er in Richtung Küche. Als er bei der Tür ankam, hörte er die Kinder miteinander sprechen. Er hätte hineingehen sollen, aber irgendetwas hielt ihn zurück. Er hörte etwas von einem Vogel, der sie in die Stadt begleitet und von einem Apfelbaum, den eine von den beiden innerhalb einer Nacht hatte wachsen lassen. Er hörte auch noch, dass beide vorhatten, sich heute Nacht wiederzutreffen, um ihre Fähigkeiten zu trainieren. Greylen konnte seinen beiden Ohren nicht trauen, als er das hörte, jetzt wundert er sich nicht mehr, wieso diese Familie einen Beschützerbaum hatte. Die Kinder hatten Fähigkeiten, von denen kann man nur träumen. Obwohl er selbst ein Druide ist und selbst einiges aufzuweisen hat, beneidet er sie um diese Fähigkeiten. Sie sind von Nutzen, und das kann man von ihm nicht gerade behaupten. Ob Elli auch irgendwelche Fähigkeiten hat? Auf jeden Fall war er beeindruckt. Er schlich sich ein wenig zurück, um dann ein wenig lauter, aber ohne Elli zu wecken, zur Tür zu gehen, um sie zu öffnen. „Guten Morgen, Kinder." Leicht erschrocken drehten sie sich zu ihm. „Greylen! Guten Morgen. Du bist schon wach?" Sie blickten ihn leicht schuldig an, als hätten sie gerade eben etwas ausgeheckt, was ja auch irgendwie stimmte. „Ja, ausnahmsweise. Ich möchte eure Mutter mit einer Tasse Kaffee aufwecken, oder wollt ihr das lieber übernehmen?" „Nein. Ist schon in Ordnung. Wir verstehen das. Wir haben auch schon Kaffee gemacht, und das Frühstück wartet bereits." „Das ist ja lieb von euch, danke vielmals." Er nahm sich zwei Tassen und eilte so schnell es ging wieder zu Elli zurück. Er stellte die Tassen auf den Tisch und kniete sich vor sie hin. Ihr Anblick ließ ihn innehalten. Ihre Lippen luden ein zum Küssen, und ihre Locken umrandeten ihr vom

Schlaf leicht gerötetes Gesicht. Ein Engel könnte nicht schöner sein. Er musste sich überwinden, sie nicht zu küssen, um sie aufzuwecken. „Elli, du musst aufwachen. Es wird Zeit." Elli gähnte und streckte sich. „Du bist schon auf?" „Ja, und nicht nur ich. Die Kinder auch. Sie haben sogar schon Frühstück für uns alle gemacht und können es kaum noch erwarten, dass wir fahren." Elli setzte sich sofort auf. „Na dann los!" „Trink erst mal einen Schluck Kaffee. Du siehst aus, als könntest du ihn brauchen." „Ja, da hast du recht. Der Geruch allein wird nicht reichen, um meine Lebensgeister wieder zu wecken." Für Elli war es ein schönes Gefühl, auch einmal umsorgt zu werden, sie kannte das schon seit langer Zeit nicht mehr. Manchmal kam es ihr so vor, als trüge sie die ganze Last der Welt auf ihren Schultern. Sie genoss es richtig, so wie jetzt, von jemandem umsorgt zu werden. Mit Genuss trank sie ihren Kaffee. Danach gingen sie in die Küche, frühstückten schnell und fuhren los.

Die Autofahrt dauerte zwei Stunden. Als sie ankamen, führte Greylen sie sofort in das Geschäft, wo auch seine Familie ihre traditionellen Kleider anfertigen ließ. Als sie den Raum betraten, kam ihnen auch sofort ein Verkäufer entgegen. Er blickte erstaunt von einem zum anderen. Ungläubig blickte er zu Greylen. „Guten Tag, Mister Mac Donald. Sie waren ja schon lange nicht mehr hier. Ist das Ihre Familie? Ich wusste ja gar nicht." Greylen würgte ihn sofort ab. „Ja, das ist meine Familie. Meine Frau Elli und unsere zwei Kinder Mia und Lisa, und wir würden gerne Ihre Dienste in Anspruch nehmen. Wir brauchen für alle etwas Passendes." Elli wollte ihn berichtigen, aber der Gesichtsausdruck des Verkäufers ließ sie innehalten. Soll er doch glauben, was er wollte. Greylen strahlte vor Genugtuung, das reichte ihr. Der Verkäufer drehte sich um und eilte in ein anderes Zimmer. Elli und die Kinder blickten sich vorerst einmal um. Das Geschäft sah aus, als würde es nur aus Stoffballen bestehen, mit verschiedenen Mustern. Eins schöner als das andere. Wie sollte man sich da wohl entscheiden? Die Entscheidung wurde ihr auch sogleich abgenommen. Der Verkäufer kam mit einem Ballen mit dem schönsten Muster, das sie je gesehen hatte. Sie verliebte sich sofort in den Stoff, und so wie es aussah, auch ihre Kinder. Sie rannten sofort darauf zu und sagten: „Mutter, den wollen wir haben. Der passt am besten zu uns." Elli schlenderte langsam zu ihren Kindern hinüber und sah es genauso. Dieser Stoff schien nur für sie gemacht zu sein. Das Muster und die Farben zogen sie förmlich an. Ohne noch weiter nachzudenken und ohne sich noch einmal umzuschauen, entschieden sie sich einstimmig für dieses Muster. Der Verkäufer war ein wenig irritiert über das Gespräch zwischen Mutter und Kinder. Es war doch klar, dass dieser Stoff in diese Familie gehört. Dieses Muster und diese Farben sind schon immer und ewig im Besitz der Mac Donalds, aber was weiß er schon. Es hieß doch auch, dass sie verflucht wären und nur einen Sohn bekommen würden und dass die Frau danach stirbt. Hier scheint aber alles in bester Ordnung zu sein. Noch dazu war ja nicht einmal ein Junge vorhanden, sondern zwei Mädchen. War das alles nur ein Gerücht? Mehr nicht? Der Verkäufer holte die Schneiderin, die genauso reagierte wie der Verkäufer zuvor. Sie blickte überrascht und schockiert zugleich. Als sie sich einigermaßen gefasst hatte, machte sie sich an ihre Arbeit. Sie nahm bei allen Maß und verschwand danach wieder in ein Nebenzimmer. Greylen grinste über beide Ohren, nicht nur, weil er zwei Leute in die Irre geführt hatte, sondern auch, weil Elli und die Kinder, ohne zu wissen, dass es die Farben der Mac Donalds war, diesen Stoff sofort, ohne noch weiter nachgedacht zu haben, gewählt haben. Wenn das kein gutes Omen war. Greylen machte eine Anzahlung und erklärte dem Verkäufer, wie wichtig diese Tracht ist und dass sie sie sobald wie möglich brauchen würden, egal, was es koste. Er lud ihn auch sofort zu Ellis Fest ein. Der Verkäufer überlegte nicht lange und sagte zu.

Die Stimmung war ausgezeichnet, als sie den Laden verließen. Es kam ihnen so vor, als würde die Sonne heller scheinen als sonst. Da es so schön war, fuhren sie nicht mit dem Auto, sondern spazierten gemeinsam zu einem Café, wo sie sich mit einem Freund von Greylen treffen wollten. Dort angelangt, bekamen die Kinder eine riesige Portion Eis. Elli und Greylen nahmen nur Kaffee. Einige Minuten später traf auch schon sein

Freund ein. Er hieß Robin, und so, wie er aussah, war er sicher ein großer Frauenverführer. Er war groß und hatte breite Schultern, Er hatte blondes Haar und große blaue Augen. Seine Gesichtszüge wirkten aristokratisch, und er war leicht gebräunt. Er war genauso muskulös wie Greylen und sehr charmant. Elli kam sich ein wenig komisch vor. Die Damen auf den Nebentischen schauten neidisch herüber – und die Männer ebenso. Was kann sie denn dafür, dass sie bei solchen Prachtexemplaren von Männern saß? Sie wirkte dagegen wie eine Vogelscheuche. So kam es ihr auf jeden Fall vor, aber was soll's. Sie hat sich das sicher nicht selbst ausgesucht. Vor lauter Denken bekam sie gar nicht mit, dass Greylen sie angesprochen hatte, erst als beide Männer sie anstarrten und darauf warteten, eine Antwort von ihr zu bekommen, bekam sie es mit. „Oh, entschuldigt! Ich habe jetzt gar nichts mitbekommen. Was war nochmals die Frage?" Robin und Greylen blickten sich an und fingen an zu grinsen. „Ich glaube, alter Freund, wir sind deiner Freundin zu langweilig. Ich habe immer gedacht, dass wir eine betörende Wirkung auf die Frauenwelt ausüben. So kann man sich wohl täuschen." Robin und Greylen schmunzelten. „Tut mir leid, meine Herren. Ich habe mich nur gewundert, wieso das so ist. Mir fällt immer noch kein Grund dazu ein." Elli lächelte die Männer sarkastisch an. „Ganz schön schlagfertig, mein alter Freund, passt zu dir, aber jetzt zu eurem Fest. Mich freut es, dass ihr gleich an mich gedacht habt, wegen eures Festes. Hab gerade nicht viel zu tun, das Wetter macht mir gerade einen Strich durch die Rechnung." Robin setzte eine böse Miene auf und starrte Greylen an. „Es tut mir leid, mein Freund. Ich wollte das nicht, du weißt, ich kann das nicht steuern." „Weiß ich doch. Ich bin dir auch nicht böse, nur irgendwann solltest du es lernen, es zu beherrschen, sonst könntest du noch jemanden verletzen, mein Lieber. Außerdem schadet mir ein wenig Urlaub ja auch nicht, und so, wie es aussieht, ist der jetzt sowieso vorbei. Habt ihr schon irgendetwas Spezielles für das Fest im Sinn? Bin für alle Vorschläge offen." „Wir haben noch nicht wirklich etwas, nur ein Stoffmuster von unseren Gewändern, die wir heute in Auftrag gegeben haben." „Darf ich es mal sehen?" Als Robin den Stoff sah, fiel ihm fast die Kinnlade runter. Er kannte dieses Muster. Es war das Muster der Familie von Greylen. Was hat er sich wohl dabei gedacht? Elli fiel sofort auf, dass etwas nicht stimmte. Robin blickte zuerst überrascht und danach besorgt zu Greylen, aber was hatte das zu bedeuten? Einige Sekunden später hatte er sich wieder gefasst. „Okay, mit diesen Farben wird es sicher nicht allzu schwer sein, etwas für euer Fest zu finden. Hab auch schon eine Ahnung, wo ich anfange. Am besten fange ich gleich damit an, viel Zeit bleibt uns ja nicht. Ich werde euch jeden Tag anrufen, um euch auf dem Laufenden zu halten." Robin stand auf und verabschiedete sich von allen. Sein letzter Blick war besorgt und galt Greylen. „Robin ist wirklich ein sehr netter Mann, aber er wirkte ein wenig besorgt." „Ja, das stimmt. Er ist mein bester und einziger Freund. Wir haben schon viel miteinander durchlebt. Er hat mich schon etliche Male aus einer brenzligen Situation gerettet, und er macht sich immer Sorgen um mich. Das hat aber nichts zu bedeuten. Er ist eben ein fürsorglicher Mensch. Was haltet ihr eigentlich von einem Kinobesuch, wenn wir schon hier sind?" „Hört sich gut an. Sozusagen unser erster Kinobesuch in diesem Land." „Na, dann wird es Zeit, worauf warten wir noch?"

Als sie Richtung Heimat unterwegs waren, redeten sie noch immer über den schlechten Film, den sie sich eben angesehen haben. Doch das machte allen nichts aus. Es war ein Familienausflug, von dem alle schon mal geträumt hatten, aber der eigentlich nicht möglich werden konnte. Heute wurde für jeden dieser Traum real, und das machte alle glücklicher. Als sie ihrer Heimat immer näherkamen, wurde Greylen stiller und nachdenklicher. Elli spürte, dass ihn etwas bedrückte, konnte aber nichts für ihn tun. Das Wetter veränderte sich mit seinen Launen. Die Wolken zogen sich zusammen. Kein Regen, kein Schnee. Das war ja nicht ganz so schlimm. Irgendwann, so hoffte sie, wird er lernen, diese Kraft zu kontrollieren. Greylen merkte nicht, dass Elli ihn beobachtete. Er war ganz in seinen Gedanken gefangen. Greylen musste jetzt, wo sie fast zu Hause waren, an das Gespräch der beiden Kinder denken, das er zufällig am frühen Morgen mitbekommen hatte. Er war sich nicht sicher, was er nun tun sollte. Er wollte wissen, was das alles zu bedeutet hatte, aber gleichzeitig wollte er Elli nicht hintergehen. Sie hat ihm so viel gegeben, was er sich nicht einmal zu träumen wagte. Vielleicht sollte er sie direkt danach fragen, aber er wusste auch, dass sie ihm etwas verheimlichte, aber wieso? Sie kannte doch auch sein Geheimnis. Wie es momentan aussah, war es besser, selbst nachzusehen, was wirklich dahintersteckte. Er fasste den Plan, heute, wenn alle schlafen, selbst auf den Dachboden zu blicken.

Zu Hause angekommen, verstauten die Kinder die wenigen Schätze, die sie bei ihrem Ausflug erworben hatten. Greylen und Elli machten es sich vor dem Kamin gemütlich, wo er anfing, ihr die ganze Kennenlerngeschichte von ihm und Robin zu erzählen, mit all ihren Höhen und Tiefen, wo zu den Tiefen natürlich der Fluch und am Anfang auch die Tatsache, dass er ein Druide ist, dazugehörte. Elli hörte zu und musste sogar ein paarmal lachen. Mitten in der Erzählung gesellten sich die Kinder dazu. Nach dieser Geschichte aßen sie eine Kleinigkeit und erzählten sich noch mehr lustige Geschichten aus ihren bisherigen Leben. Das Negative ließen sie beiseite. Keiner wollte diesen schönen Tag verderben. Greylen vergaß auch schon fast sein Vorhaben. Als die Kinder im Bett waren, gab Greylen Elli noch einen flüchtigen Kuss, wünschte ihr gute Nacht und verschwand ohne einen weiteren Kommentar in seinem Zimmer. Elli schaute überrascht hinter ihm her. Was war das denn, wieso will er heute in seinem Zimmer schlafen? Und wieso war er so kurz angebunden, als hätte er es eilig? Am liebsten wäre sie ihm nachgelaufen, um ihn zur Rede zu stellen, aber das kam ihr dann doch zu blöd vor, also ging sie, müde, wie sie war, selbst zu Bett. Kaum eingeschlafen, fing wieder dieser Traum an, und die Stimme war auch wieder dabei, die sagt: „Man muss leben, um glücklich zu sein." Was soll das nur?

Greylen wartete ungeduldig, bis er glaubte, dass alle schliefen. Danach stieg er ganz vorsichtig, um keinen zu wecken, die

Dachstiege empor. Als er die Lucke öffnete, sah der Dachboden ganz normal aus. Viele Kisten mit Staub überzogen und anderer Krimskram, eine einzelne Glühbirne, die von der Decke baumelte, ließ alles ein wenig düster wirken. Er wollte gerade wieder runtersteigen, als plötzlich eine helle Energie durch ihn strömte und ihn so stark blendete, dass er die Augen schließen musste, es fühlte sich fast so an wie bei der alten Eiche. Als er sie wieder öffnete, traf ihn fast der Schlag. Vor lauter Schreck, was er hier sah, konnte er sich kaum bewegen. So etwas hatte er sein ganzes Leben noch nicht gesehen. Grünes Gras überzog den ganzen Dachboden. Junge Bäume bis zu eineinhalb Meter standen vereinzelt herum. In einer Ecke war ein kleiner Gemüsegarten angelegt, daran grenzte eine Art Blumengarten. In einer anderen Ecke standen Pflanzen, die er nicht einmal kannte, dafür strahlten sie in den schönsten Farben. Im Mittelpunkt des Ganzen ragte ein Ahornbaum bis hinauf zum Giebel. Von ihm strahlte reine Energie und Weisheit aus. Man merkte, dass dieser Baum die nötige Energie spendete, die dieses Ökosystem benötigte. Als der Schock überwunden war, betrat er, ganz vorsichtig, den Dachboden. Es war hier oben wie an einem schönen Frühlingstag. Die Luft roch rein, und es war auch genauso warm. Jetzt entdeckte er auch die Tiere. Vögel saßen auf den jungen Bäumen. Eine Eichhörnchen-Familie saß auf einem Ast des Ahornbaums und beobachtete ihn. Am Fuße des Stamms tobte eine Fuchsfamilie herum. Wie konnte so etwas nur existieren? Der Baum zog ihn magisch an. Als er nähertrat, verflüchtigten sich die Tiere. Auf einmal stand ein gigantisch großer weißer Wolf mit blitzblauen Augen vor ihm. Zähnefletschend drängte er Greylen bis an den Stamm des Baumes. Greylen schauderte, er konnte nirgendwo mehr hin. Dieser Wolf konnte ihn sofort töten, dann war alles vorbei. Jetzt konnte ihm nur noch ein Wunder helfen.

Mia wurde von dem Notruf der Tiere geweckt. Es war ein kleiner Vogel, der hartnäckig an die Scheibe ihres Fensters hämmerte. Lisa hörte es auch. Beide sprangen auf und öffneten das Fenster. „Mia, ihr müsst sofort in den Dachboden. Angus hat euren Freund gestellt und ist dabei, ihm die Kehle herauszureißen!"

„Was, das kann doch nicht wahr sein, wir holen Mutter, schau, dass du ihn noch hinhalten kannst. Wir sind gleich oben." Mia und Lisa sprinteten sofort los. Elli wurde durch die panischen Stimmen ihrer Kinder aus dem Schlaf gerissen. „Mutter, Mutter, Greylen ist auf dem Dachboden, und Angus wird ihn gleich töten, wenn wir nichts unternehmen." Elli sprang sofort aus dem Bett und warf sich schnell einen Morgenmantel über. „Was, wie konnte das passieren, wieso ist er da oben?" „Mutter, das wissen wir nicht, komm, sonst passiert noch was Schreckliches." Elli und die Kinder stürmten los. Oben angekommen, sahen sie ein Bild des Schreckens. Angus stand über Greylen, zähnefletschend, bereit, ihn bei der kleinsten Bewegung zu töten. Mias kleiner Vogel flog über dem Kopf von Angus und quietschte die ganze Zeit, aber der Wolf ließ sich nicht beirren, eine falsche Bewegung, und Angus würde zuschlagen. Elli wollte ihm sofort zu Hilfe eilen, aber Mia hielt sie zurück. „Nein, Mutter, warte, wenn du jetzt losstürmst, ist Greylen tot. Lass mich zuerst zu Angus." Elli schaute ihrer Tochter in die Augen. Sie hatte recht, keiner konnte Angus beruhigen, außer Mia. Sie musste warten. Mia ging ganz vorsichtig zu ihm und sprach mit sanfter Stimme auf ihn ein. Einige Minuten später, die Elli vorkamen wie eine Ewigkeit, ging Angus von Greylen runter und ließ sich von Mia umarmen. Für Elli ein Zeichen, dass sie jetzt zu Greylen kann, sie stürmte gleich zu ihm. Greylen lag immer noch am Boden und blickte verdutzt hinter Mia und Angus hinterher. Erst als er eine vertraute Berührung spürte, erkannte er, dass auch Elli und Lisa da waren. Elli half Greylen vorsichtig auf und umarmte ihn. Mit ihrem inneren Auge scannte sie ihn nach Verletzungen. Gott sei Dank, er ist außer ein paar blauen Flecken unverletzt. Erleichtert ließ sie ihrem Unmut freien Lauf: „Wieso bist du hier oben? Ich dachte schon, ich hätte dich verloren. Jag mir nie wieder so einen Schrecken ein!" „Elli, beruhige dich, mir ist nichts passiert, aber hast du das wirklich ernst gemeint, was du gerade gesagt hast?" Elli wurde sich ihrer Reaktion bewusst, lief rot an und senkte den Kopf. „Elli, schau mich an!" Elli nahm ihren ganzen Mut zusammen und blickte ihm direkt in seine wunderschönen

Augen. „Ja, das alles war mein voller Ernst." Greylen lachte laut los, sodass sich alle zu ihm umdrehten und ihn neugierig anschauten. Elli ärgerte sich über seine Reaktion. Er könnte tot sein, und das ist wirklich nicht zum Lachen. „Ich finde das nicht zum Lachen. Du könntest schwer verletzt oder sogar tot sein", zischte Elli. „Doch, ich finde das schon irgendwie witzig, außer natürlich, tot zu sein, denn dasselbe empfinde ich auch für dich. Ich möchte dich auch nicht leiden sehen, geschweige denn dich in Gefahr bringen, so wie du mich." Elli blickte ihn traurig an. „Ja! Da hast du recht, aber so wie es aussieht, ist es schon zu spät." „Wieso? Ich habe doch nur etwas entdeckt und möchte jetzt gerne wissen, wieso ihr mir nichts von all dem erzählt habt, gerade mir, wo ich doch ein Druide bin und nachempfinden kann, wie ihr euch fühlt." „Greylen, das ist eine lange Geschichte. Außerdem lastet nicht nur auf dir ein Fluch." „So, na ja, jetzt hast du mich noch neugieriger gemacht, und wenn wir schon alle wach und hier sind, könnt ihr mir ja jetzt alles erklären." Elli schaute sich um. Greylen hatte recht, keiner dachte jetzt mehr ans Schlafen. Mia kümmert sich noch um Angus und Lisa um ihre Pflanzen. Die beiden hatten alle Hände voll zu tun, um alle Lebewesen wieder zu beruhigen. „Okay, mir wird sowieso nichts anderes übrig bleiben, habe ich recht?" „Das kannst du laut sagen. Ich möchte ein paar Antworten von dir." Beide lösten sich aus der Umarmung und setzten sich zum Fuß vom Baum des Lebens. Greylen fand es schade, den Körperkontakt zu Elli zu verlieren und nahm deswegen ihre Hand. Elli blickte ihn verwirrt an, entzog ihm aber ihre Hand nicht. Greylen lächelte ihr dankbar und aufmunternd zu. Er war schon sehr neugierig auf ihre Geschichte. „So, wie du nun herausgefunden hast, sind wir auch keine normalen Menschen, eher so was wie du, aber auch nicht." „Wir? Heißt das auch du?" „Ja, auch ich!" „Okay, dass ihr mir etwas verheimlicht, habe ich schon geahnt. Bei den Kindern ist es, was ich gerade sehe, ja offensichtlich, und was ist mit dir, was kannst du so?" „Okay, es stimmt, sie haben Fähigkeiten, die jeder sehen kann, bei mir ist das ein wenig anders. Kannst du dich noch an deine Kopfschmerzen erinnern vor ein paar

Tagen?" „Ja, wieso?" „Das war keine besondere Massage, sondern meine Fähigkeit. Ich scanne den Körper und heile." Greylen musste schlucken. Von solchen Gaben, wie sie diese drei Frauen haben, hatte er noch nie gehört. Was sie alles damit machen könnte. Als würde Elli wissen, was er gerade dachte, unterbrach sie ihn. „Greylen, hör auf damit, auch nur an so was zu denken. Wir helfen, so gut es möglich ist, aber man greift nicht einfach in den Kreislauf des Lebens ein, weder ich noch die Kinder." Greylen blickte sie einige Minuten nachdenklich an. „Okay, ich habe verstanden, aber erzähl doch weiter." „Also, das hier ist unser Ort des Friedens. Hier darf keiner einem anderen Lebewesen, ob Tiere oder Pflanzen, Schaden zufügen. Angus hätte dieses Gesetz fast gebrochen. Gott sei Dank konnten wir das gerade noch verhindern. Wir müssten ihn sonst verbannen, und das würde uns und überhaupt Mia das Herz brechen. Angus ist schon als kleiner Welpe zu uns gekommen." Liebevoll blickte sie zu Mia und Angus, die sich kuschelnd zusammengelegt hatten und kurz vor dem Einschlafen waren. „Gott sei Dank ist ja alles noch gut gegangen. Hier an diesem Ort spielen hauptsächlich die Gaben der Kinder eine Rolle, außer, ein Tier ist schwer verletzt, dann treten meine Fähigkeiten in Kraft. Wie du siehst, ist Lisa mit den Pflanzen verbunden, und Mia spricht mit den Tieren. Der junge Baum des Lebens hält diese Zuflucht normalerweise geheim und spendet die nötige Energie, dieses Ökosystem aufrechtzuerhalten." „Aber wieso konntet ihr mir von all dem hier nichts erzählen, gerade mir?" „Ich hatte Angst, dass sich die Geschichte wiederholt." „Was soll daran so schlimm sein? Eure Gaben sind ja etwas Gutes." „Okay, das Ganze ist so. Angefangen hat das alles mit dem Tod meines Vaters. Als er mitbekommen hatte, dass ich nicht normal war, zog er sich immer mehr und mehr von mir und meiner Mutter zurück, bis er uns endgültig verließ. Einen Tag später starb er an einem Herzanfall in einem Hotelzimmer. Damals hatten wir uns noch nichts dabei gedacht. Erst als auch mein Mann starb. Wir zählten eins und eins zusammen und kamen zum Schluss, dass jeder, der von uns wusste und uns verließ, kurz darauf stirbt." „Da stecken wir aber in einer gewaltigen Zwickmühle. Entweder sterbe ich, weil ich euch verlasse, und wenn ich hierbleibe, könntest du sterben, denn meine Gefühle zu dir und den Kindern werden immer stärker. Eigentlich wollte ich euch nach dem Fest verlassen, um euch in Sicherheit zu wissen, aber jetzt ist das alles um einiges komplizierter geworden. Was sollen wir jetzt nur tun?" Nachdenklich senkte Greylen den Kopf. Elli blickte nach ihren Kindern und dann wieder zu Greylen. Ihr kam eine Idee, und sie teilte sie sofort Greylen mit. „Greylen, dass du uns verlässt, kommt gar nicht infrage, aber du könntest mal diesen oder jenen besuchen, das wäre kein Problem. Mein Vater hat auch seine Mutter ein paarmal besucht, und mein Mann musste zwecks seiner Arbeit viel reisen. Sie sind erst dann gestorben, als ihr Gedanke, uns zu verlassen, sich in ihre Gehirne einbrannte. Wenn ich so nachdenke, ist das eigentlich ganz logisch. Was hältst du davon?" Greylen fing an zu lächeln. „Hört sich plausibel an, das könnte funktionieren." „Du müsstest nur fix bei uns einziehen und nie daran denken, uns für immer zu verlassen." „Ich glaub, das ist das kleinste Übel. Wie du weißt, bin ich sehr gerne bei euch." „So, das wäre ein Anfang, und für alles andere wird sich auch noch eine Lösung finden. Wie ich sehe, geht die Sonne auf. Wie wär's mit Frühstück?" „Hört sich gut an." Greylen und Elli weckten die Kinder auf, die circa vor einer Stunde eingeschlafen waren, und gingen zusammen frühstücken. Die Stimmung war locker. Keiner musste darauf achten, irgendetwas Falsches zu tun oder zu sagen. Alles war in Ordnung. Mias kleines Vögelchen saß bei ihnen und quiekte in einer Tour, als hätte es sich schon lange nicht mehr unterhalten. Für Greylen war es nur ein Gequietsche, aber für Mia war das sehr eindeutig. Greylen schaute immer wieder von einem zum anderen. Er war immer noch erstaunt über die Fähigkeiten, die diese drei Frauen hatten. Er schaute fasziniert zu, wie Mia mit dem Vogel sprach und wie Lisa vor ihm Kresse und Schnittlauch sprießen ließ. Bemerkenswert, er könnte eine Ewigkeit damit verbringen, ihnen zuzusehen. Elli machte es Spaß, alle hier ohne Druck sitzen zu sehen. Das war es, was sie sich schon immer für ihre Familie gewünscht hatte.

Auf einmal hörten sie ein Heulen vom Dachboden. Es war Angus, es war ein Zeichen, dass jemand kommt. Mias kleines Vögelchen flog wieder hinaus, und Lisa hörte auf, mit ihren Pflanzen zu spielen. Einige Sekunden später stürmte Marie herein. Mit sich ziehend ihren Sohn. Sie sah müde und ängstlich aus. Ihr Blick flog hektisch von einem zum anderen. Elli stand auf und ging zu Marie. Sie legte beruhigend einen Arm um ihre Schulter und führte sie zu einem Stuhl. „Marie, was ist los, beruhige dich, hier kann dir nichts passieren, und dann erzählst du mir, was passiert ist." Es war unglaublich für Greylen. Er sah das erste Mal so wirklich, wie Elli ihre Fähigkeit benutzte. Sie brauchte nur wenige Sekunden, um Marie wieder Farbe ins Gesicht zu zaubern und sie wieder ruhig atmen zu lassen. Elli wartete, bis Marie von selbst anfing zu sprechen. Die Kinder beruhigten derweilen ihren Sohn, der immer noch sprachlos dastand. „Elli, wir müssen von hier weg, auch ihr. Mein Exfreund ist aus dem Gefängnis ausgebrochen und ist auf dem Weg hierher. Die Polizei hat mich alarmiert. Sie ist ihm zwar schon auf den Fersen, aber mehr auch nicht. Er hat anscheinend auch schon eine Waffe und hat damit getötet. Elli, er hat eine ganze Familie getötet. Wir müssen wirklich von hier weg. Meine Mutter ist schon zu einer Freundin von ihr gezogen. Elli, wir müssen uns beeilen, er könnte heute Abend schon hier sein." Elli schaute zu ihren Kindern und Greylen und dachte nach. Weglaufen ist keine Option, sie weiß, sie können von hier nicht weg, auf jeden Fall nicht so schnell, und eine langzeitige Lösung wäre es auch nicht. Sie könnten sich verteidigen, genug Macht hätten sie alle, aber was ist mit Marie? Sie wird dann wissen, dass keiner von ihnen normal ist. Sie wird sich fürchten, und Furcht kann alles zunichtemachen. Im schlimmsten Fall müssen sie von hier wegziehen und von vorne beginnen, aber Marie bräuchte dann nicht mehr in Angst und Schrecken leben und kann ein ganz normales Leben beginnen. Elli fasste einen Entschluss, auch wenn es ihr sehr schwerfiel. Sie richtete das Wort an alle, die schon alle gespannt warteten. „Wir werden hierbleiben und uns ihm stellen. Weglaufen ist keine Lösung. Das hier muss ein Ende haben für uns alle. Marie, ich weiß, du hast Angst, aber glaub mir, er hat gegen uns keine Chance." „Elli, du überschätzt ihn, er kennt keine Skrupel, er hat kein Gewissen. Elli, er hat eine ganze Familie getötet. Willst du wirklich unser aller Leben aufs Spiel setzen?" „Marie, ich weiß, du hast Angst, aber ich bin überzeugt davon, dass wir ihn besiegen können. Wir sind nicht so hilflos, wie du glaubst, wir haben noch einige Überraschungen auf Lager, von denen du nichts weißt. Das, was mir mehr Sorgen macht, bist du. Es könnte sein, dass du vor uns Angst bekommst." „Angst vor euch, niemals. Ich verdanke euch mein Leben und das von meinem Sohn, ohne euch wären wir vielleicht nicht mehr am Leben, und ohne euch würden wir hier nicht so ein schönes Leben führen. Ihr seid für uns Familie." Elli blickte zweifelnd in die Runde. „Ich hoffe, du denkst daran, wenn es soweit ist."

Als alles besprochen und geregelt war, ging alles seinen gewohnten Gang. Marie war zwar noch ein wenig skeptisch wegen des Vorschlags von Elli, und sie versuchte noch eine Stunde lang, sie zu überreden, so schnell wie möglich von hier zu verschwinden, aber Elli blieb eisern. Elli machte ihr sogar den Vorschlag, für ein paar Tage wegzugehen, aber das beschämte sie nur. Sie konnte es nicht, wenn andere für sie kämpfen, wollte sie keinen im Stich lassen. Wie sagt man? Die Hoffnung stirbt zuletzt. Sie war auch ein wenig argwöhnisch gegenüber Greylen, aber das legte sich im Laufe des Tages, als sie sah, wie liebevoll er mit den Kindern umging und Elli beschützend zur Seite stand und stehen würde. Ein echter Mann. Wieso ist ihr das nicht schon früher aufgefallen? Aber sie wusste die Antwort schon. Sie hatte einfach viel zu viel Angst vor der Magie, die seine Familie praktizierte. Sie traute sich sogar, ein richtiges Gespräch mit ihm zu führen. Dafür wurde sie immer nervöser, je näher der Abend kam. Greylen war überrascht, als Marie mit ihm ein belangloses Gespräch anfing. Er drehte sich um und schaute ihr direkt in die Augen. Marie erschrak und wich einen Schritt zurück, nahm dann ihren ganzen Mut zusammen und baute sich vor ihm auf. Greylen lächelte ihr aufmunternd zu. Er weiß, dass es nicht leicht war für Marie, dafür bewunderte er sie. „Mister Mac Donald?" „Ja, aber bitte nennen Sie mich Greylen, wir haben dasselbe Ziel, da haben Förmlichkeiten keinen Platz. Wie kann ich Ihnen helfen, Marie?" „Ich möchte Sie bitten, mir zu helfen, Ellis Meinung zu ändern, wir sollten von hier weg, wir könnten alle sterben." Greylen hob überrascht eine Augenbraue. „Wie kommen Sie auf die Idee, ich könnte Elli dazu überreden?" „Ich habe Ihnen zugesehen, sie vertraut ihnen. Die Art und Weise, wie Sie miteinander umgehen, so etwas habe ich bei Elli noch nie gesehen." Als Greylen das hörte, musste er lächeln. „Marie, auch wenn mir Elli vertraut, würde ich sie nicht überreden, ihr Unterfangen bleiben zu lassen, denn sie hat recht. Das hier muss ein Ende haben. Sie macht das nicht für sich, sondern für Sie, dass Sie endlich wieder frei sind, um zu leben. Es ist kein Leben, wenn man immer in Angst und Schrecken lebt. Sie will Ihnen ermöglichen, ein ganz normales Leben zu leben, und ich werde sie unterstützten und ihr helfen, das möglich zu machen. Denken Sie daran, wenn Sie sehen, was für Wunder Elli und ihre Kinder vollbringen werden, um das zu erreichen." Marie blickte ihn schockiert an, sie dachte eigentlich daran, wenigstens die Kinder in Sicherheit zu bringen. „Die Kinder, das kann doch nicht Ihr Ernst sein." „Doch, aber bitte bleiben Sie ruhig, Elli weiß, was sie tut." Mit diesen Worten drehte er sich um und ging. Greylen wusste wirklich nicht, was Elli vorhatte, aber er vertraute ihr. Er würde ihr beiseitestehen und einschreiten, wenn es erforderlich wäre. Aber bei diesen Fähigkeiten kann alles passieren.

Je näher der Abend kam, umso nervöser wurden alle. Greylen ging ums Haus herum und schaute, dass alles verriegelt war. Er wollte nicht, dass sie von hinten angegriffen wurden. Die Kinder und Marie beschäftigten sich derweil in der Küche. Sie backten allerhand Köstlichkeiten, mehr, als sie essen können, um ihre Anspannung zu lindern. Elli hatte sich auf den Dachboden geschlichen. Dort setzte sie sich unter den Baum und ließ seine Energie auf sich wirken. Sie brauchte Zeit zum Nachdenken. Wollte sie das wirklich, ist es nicht leichter, einfach davonzulaufen? Ihre Freundin lag ihr sehr am Herzen, denn sie war die Einzige, die sie je hatte. Jede andere bekam irgendwann Angst vor ihr, oder sie stempelten sie für verrückt ab, und wahrscheinlich wird Marie dann auch dazugehören und ihr den Rücken zuwenden. Der Gedanke machte sie traurig. Doch sie war eine Heilerin, und diese Fähigkeit und die Fähigkeit der Kinder sind dazu da, Lebewesen zu beschützen und ihnen zu helfen, wenn es sein muss. Der Baum des Lebens hat ihnen damals, als sie nach Schottland gezogen sind, übermittelt, dass es wichtig ist, die Gesetze der Natur zu achten und zu befolgen und dass sie irgendwann die Erde retten müssten, aber erst, wenn sie einige Prüfungen erfolgreich absolviert hätten. Ist das eine der Prüfungen? Wenn ja, was erwartet der Baum von ihnen? Wie soll sie diesen Menschen begegnen – und was dann? Sie möchte gerne alle retten, nur – wenn die Seele dieses Menschen zu schwarz ist, kann man ihn dann noch retten? Soweit hat sie ihre Fähigkeiten und die der Kinder noch nie erprobt. Aber es ist auch egal, heute braucht Marie ihre Hilfe, um wieder zu leben, egal, wie es ausgeht. Zuversichtlich, die richtige Entscheidung getroffen zu haben, ging sie zu den anderen in die Küche, wo sie ein großer Berg Süßkram begrüßte. Elli musste grinsen bei so viel Backwerk. „Ich glaub, hier möchte jemand, dass wir alle kugelrund werden. Marie, wann sollen wir das alles essen?" Marie antwortete mürrisch: „Das beruhigt mich, lass mich einfach, und wenn wir das nicht essen, verteile ich es in der Stadt, da wird sich schon einer finden, wenn wir das alle überhaupt überleben." „Okay, okay!" Elli hob beschwichtigend ihre Hände und schnappte sich einen Schoko-Cookie und schob ihn zwischen ihre Lippen. Greylen funkelte sie amüsiert an. Was soll man da auch noch sagen?

Das Abendessen fiel ruhig aus. Jeder hing seinen Gedanken nach. Greylen wusste gar nicht, ob es hier jemals so ruhig beim Essen zuging, sogar die Kinder übten sich im Schweigen. Mia schaute öfter zum Fenster, anscheinend wartete sie auf eine Antwort ihres kleinen Freunds. Beim Abwasch hörten sie ein leises Piepen. Elli schickte Mia, ohne dass Marie verdacht schöpfte, hinaus zu ihrem Freund. Greylen ging mit. „Na, mein Freund, hast du ihn gefunden?" „Ja, nach dem Foto, das ihr mir gezeigt habt, müsste er es sein, nur hat er jetzt einen Bart und ein paar Kilo abgenommen." „Und weißt du ungefähr, wann er hier auftaucht?" „Er fährt wie ein Verrückter, wenn ihr Glück habt, stürzt er irgendeine Klippe hinunter, wenn nicht, wird er so um Mitternacht hier auftauchen." „Bitte sag Angus Bescheid. Er soll nicht unüberlegt handeln, sondern uns rufen, wenn es soweit ist. Danke, mein Kleiner. Ich werde dir noch Futter in den Dachboden legen, das hast du dir verdient. Ruh dich aus." Mia streichelt ihm noch über die Flügel, dann flog er weg. Mia drehte sich zu Greylen und erstattete ihm Bericht, das Gleiche machte sie bei ihrer Mutter und ihrer Schwester – nur Marie und ihren Sohn ließen sie im Ungewissen. Weil keiner schlafen konnte und alle auf das Unwiderrufliche warteten, machten sie noch einige Brettspiele, bis sie ein Heulen hörten, das durch Mark und Bein ging. Elli, Greylen und die Kinder standen sofort auf und gingen hinaus auf die Einfahrt. Marie und ihr Sohn folgten ihnen. Marie war kreidebleich, sie wusste nicht, was ihr mehr Angst machte. Das Heulen oder die bevorstehende Schlacht. Draußen sahen sie nicht mehr weit entfernt ein Auto, das in hoher Geschwindigkeit auf sie zukam. Elli wollte Marie und ihren Sohn zurück ins Haus schicken, aber Marie sagte nur, obwohl sie kreidebleich war, dass sie bliebe. Es ist auch ihr Kampf. So standen sie in einer Reihe und warteten auf den Ankömmling. Wenige Sekunden später gesellte sich Angus dazu. Marie fiel vor Schreck fast in Ohnmacht, aber sie hielt sich aufrecht. Ihr Blick heftete sich auf das herannahende Auto. Für sie war das, was hier ankam, furchterregender als ein lebendiger, schneeweißer Wolf.

Der Mann hielt schlitternd vor ihnen an und stieg wutschnaubend aus dem Auto. In der Hand eine Halbautomatik, geladen und schussbereit. Elli blickte in die schwärzeste Seele, die sie je gesehen hatte, keine andere Farbe war in diesem Menschen verankert. Sie probierte alles Mögliche, um ihren Funken zu ihm zu schicken, um die Schwärze zu lichten, aber so weit kam sie nicht, also ließ sie es bleiben. Seine Seele, wie es aussah, war vor langer Zeit gestorben. Sie sah keine Rettung für diesen Mann.

Der Mann stellte sich vor ihnen auf, die Waffe im Anschlag, und zischte bösartig durch die Zähne. „Ich bin hier, um meinen Sohn zu holen, um ihm beibringen zu können, was ein echter Mann ist – und du, meine kleine Schlampe: Für das, was du mir angetan hast, wirst du und deine Freunde heute sterben." Er zielte auf Greylen, denn ein Mann war die größte Bedrohung für ihn. Er hatte den Finger schon am Abzug und wollte schießen, in diesem Moment sprang Angus zähnefletschend auf dieses Ekel. Beide fielen zu Boden. Vor Schreck vergaß er das Schießen, wollte ihn abwehren, aber gegen einen Wolf kommt man nicht so leicht an. Der Mann hob seine Waffe und schlug Angus etliche Male auf den Kopf. Angus verbiss sich in den Arm des Mannes, sodass er die Waffe fallen ließ. Auf einmal jaulte Angus auf. Der Kerl hatte irgendwo ein Messer bei sich und stach auf Angus ein. Mia schrie vor Angst um ihren Freund auf. Elli nahm Lisa, die auch schon kreidebleich war, und flüsterte ihr etwas ins Ohr. Anscheinend half es, ein bösartiges Lächeln kam zum Vorschein. Ohne dieses Ekel aus den Augen zu lassen, kniete sie sich hin und legte beide Hände auf die Erde. Angus lag nun bewusstlos neben dem bösen Kerl. Sie mussten jetzt schnell handeln, um ihn zu retten. Er war zwar noch am Leben, aber nur noch ganz schwach. Der Mann fing an, sich aufzurappeln und fand sogar seine Waffe wieder, doch wurde er aufgehalten von Schlingpflanzen, die ihn an Beinen und Armen festhielten. Sie schlangen sich um seinen ganzen Körper, bis nur noch sein Kopf herausragte. Mia lief sofort zu Angus und bettete seinen Kopf in ihren Schoss. Marie und ihr Sohn standen da wie angewurzelt, wie auch, all das war schlichtweg unmöglich. Greylen ging zu Lisa und legte ihr die Hand auf die Schulter und ließ den Feind nicht aus den Augen. Elli nutzte die kleine Pause und ging zu Mia und Angus hinüber, der nur noch flach atmete. Im Hintergrund fluchte der Kerl und zerrte an seinen Fesseln, die sich aber immer enger um ihn schlangen. Elli legte ihre Hand auf Angus und ließ alle Energie durch seinen Körper fließen. Sie verschloss alle seine Wunden. Der Wolf atmete wieder normal, nur ein wenig schwach war er noch, wegen des starken Blutverlusts, aber ein wenig Pflege, und er wäre wieder der Alte. Mia atmete erleichtert auf. Sie war aber sehr wütend. Sie schickte ihr Vögelchen, das sich irgendwann dazugesellt hatte, fort. Wenige Sekunden später kehrte es mit einem Schwarm Wespen zurück. Mia sprach mit ihnen, und dann ging das Geheule richtig los. Sie griffen den Kerl an und stachen ihn überall dort, wo noch eine Stelle frei war. Einige Sekunden später war auch schon alles wieder vorbei. Elli trat ganz nah an den Kerl und schaute ihm direkt in die Augen. Dass er noch aufrecht stand, lag nur mehr an Lisa. Doch sprach er immer noch, obwohl seine Lippen von den Stichen der Wespen angeschwollen waren. „Ich werde euch töten, und wenn nicht ich, wird es ein anderer tun, und dann werdet ihr brennen, das verspreche ich euch." Elli wusste nun, was sie machen musste. Ihr blieb keine Wahl. Der Mann war besessen. Irgendjemand benutzte ihn. Sie legte die Hand auf sein Herz und ließ ihre Energie in sein Herz leiten. Sie nahm all ihre Kraft zusammen, sich durch das Dunkle zu kämpfen, bis sie bei seinem Herzen angelangt war. Bevor ihr die Kraft ausging, legte sich eine vertraute Hand auf ihre Schulter und spendete ihr neue Energie. Sie schaute kurz, verwundert über ihre Schulter. Greylen lächelte sie liebevoll an und nickte ihr zustimmend zu. Sie beendete ihr Werk und drückte das Herz solange zu, bis der Mann tot vor ihr stand und nichts mehr ihm helfen konnte. Erschöpft und frustriert, dass sie einen Menschen getötet hatte, fiel sie auf die Knie. Greylen fing sie auf, bevor sie ganz hinfiel und hielt sie fest. Die Kinder stürmten herbei und fielen ebenfalls vor ihrer Mutter auf die Knie. Greylen legte behutsam die Hände über alle, spendete ihnen Kraft und tröstete sie, so gut es ging. Ein kleines Beben brachte sie alle wieder zur Besinnung. Der Mann, der gerade noch alle töten wollte, lag leblos am Boden. Sie rappelten sich alle wieder auf und machten sich daran, die Spuren des Kampfes zu beseitigen. Mithilfe von Lisas Schlingpflanzen verfrachteten sie den Mann und seine Waffen wieder ins Auto und schoben es eine Meile weit entfernt zurück auf die Straße. Dann wischten sie noch alle Spuren ab und gingen schweigend und bedrückt zurück zum Haus, wo immer noch Marie und ihr Sohn dastanden, als wären sie angewachsen. Als

Marie sie sah, lief sie mit ihrem Sohn ins Haus, anscheinend hatte sich ihre Starre gelöst. Elli wusste, dass der Abend noch nicht vorbei war. Sie musste sich noch Marie stellen und ihr alles erklären. Heute stellte sich heraus, wie gut ihre Freundschaft hielt, und Elli hatte Angst. So, als würde es Greylen fühlen, nahm er sie tröstend in die Arme und streichelte ihr übers Haar „Hey, Kleines, es wird alles wieder gut!" Ellis Augen füllten sich mit Tränen. „Danke, aber es hilft mir nicht. Sie wird wie alle, die ich kannte, davonlaufen und es jedem erzählen, den sie trifft – und wir müssen wieder von hier fort." „Das kannst du doch nicht wissen. In Schottland wächst man mit Mythen auf. Wir glauben an das Unfassbare. Nimm mich, alle hier wissen, wer ich bin. Sie wissen, dass ich eine Fähigkeit habe, aber es ist nicht die Fähigkeit, vor der sie sich fürchten. Es ist dieser verdammte Fluch." Ein kleiner Funken Hoffnung breitete sich in ihr aus, und sie konnte sogar wieder lächeln. „Danke, vielleicht habe ich doch noch eine kleine Chance." Sie genoss noch ein wenig die Umarmung und den Duft nach Mann, bevor sie sich von ihm löste. Sie wartete noch auf die Kinder, die Angus ins sichere Versteck gebracht hatten, und gingen dann gemeinsam ins Haus.

Marie stand, ihren Sohn fest umschlungen, vor dem Kamin und starrte ins Feuer. Erst als sie Schritte hörte, drehte sie sich um und blickte mit weit aufgerissenen Augen auf Elli, Greylen und die Kinder. Elli wollte einen Schritt auf sie zugehen, aber Marie wich noch weiter zurück. Elli ließ resigniert ihren Kopf nach vorn fallen. Tränen traten in ihre Augen. „Marie, das wollte ich nicht. Es tut mir leid. Du solltest das nie erfahren." Marie blickte bei diesen Worten Elli ungläubig an. Mit tränenerstickter Stimme sprach Elli weiter. „Ich wollte nicht mehr, dass du ein Leben in Angst und Schrecken führst. Ich möchte, dass du wieder lebst, für dich und deinen Sohn. Darum musste ich das tun, auch wenn du uns nun wahrscheinlich fürchtest, aber ich verspreche dir, dass wir dir und deinem Sohn nie etwas antun würden. Wir sind nicht böse, wir sind ein Teil der Natur und töten eigentlich nicht, aber dein Exmann war nicht mehr zu retten. Du bist nun frei und kannst überall hingehen, auch wenn es mir sehr leidtäte, denn ich habe dich und deinen Sohn sehr in mein Herz geschlossen. Ihr gehört zu meiner Familie, aber ich verstehe dich, wenn du weg willst. Die Entscheidung liegt ganz bei dir." Marie blickt verwirrt in die Runde. Nach fünf Minuten fing sie endlich zu sprechen an. „Ich muss nachdenken und werde mich zurückziehen." Ohne noch ein Wort oder einen Blick ging sie mit ihrem Sohn in ihr Zimmer. „Mama, werden Marie und Christopher uns verlassen, und müssen wir von hier wieder weg? Wir wollen hier nicht wieder weg. Es gefällt uns hier. Hier sind wir endlich zu Hause." Mit traurigen großen Augen blickten sie zu ihrer Mutter auf. Ihr tat das Herz weh, sie wusste, was sie fühlten, denn sie fühlte genauso, aber sie musste nun stark bleiben für ihre Kinder.

„Kinder, ich kann euch diese Fragen heute nicht beantworten. Es liegt bei Marie. Das Gute ist, dass sie nicht sofort vor uns geflüchtet ist, aber es ist noch alles möglich. Wir sollten uns jetzt aber keine Gedanken mehr darüber machen. Es war ein anstrengender Abend, und die Sonne wird bald aufgehen. Wir sollten alle noch ein wenig schlafen, bevor wir neue Entscheidungen treffen." „Mutter, wir sind aber noch überhaupt nicht müde." „Dann schaut nach Angus, dass er genug zu sich nimmt, um wieder zu Kräften zu kommen. Ihr könnt auch bei ihm schlafen, wenn ihr wollt, das gefällt ihm sicher." „Dürfen wir wirklich? Das hast du uns ja noch nie erlaubt." „Ja Kinder, jetzt wissen es doch alle hier im Haus, deswegen gibt es keinen Grund mehr, es euch zu verbieten." Aufgeregt und voller Vorfreude sprangen sie los, holten ihre Schlafsäcke und verzogen sich auf den Dachboden. Elli atmete erleichtert auf. Fürs Erste hatte sie es wenigstens geschafft, dass alle unter einem Dach schliefen. Vielleicht hatte Greylen doch recht, und Marie würde es verstehen, auf jeden Fall ist sie nicht gleich auf und davon.

Greylen stand die ganze Zeit seitlich hinter Elli. Seine Hand auf ihrer Schulter. Er fühlte ihre Angst und wie leer sie war. Sie hat sich sehr verausgabt, und trotzdem stand sie noch aufrecht und zauberte den Kindern ein Lächeln auf ihre Gesichter. Sie zeigte mehr Stärke, als er je gezeigt hatte. Er hat es nicht verdient, dass sie sich um ihn kümmert und ihn in ihrer Familie aufnahm. Sein Herz tat ihm weh, und Kummer breitet sich in ihm aus. Elli drehte sich, als die Kinder verschwunden waren, langsam zu ihm hin, um ihm direkt in die Augen zu blicken. Sie hatte seinen Kummer gespürt, der sich in seinen Augen widerspiegelte. Sie hörte Regen auf dem Dach, nicht stark, sondern leise und eher traurig. „Ich glaube, wir sollten uns setzen, ich bin ziemlich erschöpft, und du siehst auch nicht besser aus." Sie nahm seine Hand und zog ihn zur Couch. Sie wusste nicht genau, wieso er in dieser Stimmung war. Für sie war er ein Held. Sie wusste nicht, wie er es gemacht hatte, aber er hatte zuerst Lisa und dann ihr Energie zugeleitet, und er machte es immer noch. „Greylen, du hast heute so viel für uns getan, und ich bin dir sehr dankbar dafür, aber du kannst nun damit aufhören." Greylen schaute sie verwirrt an. „Ich mache doch nichts, und getan habe ich erst recht nichts." „Doch, spürst du es nicht? Du hast uns die ganze Zeit mit Energie versorgt. Ich weiß nicht, wie du das machst, aber es hat uns allen sehr geholfen. Das ist auch der Grund, wieso ich noch nicht zusammengebrochen bin." „Was soll ich getan haben? Das kann nicht sein. Ich habe nichts gespürt und spüre auch jetzt noch nichts." „Du tust es immer noch, zwar nicht mehr so stark wie vorher, aber du gibst mir immer noch von dir." Greylen musste nachdenken. Er hatte zwar einige Geschichten von solch einem Phänomen gelesen, in den alten Büchern seiner Familie aber stand, dass es nur bei engsten Familienangehörigen möglich sei. Greylen lächelte. „Wenn das wirklich stimmt, dann machst du mich zu dem glücklichen Mann auf der ganzen Welt." Elli wusste nicht, wie ihr geschah. Sein Kummer war wie weggeflogen, als wäre er ein freier Mann. Greylen dachte nicht mehr nach, er zog Elli ganz nah zu sich heran und presste seine Lippen leidenschaftlich auf die ihren. Ein wahrer Funkenregen voller Energie schoss durch ihre beiden Körper und verband etwas Altes mit Neuem. Keiner wusste mehr, wo der andere anfing oder endete. Es fühlte sich richtig an, als wären sie eins. Beide Herzen gingen über vor Liebe zueinander. Das erste Mal in ihrem Leben erfuhren sie, wie sich Liebe wirklich und

wahrhaftig anfühlte. Seine Zunge tauchte tief in sie ein, streichelte ihre und verschlang sie, ohne ihr Zeit zum Nachdenken
zu lassen. Er hatte sich schon immer für die Form ihres Mundes
begeistert, die volle Unterlippe, die so weich und vollkommen
war. Er biss hinein, neckte sie und zog daran, ehe er sie wieder
küsste. Er war ihrem Geschmack verfallen, der so süß und heiß
war, und er küsste sie immer wieder. Er zog ihr die Hose von den
Hüften. Greylen ließ den Kuss abreißen und seine Hände über
die Brüste gleiten, und dann beugte er sich vor, um seine Hände
durch seinen Mund zu ersetzen. Ein erstickter Schrei löste sich
aus ihr, und ihr Körper erschauerte, als er leckte und saugte, bis
sie sich in seinen Armen wand. Seine Zähne bissen zart auf ihre
Brustwarze und zündeten Flammenwerfer, die sich über ihre
Schenkel ergossen. Greylen riss sich sein Hemd vom Leib, zog
ihr die Bluse über den Kopf und ließ sie fallen. Er packte ihre
Handgelenke, zog ihr die Hände über den Kopf und hielt sie
mit einer Hand dort fest, während sein Mund ihren verwüstete
und seine freie Hand an ihren Brustwarzen zog und über ihren
Bauch zu ihrem feuchten, erhitzten Eingang glitt. „O Elli, du
bist ja so bereit für mich. Ich habe so lange auf dich gewartet."
Elli brachte kein Wort heraus. Sie war nahezu blind vor Verlangen. Er hatte ihren Körper in eine so fieberhafte Erregung versetzt, dass sie nicht mehr klar denken konnte. Dann ließ er ihre
Hände fallen, und sein Mund glitt über ihren Körper, während
er auf die Knie sank. Er spreizte ihre Schenkel und legte seinen
Mund auf sie, ließ seine Zunge tief in sie eintauchen, streichelte
sie heftig und sog dann an ihr. Sie schrie auf. Ihre Hände packten
seine Schultern, um sich daran festzuhalten, ihre einzige Stütze,
die sie hielt, als er sie verschlang. Ihr Körper zuckte und wand
sich, ihr Bauch, ihre Schenkel, ihr Hintern und sogar ihre Brüste. Sein Mund war gnadenlos und trieb sie immer höher hinauf,
sodass ihre Muskeln in Bewegung gerieten und sich zusammenzogen und Wogen der Lust durch ihren Körper rasten. Elli gab
sich ihm vollständig hin und ließ ihn von ihr Besitz ergreifen,
bis ihr Körper nicht mehr ihr selbst gehörte. Greylen schob sich
hinauf zu Elli. „Schling deine Beine um mich, Elli", sagte er mit

heiserer Stimme. Sie schlang ihre Arme um seinen Hals und ihre Beine um seine Taille und fühlte seine Erektion an ihrem Eingang. Und dann ließ er ihren Körper auf sich sinken und sie verschmolzen miteinander. Sie hörte ihren eigenen markerschütternden Schrei, als er sie ausfüllte und tief in sie eindrang. Er war so dick, fast zu groß für sie, und eine ungeheure Hitze durchflutete sie, als sie erneut zum Höhepunkt kam. Sie sah ihm ins Gesicht, sah das Funkeln in seinen Augen und die glühende Intensität seines Verlangens, die sich in jeder Linie seines Gesichtes ausdrückte. Ihr Atem verstummte. Ihr Verstand auch. Alles in ihr kam in dem Moment zum Verstummen, als sie erkannte, dass sie Liebe in seinen Augen sah. Die Liebe, die er für sie empfand. Wenn sie ihm mit Leib und Seele gehörte, dann gehörte er ihr ebenso vollständig. Und dann war der Moment vorübergegangen, weil er ihre Hüften stillhielt und so tief in ihr war, dass sie fühlte, wie er fest gegen ihre Gebärmutter stieß. Wieder einmal ging sie unter und ertrank in Wogen reiner Ekstase, die über sie hinweg- und durch sie hindurchspülten. Er begann fest zuzustoßen, und ihre Muskeln packten ihn kräftig, und es brachte ihn um den Verstand, als er spürte, wie ein Höhepunkt nach dem anderen sie mitriss. Ihr Körper passte wie maßgeschneidert zu seinem und sandte Feuer von seinen Zehen bis zu seinem Kopf. Sein Körper spannte sich an, und sein eigener Höhepunkt wütete in ihm wie eine Feuersbrunst. Sein Puls donnerte in seinen Ohren, und sie konnte jeden seiner Herzschläge an ihrem Körper fühlen, als er um Luft rang. Sie sanken beide zusammen und hielten einander umschlungen, bis er es seinem Körper gestattete, sich bebend aus ihr zurückzuziehen. „Lass mir einen Moment Zeit, Elli, dann trage ich dich zum Bett." Sie schlang ihre Finger um seinen Arm, weil sie ihn nicht loslassen wollte. „Wir können doch auch hier schlafen." „Du würdest frieren", protestierte er. „Außerdem will ich dich in deinem Bett lieben, wenn ich aufwache." „Wir können es unmöglich noch mal tun, das ist ganz ausgeschlossen." Sein Lächeln war lasziv und sinnlich, als er die Arme nach ihr ausstreckte. „Alles ist möglich, Baby." Er hob sie ohne Wiederrede hoch und trug sie in ihr Bett. Er kuschelte sich eng an sie, und beide schliefen tief und fest ein.

Am Morgen oder besser gesagt am Nachmittag wurden sie von einem Klopfen aufgeweckt. Elli wollte nicht aufstehen, wollte es ignorieren, aber der, der draußen stand, war sehr hartnäckig. Sie wollte nicht aufstehen und Greylen ebenso. Er drückte sie noch fester an sich und hielt sie umschlungen. Es war herrlich, so aufzuwachen. Sie küsste ihn ganz sanft auf die Lippen und flüsterte: „Draußen wartet jemand. Es könnte wichtig sein." „Lass ihn warten, so dringend wie das hier kann es nicht sein." Zur Bestärkung drückte er seine Erektion an ihren Po. Elli musste lächeln: „Wir haben noch das ganze Leben dafür Zeit." Greylen zog sich zurück, Angst um das Leben seiner Frau drückt ihm das Herz zusammen. Elli spürte es, zog ihn wieder zu sich und legte ihre Hand auf sein Herz. „Greylen, wir werden eine Lösung finden, wir fragen den Baum des Lebens, bitte zieh dich nicht zurück. Ich brauche dich. Wenn ich die Hoffnung nicht aufgebe, dann solltest du das auch nicht." Greylen blickte sie schmerzerfüllt an und sah Liebe und Stärke in ihren Augen. Nein, er würde nicht aufgeben, er würde kämpfen für sie beide und ihre Familie. Er zog sie ganz fest an sich und küsste sie leidenschaftlich, so, als könnte sie nichts trennen. Seine Hände glitten ihren Körper entlang und streichelten sie. Elli konnte keinen klaren Gedanken mehr fassen, Greylens Kraft und seine Gefühle schwemmten durch sie hindurch. Sie konnte seine Liebe sehen und die Kraft, um sie zu kämpfen. Er berührte ihr tiefstes Inneres. Sie stöhnte leise auf, als er ihre Scham zu streicheln anfing. Sie war schon feucht für ihn, Greylen lächelte. „Es ist schön zu wissen, dass dein Körper meinen schon erwartet." Um es zu bestätigen, versenkte er seinen Finger tief in sie. Elli stöhnte auf. Die Lust überschwemmte sie. Er zog sich zurück und stieß wieder zu, sanft streichelte er über ihre Klitoris, während er immer wieder in sie hineinstieß. Die Wellen der Lust schlugen über sie immer stärker und stärker bis hin zu der Spitze des Sturms, der sie zerbersten ließ. Langsam zog sich Greylen aus ihr heraus. Das Nachbeben ihres Orgasmus klang langsam ab. Genüsslich schleckte er an seinem Finger, wo noch die Feuchtigkeit von Elli daran klebte. Ihr Geschmack, lieblich und für ihn bestimmt. Elli beobachtete ihn aufmerksam und errötete leicht. Greylen nahm sie fest in den Arm und flüsterte: „Es ist noch nicht vorbei, meine Kleine." Als Beweis streifte er mit seiner Erektion ihre Scham. Sie stöhnte leicht auf. Ihr Körper war schon wieder bereit, Feuer durchfuhr sie. Greylen schob sich auf ihren Körper, aber als er in sie eindringen wollte, hörte er, wie jemand Ellis Namen rief. Es war eine weibliche Stimme. Elli unter ihm wurde nervös und versuchte Greylens Körper von sich herunterzustoßen, was leider nicht möglich war. Greylen verstand nicht, was los war, rollte sich von ihr runter und beobachtete sie. Sie sprang auf, suchte ihre Sachen zusammen und wollte sich anziehen. Greylen erhob sich mit Mühe mit dieser Erektion und schaute Elli fragend an. „Meine Mutter steht vor der Tür, scheiße. Was ist heute für ein Tag? Wieso ist sie heute schon da? Sie ist ja eine Woche zu früh." Sie war nervös, und vor lauter Hektik zog sie ihre Bluse verkehrt an. Greylen stand auf und hielt sie fest. Elli zitterte am ganzen Leib. „Elli, beruhig dich. Sie ist deine Mutter, sie wird es verstehen, wenn wir ihr alles erzählen. Am besten ist, du ziehst dich an und beruhigst dich, und ich öffne die Tür." „Nein, dann weiß sie es." „Soll sie es nicht wissen?" Greylen war enttäuscht, am liebsten würde er es in die ganze Welt hinausschreien. „Nein, so war es nicht gemeint. Mein Liebling. Sie soll nicht gleich einen Schock bekommen. Sie glaubt, ich lebe in Abstinenz, was ja bisher gestimmt hat." Greylen musste lächeln. „Dann wird es ja Zeit, sie eines anderen zu belehren." Elli wurde ein wenig ruhiger und traf eine Entscheidung. „Du hast recht, geh und öffne die Tür, ich komme gleich nach." Ohne noch ein Wort zog sich Greylen die Jeans an und schlüpft mit nacktem Oberkörper aus dem Schlafzimmer. Sein Hemd lag noch irgendwo vor dem Kamin, aber es störte ihn nicht. Elli stellte sich unter die Dusche und machte sich innerlich fertig, ihrer Mutter entgegenzutreten. Sie liebte ihre Mutter, aber wie soll sie ihr einen Mann beibringen, wo sie doch weiß, was sie ist? Greylen öffnete die Tür.

„Ich grüße sie. Sie sind Ellis Mutter, wie ich gerade erfahren habe. Ich bin Greylen Mac Donald. Darf ich Ihnen helfen, das Gebäck reinzutragen?" Der Gesichtsausdruck der alten Lady ließ ihn lächeln, so schockiert blickte sie ihn an. Sie fasste sich aber gleich wieder. „Oh, ein Mann, das hätte ich aber jetzt nicht erwartet. Nennen Sie mich doch Elisabeth." Sie reichte ihm die Hand, die er dankbar entgegennahm. Sie schlüpfte hinein und schaute sich um. Anscheinend gefiel ihr das kleine Häuschen, denn sie lächelte. Greylen trug die Koffer rein und stellte sie vorläufig mitten im Raum ab. Elisabeth drehte sich zu ihm um und inspizierte ihn von oben bis unten. Sie wurde leicht rot, als sie seinen nackten Oberkörper betrachtete, sie blickte sofort wieder in sein Gesicht. „Mister!" „Nicht Mister, nennen Sie mich doch Greylen, wie alle anderen auch." „Okay, Greylen, so wie es aussieht, muss das eine sehr anstrengende Nacht gewesen sein, die Kinder sind noch nicht wach, und Sie scheinen auch gerade erst aufgestanden zu sein, mein Junge. Was halten Sie davon, mir die Küche zu zeigen, dann kann ich für alle Frühstück machen, auf jeden Fall brauche ich jetzt eine Tasse Kaffee." „Das werde ich gerne. Kaffee könnten wir jetzt alle gebrauchen. Wir hatten eine anstrengende Nacht, wir alle, aber Genaueres sollte Ihnen Elli erzählen."

Greylen zeigte ihr die Küche, wo sie sofort loslegte. Greylen setzte sich hin und schaute ihr zu. Nach fünf Minuten stellte sie ihm eine dampfende Tasse Kaffee vor die Nase, die er dankbar annahm. In fünfzehn Minuten war der Tisch gedeckt. Pfannkuchen, Spiegeleier und gebratener Speck standen auch schon bereit. Elisabeth goss gerade den letzten Pfannkuchen in die Pfanne. Greylen war überrascht. „Wow, das ging aber schnell. Haben Sie vielleicht auch Fähigkeiten wie die Mädchen? So schnell habe ich das noch nie gesehen." Elisabeth ließ schockiert die Kelle fallen und drehte sich zu ihm rum. „Was wissen Sie darüber, Mister?" Sie blickte ihm erschrocken in die Augen. „Alles!" Überrascht fuhr sie sich übers Gesicht. „Ich hoffe, Sie wissen, was das alles bedeutet und was für Konsequenzen das mit sich bringt." „Ich weiß es." Elisabeth blickte ihn einige Minuten lang nachdenklich an. „Na dann, herzlich willkommen in unserer Familie, würde ich sagen." Sie drehte sich um, um den letzten Pfannkuchen aus der Pfanne zu holen. In diesem Moment betrat Elli den Raum. Elli atmete die Düfte ganz in sich hinein. Es roch nach Mutter und Behaglichkeit, und wie früher, in ihren jungen Jahren, stand das Frühstück schon auf den Tisch. So schnell bekam das keiner hin. Elisabeth blickte auf, fing an zu lächeln und ging auf Elli zu. Sie zog Elli in eine herzliche, fürsorgliche Umarmung, wie es nur Mütter können. Tränen brannten in Ellis Augen. Jetzt erst fiel ihr richtig auf, wie sie ihre Mutter vermisst hatte. Sanft streichelte Elisabeth beschwichtigend über Ellis Haare. „Hallo, meine Kleine. Ich bin ja da und werde so lange bleiben, wie es sein muss." „Ach Mutter, es ist viel zu lange her. Ich habe dich so vermisst und die Kinder auch." Elisabeth löst sich aus der Umarmung und blickte sie von oben bis unten an, wie es besorgte Mütter so tun. „Gut schaust du aus." Sie zerzauste ihre frisch geföhnten Haare. „Aber wo sind denn eigentlich meine Enkelkinder?" Sie blickte Richtung Tür. „Sie werden sicher gleich kommen. Sie haben heute das erste Mal auf dem Dachboden übernachtet, weil es Angus nicht gut ging." „Eurem weißen Wolf? Was hat er denn? Konntest du ihm helfen?" „Ja, ja, es ist alles in Ordnung. Er hat viel Blut verloren, aber er wird schon wieder." „Was ist passiert, hat ihn ein Jäger erwischt?" „Nicht ganz, aber können wir uns setzen? Ich könnte auch eine Tasse Kaffee vertragen." „Ja natürlich, entschuldige!" Elisabeth zog Elli zum Tisch, wo sie sich zu Greylen setzte und seine Hand nahm, um zu zeigen, dass er zu ihr gehörte. Elisabeth blickte von einem zum anderen und lächelte beide an. „Ich glaube, ich brauche neue Updates. Anscheinend hat sich seit unserem letzten Telefonat vieles verändert." „Ja es hat sich einiges getan." Elli fing an zu erzählen, angefangen von ihr und Greylen, und sie ließ nichts aus. Sie erzählte ihr, dass er ein Druide ist und dass er das Wetter beeinflussen kann bis hin zu dem Fluch, wo sie erst noch eine Lösung finden mussten. Sie erzählte von Marie und ihren Exmann und was gestern geschehen war. Elisabeths Gefühle spiegelten sich in ihrem Gesicht. Von Liebe und Zuneigung bis hin zu Furcht und Angst. Als Elli fertig war, blickte Elisabeth sie nachdenklich an. „Wow, da war ja wirklich was los. Ich werde euch so gut es geht helfen, angefangen mit Marie. Sie ist noch da, das bedeutet ja wohl was." Die Kinder stürmten herein. „Hallo Oma, du bist schon da, wir haben dich ja so vermisst." Sie umarmten sie und gaben ihr einen dicken Schmatz auf ihre Wange. „Ihr habt mir auch gefehlt, und ich habe schon alles Mögliche über euch erfahren." Sie zwinkerte Elli zu. „Für das, was ihr getan habt, habe ich für jeden von euch Geschenke mitgebracht und auch für euren neuen Freund. Wo ist er eigentlich?" Bedrückt blickten sie zu ihrer Mutter. „Ach so, ich verstehe. Jetzt macht euch mal keine Sorgen, das wird schon wieder." Die Kinder setzten sich zu ihrer Mutter und stärkten sich an dem guten Frühstück. Währenddessen redeten sie von der Schule und ihren neuen Freunden. Sie erzählten auch von ihren Fähigkeiten und was sie alles dazugelernt hatten. Zwischendurch kam Mias kleiner Vogel hereingeflogen und hüpfte auf dem Tisch umher, als wäre es das Normalste auf der Welt. Als Marie und ihr Sohn den Raum betraten, hörte man nur mehr den kleinen Vogel zwitschern. Elli stand langsam auf und trat auf Marie zu. Maries Blick schweifte über die Menge, bis ihr Blick auf Elisabeth haften blieb. Elli nahm es als Zeichen und stellte ihre Mutter vor. „Darf ich vorstellen, das ist meine Mutter Elisabeth, und bevor du fragst: Nein, sie hat keine magischen Fähigkeiten." Maries Blick glitt zu Elli zurück. Elisabeth stand auf und reichte ihr die Hand, die sie dankbar annahm. „Hallo Marie, schön, Sie endlich kennenzulernen, hab schon viel von Ihnen gehört, aber wir können uns auch später unterhalten, die Kinder können es nämlich kaum noch erwarten, ihre Geschenke auszupacken. Für Ihren Sohn habe ich auch etwas dabei, Befehl von den zwei Mädchen, wenn er will, könnte er auch gleich mitgehen. Ich habe die Geschenke in einem meiner Koffer, die noch im Wohnzimmer stehen, wenn es Ihnen nichts ausmacht." Alle warteten angespannt, was Marie jetzt tun würde. Einige Minuten später nickte sie ihrem Sohn aufmunternd zu. Mia und Lisa sprangen auf, nahmen Christoph in die Mitte und gingen ihrer Oma nach. Greylen stand auf, hauchte Elli einen kleinen Kuss auf die Lippen und folgte der Meute. Elli und Marie waren jetzt ganz allein in der Küche.

Müde von den gestrigen Ereignissen schleppte sich Marie, ohne Elli in die Augen zu blicken, an ihr vorbei, zu der schwarzen, lebensspendenden Brühe. Mit zitternden Händen schenkte sie sich eine Tasse ein und trank einen Schluck, bevor sie Elli in die Augen schauen konnte. Elli las in ihren Augen Furcht, Schmerz und Schuldgefühle. Diese Gefühle hatte sie verursacht, und dieses Wissen tat ihr im Herzen weh. Sie wollte nicht, dass Marie litt, sie traf für das alles keine Schuld. Minutenlang schwiegen sie sich an. Elli kam es vor wie eine Ewigkeit. Dann ging alles auf einmal viel zu schnell. Marie fing heftig an zu weinen, rannte zu Elli und schloss sie in eine feste Umarmung. „Elli, es tut mir so leid. Ich habe über alles nachgedacht. Wie wir uns kennengelernt haben, bis hin zu der gestrigen Nacht. Ich weiß, dass du gut bist und deine Kleinen auch. Ihr würdet uns nie etwas antun. Es tut mir so leid, dass ich an dir gezweifelt habe. Ich werde es dir tausendfach zurückgeben, was du für uns getan hast. Mein Sohn und ich sind endlich frei, dank eurer Hilfe. Ich werde bleiben und dir, egal was auch noch kommt, zur Seite stehen. Ich hoffe, du kannst mir verzeihen." Elli war schockiert über die Reaktion von Marie. So etwas hatte sie jetzt wirklich nicht erwartet. Auf alles war sie gefasst. Wut, Angst und Verzweiflung, aber das hier? Erleichtert über Maries Reaktion nahm sie sie fest in die Arme und redete auf sie ein. „Marie, da gibt es nichts zu verzeihen. Wir sind eine Familie, und wir müssen doch zusammenhalten. Ich bin froh, dass du nicht davongelaufen bist, das bedeutet mir so viel. Das kannst du dir gar nicht vorstellen." Als sich Marie wieder beruhigt hatte, setzten sie sich zusammen und redeten. Marie wollte alles wissen. Was sie alles können, ob es vererbbar ist, wieso ihre Mutter keine Fähigkeiten hat und so weiter. Elli beantwortete alle Fragen so gut es ging, nur wusste sie selbst auch nicht wirklich viel. Manche Fragen stellte sie sich schon selbst ein Leben lang, ohne jemals eine Antwort darauf gefunden zu haben. Als Marie erfuhr, dass es Greylen vor ihr wusste, reagierte sie ein wenig sauer, das legte sich aber bald. Sie verstand es. Gleich und Gleich gesellt sich gern. Als das Gespräch auf Greylen kam, machten sich Sorgenfalten auf ihrer Stirn bemerkbar, aber sie verstand Elli. Sie geht zwar ein hohes Risiko ein, aber was tut man nicht alles für die Liebe – und vielleicht haben sie ja dank der

Magie eine Chance. Auf jeden Fall beschloss Marie, egal wie es ausgehen würde, für sie und ihre Mädchen da zu sein. Als alles besprochen war, schlossen sie sich den anderen an, die vollauf mit Geschenkeauspacken beschäftigt waren. Greylen ging das Herz auf, als er sah, dass Elli und Marie gemeinsam und lächelnd zu ihnen kamen. Jetzt war fast alles wieder gut.

Elisabeth freute sich für ihre Tochter. Sie hatte schon genug in ihrem Leben durchgemacht und hatte schon viele Freunde verloren, alles nur wegen ihrer Gabe. Jetzt endlich hatte sie eine echte Freundin gefunden. Nur das mit Greylen machte ihr ein wenig Sorgen. Das möchte sie noch aufgeklärt haben, aber das kann für heute warten. Ein wenig Ruhe und Freude schaden momentan keinem. Die Kinder sind auch noch ziemlich angeschlagen von dem gestrigen Ereignis. Die Kinder waren begeistert von den Geschenken. Großmutter hatte Christoph ein echtes Schweizer Taschenmesser mitgebracht, das er sofort begutachtete und seiner Mutter zeigte. Die Mädchen bekamen eine Kiste mit österreichischen Leckereien, die es hier nicht gab. Sie nahmen sich nur ein wenig, denn es musste wieder für lange Zeit reichen. Sogar für Elli hatte sie eine kleine Kiste voller österreichischer Süßigkeiten mitgenommen, die bekam sie aber erst später, als die Kinder im Bett waren – sonst, und das wusste Elisabeth ganz sicher, hätte Elli nicht viel davon sehen.

Der restliche Tag verging wie im Flug. Die Kinder erzählten ihrer Großmutter alles, was sie, seit sie hierhergezogen waren, erlebt hatten – und natürlich von dem bevorstehenden Fest. Die Großmutter war begeistert, aber irgendwann meldete sich der Hunger. Die Großmutter schlug den Kindern vor, spielen zu gehen und Christopher den Dachboden zu zeigen. Marie fragte sie, ob sie ihr in der Küche helfen könnte. Elli und Greylen konnten ein wenig Zeit allein verbringen. Elli musste lächeln. Es war fast so wie in den guten alten Zeiten, ihre Mutter bewerkstelligte es immer irgendwie, das Zepter an sich zu bringen, es störte sie aber nicht, denn sie wollte mit Greylen allein sein. Ihn berühren, ihn küssen und in seinem Herz sein. Außerdem wurde es Zeit, mit ihm zu reden. So schön es auch war, so zu tun, als wäre nichts – doch der Fluch ist immer noch real. Als alle weg waren, nahm Elli Greylens Hand und zog ihn mit in ihr Zimmer.

Greylen konnte es kaum erwarten. Elli roch so verführerisch, ihre Haut war so zart, als würde sie nur auf ihn warten. Als sie allein waren, nahm er sofort von ihren zarten Lippen Besitz. Während er sie atemlos küsste, trug er sie durch den Raum. Dann kniete er sich aufs Bett und setzte sie sanft darauf ab. Elli streckte sich aus. Ihre sinnlichen Bewegungen und ihr verlockendes Lächeln wirkten wie eine Sirene auf ihn. Es gab nur noch Elli. Mit einer Hand öffnete er die Knöpfe ihrer Bluse und wanderte mit seinen Lippen über die entblößte Haut. Elli holte tief Luft, ein lustvolles Stöhnen entrang sich ihrer Kehle, und sie bog sich seinem erfahrenen Mund entgegen, Durch ihren BH knabberte er an ihr, und seine Lippen streiften die erregte Spitze ihrer Brust. Dann öffnete er den Mund und biss sanft zu, und die Feuchtigkeit seiner saugenden Lippen durchdrang den Stoff. Sie zuckte zusammen, als von diesem einen kleinen Punkt die Lust durch ihren ganzen Körper fuhr. Sie berührte seine Wange. Eine stumme Aufforderung. Und er hob seinen Kopf ein ganz klein wenig, um ihren BH zur Seite zu ziehen und die schöne dunkle Spitze zu entblößen. Dann kehrte sein Mund voll neuer Begierde zurück, und seine andere Hand fuhr über ihre zarten Rippen, ihre schmale Taille und den sanften Schwung ihrer Hüfte. In den nächsten Sekunden fielen ihre Bluse und ihr BH von ihr ab. Plötzlich war sie von der Hüfte an aufwärts nackt. Elli hatte ihre Hände tief in seinem Haar vergraben. Mit dem Mund liebkoste er ihre erregten Brüste, und seine forschenden Hände wanderten über ihren Körper und trieben sie an den Rand des Wahnsinns. Dann spürte sie, wie er die Naht ihrer Jeans an der Innenseite ihrer Schenkel ertastete. Mit den Fingerspitzen fuhr Greylen daran entlang nach oben und genoss es, wie die Hitze, die Elli ausstrahlte, mit jedem Zentimeter größer wurde. Seine Lippen lösten sich von ihrer Brust und fanden ihren heißen Mund. Tief und gierig saugte er den Geschmack ihres Kusses in sich auf. Er wurde fast wahnsinnig vor Lust, als Elli an seinen Lippen keuchte und stöhnte. Sie zerrte sein Hemd aus der Hose, sie wollte seine Haut an ihrer Haut spüren. Greylen kam ihr entgegen, während seine Finger weiterhin aufreizend an der Naht ihrer Jeans nach oben glitten. Ihr war nicht bewusst, wie sehr sie sich wand und krümmte, um den Weg seiner Hand zu verkürzen. Sie merkte nicht, wie jedes Zucken ihres heißen Körpers seine Instinkte entfesselte. Ihr Duft drang in jede einzelne seiner Poren, und ein tiefes Knurren entrang sich seiner Brust, als er endlich die Quelle dieser wundervollen Hitze mit einer glühenden Hand umschloss. Er drückte seine Handfläche gegen ihren Hügel und schob seine Finger tief zwischen ihre Beine. Und als er spürte, wie feucht ihre Jeans war, stöhnte er auf. Schnell setzte er sich auf und zog sich das Hemd aus. Seine Bewegungen waren wild und ungezähmt, aber Elli ließ sich nicht einschüchtern. Mit heißem Flüstern trieb sie ihn an und hob ihre Hüften, als er ihr die Jeans und den Slip herunterstreifen wollte. Gleichzeitig öffnete sie ungeduldig seinen schmalen Gürtel. Als auch er endlich vollkommen nackt war, drängte er mit den Händen ihre Knie auseinander und legte sich auf sie. Mit großen, erwartungsvollen Augen sah sie ihn an. „Du bist anbetungswürdig", flüsterte er ihr zu, während er die empfindliche Stelle an ihrem Hals küsste, die er gerade erst entdeckt hatte. Er nahm ihre Hand und führte sie zu seiner Männlichkeit. Greylen brach der Schweiß aus, während ein Schauer über seinen ganzen Körper lief. Ihre Liebkosungen waren die pure Ekstase für ihn und ließen seinen Schaft zu unglaublicher Härte anschwellen. Dann entdeckte sie die Nässe, die ihre Hand ihm entlockte. Sie verrieb sie, und er stöhnte heiser. Sie spürte die quälende Lust, die sie ihm bereitete. Spürte jedes Zucken, das ihn durchfuhr. Sie gab leise erregte Laute von sich, ohne dass sie es bemerkte, während sie ihre fest geschlossene Hand an seinem Schaft auf und abgleiten ließ. Ein Verlangen, das aus Urtiefen kam, explodierte in Greylens Geist. Als sie einander wieder in die Augen sahen, war in ihnen beiden das Tier erwacht. Elli hörte ein leises, forderndes Knurren. Erst dann begriff sie, dass der tiefe, lockende Ruf aus ihrer eigenen Kehle gekommen war. Erneut stieß sie das raue Gurren aus, das ihn zur Paarung aufforderte. Und Greylen antwortete grollend und so mächtig, dass es von den Wänden widerhallte. Er packte ihr Handgelenk und drückte es in das Kissen neben ihrem Kopf. Sein Blick bohrte sich in den ihren, ein dunkles Glitzern, in dem die wilde Lust stand, die er jetzt in jeder Faser seines Körpers spürte. Er senkte seinen Kopf auf ihre Brust, die sich ihm lüstern entgegenreckte. Sie atmete heftig, hob ihm dabei ihren Busen entgegen, in seinem aufgewühlten Blick las sie Befriedigung. Mit den Zähnen kratzte er über ihre Haut, fuhr hinauf zu ihrem Schlüsselbein und folgte der Rundung ihrer Schulter. Dann packte er sie, warf sie grob auf den Bauch und presste seine Lippen hart auf ihr Schulterblatt. Seine Hände umfassten ihre Hüften und hielten sie fest, während er sie mit seinen Schenkeln auf die Knie zwang, um ihren Körper über seine steif aufgerichtete Männlichkeit zu ziehen. Elli keuchte vor Lust, als sie spürte, wie er an ihren äußeren Schamlippen entlangglitt. Das wilde Verlangen, endlich von ihm genommen zu werden, brandete durch ihren Körper. Seine Zähne im Fleisch ihrer Schulter und der raue Griff seiner Hände steigerten ihre Lust nur noch mehr. Greylen spürte, wie die Gier in ihm tobte, so kurz vor der Erfüllung, die ihn feucht und willig willkommen hieß. Fordernd drehte und wand sie sich ihm entgegen, auf der Suche nach der Lust, die seine zuckende Härte zwischen ihren Schenkeln ihr versprach. Dann konnte Greylen sich nicht mehr zurückhalten. Er packte ihre Hüften noch fester und zog sie gegen die äußerste Spitze seines steifen Schafts. Voll wildem Verlangen schrie Elli seinen Namen, und er spürte, wie sie sich an ihn drängte, um zu erzwingen, was sein fester Griff noch verhinderte. Doch er wollte diesen Moment auskosten. Er hatte so lange darauf gewartet. Während er sie hinhielt, genoss er ihre kleinen Laute und verzweifelten Bewegungen. Wieder und wieder rieb er sich an ihr, sodass sie zuckte vor Lust. Dann hatte er die kostbare Schwelle erreicht, Schweiß tropfte ihm von den Haaren auf die schmalste Stelle ihres Rückens, und sein erzwungenes Zögern quälte ihn genauso wie sie. Und dann endlich ließ er sich gehen. Mit einem einzigen brutalen Stoß pfählte er sie. Er wollte das nicht. Eigentlich hatte er vorgehabt, jede Sekunde zu genießen, während er langsam in sie eindrang. Doch in dem Moment, als er sich in sie versenken wollte, hatte sie ihn gerufen. „Greylen", hatte sie gekeucht, während sie den Kopf wild hin und her warf und ihr Fleisch an seiner Männlichkeit bebte. „Bitte! Komm zu mir! Bitte!" Damit war auch der letzte Faden gerissen, der seine Selbstbeherrschung noch im Zaum hielt. Langsam und sanft oder schnell und hart, sie war so eng, so heiß und so feucht, sie war wie führ ihn gemacht. Nie in seinem Leben hatte er so etwas erlebt, so tief und so genau passend in ihr zu sein. Elli fühlte sich von Greylen derart ausgefüllt, dass sie sich fragte, warum sie nicht platzte. Greylen rief nach ihr, ein tiefes Grollen kam aus seiner Brust, als er sich über ihre kleine Gestalt beugte und sie festhielt, damit sie beide genießen konnten, dass er nun endlich in sie eingedrungen war. Aber sie wollte nicht geduldig auf ihn warten. Sie hob ihre Hüften und zog sich am Laken noch vorn, sie spürte, wie die steinharte Männlichkeit aus ihrem Körper glitt, und spannte ihre weiblichen Muskeln an, um ihn zu halten. Greylens Reaktion darauf glich einem Vulkan. Er fluchte und stieß dann aus tiefster Seele ein Stöhnen aus. Er griff nach ihrem zarten Hals und umschloss ihn mit seinen kraftvollen Fingern. Mit der anderen Hand fuhr er von ihrer Hüfte über ihrer schweißnassen Haut zu ihrer Taille. Noch einmal stieß Greylen zu, so tief und so hart, dass er ihre Knie vom Bett hob. Ein kehliger Laut drang rau über seine Lippen, während sie sich heiser keuchend vor ihm wand, seine Finger an ihrem Hals. Sie war heiß wie ein offenes Feuer und gleichzeitig triefend nass und so unglaublich eng. „Greylen, bitte nicht, bitte hör nicht auf. Hör nie wieder auf." Wieder stieß er tief in sie hinein, drang so tief in ihren Körper vor, wie es nur möglich war. Greylen stöhnte leise und begann jetzt einen Rhythmus zu finden. Er stieß in ihren engen, wunderbaren Körper hinein und genoss die pure Lust, die sie ihm bereitete. Ihre Leidenschaft war wie ein funkensprühendes Feuerwerk aus Licht und Verlangen, das ihn verschlang, noch weit über das körperliche Verlangen hinaus. In diesem einen Augenblick hatte er wirklich das Gefühl, dass sich alles in ihm zu einer Einheit verband. „Greylen", schnurrte Elli, um ihn zu ermutigen. „Oh ja ..." Er lächelte verschmitzt, als sein Name so sinnlich über ihre Lippen kam und sie ihr Verlangen nicht verbergen konnte. Er zog sich zurück und verharrte einen Moment in ihrer Nässe. Elli schnappte nach Luft, übermannt von einem plötzlichen Gefühl der Leere, und drückte instinktiv ihre Hüften nach hinten. Er löste sich von ihr, und sie wimmerte bestürzt und erschrocken. Doch dann drehte er sie wieder auf den Rücken, diesmal mit erstaunlicher Sanftheit, hob ihre Beine an und legte sie um seine Hüften, während er sich auf ihren ausgestreckten Körper sinken ließ. „Ich muss deine Lippen kosten, während ich in dir bin. Ich muss die Lust in deinen Augen sehen." Voller Verlangen eroberte er ihren Mund und genoss den Geschmack, den sie ihm schenkte, während er wieder tief in ihren willigen Körper hineinstieß. „Elli", stöhnte er an ihren Lippen, während er sie wieder nahm, und er spürte, wie sie sich ihm entgegenbog. Hitze, Nähe, gierige, erregte Nässe. Alles an ihr zog ihn in sie hinein. Sie war vollkommen. In all den Jahren war er noch nie auch nur annähernd einer solchen Vollkommenheit begegnet. Dies war eine Verschmelzung von Körper, Geist und Seele. Das Gefühl war so stark, dass er sich dafür verfluchte. Ihr Duft, ihr Körper, das alles umgab und erfüllte ihn, so wie er sie erfüllte. In der Sekunde, als er tief in ihren Körper stieß und fühlte, wie sie sich auf ganz natürliche Weise im gleichen Rhythmus bewegte, wusste er, dass er tatsächlich ihre Bestimmung war. Er ließ seine Hände über sie gleiten und suchte ihre empfindsamsten Stellen, um das Feuer in ihr weiter anzufachen. Es war einfach unglaublich. Sie keuchte im Rhythmus seiner Stöße und hielt seine Schultern umklammert. Plötzlich explodierte Elli, taumelnd stürzten sie gemeinsam über den Gipfel ins wundervolle Nichts. „Elli!" Greylen konnte nicht anders, er musste ihren Namen rufen, während er spürte, wie der Orgasmus durch seine Adern pulste. Und er kam in heftigen Zuckungen, bis er sein ganzes Ich aus den Tiefen seiner Seele in sie verströmte. Das Gefühl war so stark, dass er sicher war, sie müsse nun seine geheimsten Träume, jeden Wunsch und jede Hoffnung kennen. Energie explodierte aus ihnen heraus und durchflutete das ganze Haus damit und erreichte jedes Lebewesen, das sich darin befand. Es dauerte mehrere lange und atemlose Minuten, bevor sie sich wieder bewegen konnten. Elli bemerkte auf einmal die Energie, die im ganzen Raum um sie herumtanzte und nur darauf wartete, aufgesogen zu werden. Schließlich suchte Elli seinen Blick und lächelte wie eine Katze.

„Wie gut, dass hier weit und breit keiner wohnt, das wäre eindeutig zu viel für normale Menschen." Beide sammelten sie die überschüssige Energie wieder ein. Es war mehr, als sie normalerweise in sich trugen. „Unsere körperliche Vereinigung produziert einiges an Energie – wenn wir das nur früher gewusst hätten." Greylen lächelte verschmitzt. Elli schlug ihm belehrend auf die Schulter, bevor sie sich liebevoll und völlig erschöpft in seine Arme legte. Zärtlich streichelte sie seine Brust. „Greylen, es war wunderschön. Ich habe noch nie zuvor so etwas erlebt wie mit dir. Es fühlt sich alles genau richtig an, als wären unsere Seelen verbunden." „Als wären wir eins. Ich habe genau dieselben Gefühle für dich. Ich liebe dich von ganzem Herzen. Es erfüllt meinen Geist und meinen Körper, durchströmt mich. Ich habe noch nie zuvor so empfunden." „Ja, genau so fühlt es sich an. Es kann also nicht falsch sein. Der Fluch wird bei uns nicht wirken. Wenn das nicht die wahre Liebe ist, dann weiß ich auch nicht mehr weiter." „Es ist die wahre Liebe. Ich spüre es ganz fest in mir, aber wir werden morgen trotzdem zum Baum des Lebens fahren. Er trägt mehr Weisheit in sich, als wir aus den Büchern unserer Bibliothek entnehmen können, und diese Bibliothek trägt seit Jahrhunderten Druiden-Wissen in sich." „Ja, das werden wir. Wir erzählen den anderen unseren Plan beim Essen. Wie ich meine Mutter kenne, wird es nicht mehr allzu lange dauern." Mit diesen Worten beugte sie sich über ihn und nahm seine Lippen in Beschlag. Ein Energieblitz fuhr durch seine Adern. Er war bereit, nur für sie.

Die Energie, die kurz zuvor das ganze Haus in Besitz genommen hatte, wurde von den Bewohnern des Hauses aufgefangen, bevor sie in irgendeiner anderen Weise ausbrach. Mia konnte auf einmal nicht nur mit den Tieren sprechen, sondern nahm auch ihre Emotionen wahr. Lisa ging es nicht anders. Sie fühlte den

Schlag der Erde, der alles miteinander verband, spürte, dass auch Pflanzen Gefühle haben, denn auch sie lebten. Elisabeth traf es mit voller Wucht. Ihr Talent, alles schneller erledigen zu können als andere, ging ins Unermessliche. Sie flog nur so dahin. Marie war ganz überrascht. Elisabeth bewegte sich so schnell, dass man nie sah, wo sie eigentlich gerade stand. Marie und Christoph überkamen große Glücksgefühle. Sie fühlten sich, als könnten sie Berge versetzen. Als sie dann alle bei Tisch saßen, fing Elisabeth sofort an zu reden. „Wow! Ich will eigentlich nicht so genau wissen, was ihr getan habt, aber solch einen Energieflash brauche ich nicht jeden Tag. Ich bin jetzt noch vollkommen überdreht, und die Kinder erst. Seht sie euch einmal an." Elli und Greylen lächelten sie schuldbewusst an. „Wir hatten keine Ahnung, aber eins muss man sagen. Es verstärkt unsere Fähigkeiten um das Vielfache. Wie fühlt ihr euch?" Die Kinder und Elisabeth erzählten von den neuen Fähigkeiten und Marie und Christoph von ihren Glücksgefühlen. Keiner hatte etwas dagegen, wenn so etwas wieder passieren sollte. Greylen und Elli waren aber zu dem Entschluss gekommen, dass es nur zu so einem Energieflash kommt, wenn sich zu viel Energie aufgestaut hatte. Denn beim ersten und dritten Mal floss auch Energie, aber nur in Maßen, aber Genaueres wollten sie nicht dazu sagen. Sie erzählten ihnen von dem Plan, morgen zum Baum des Lebens zu fahren, natürlich wollten die Kinder sofort mit, aber bevor sie auch nur etwas dagegen sagen konnte, mischte sich Elisabeth ein. Sie hatte sich schon so etwas in die Richtung gedacht und einen eigenen Plan geschmiedet, den sie ihnen nun unterbreitete. „Das ist eine gute Idee. Ich wollte sowieso mit den Kindern und Marie, wenn sie will, in den Ort fahren. Es wird Zeit, dass du dein kleines Pub wieder aufmachst. Sonst wirst du noch bankrottgehen, und das werden wir der Bevölkerung morgen sagen. Morgen Abend wird geöffnet. Außerdem muss ich mich wohl oder übel bei den Leuten vorstellen. Es ist eine kleine Gemeinde, und meine Erfahrungen sagen mir, dass sie Fremden gegenüber mit Vorsicht begegnen. Mit Marie und den Kindern wird es da ein Leichtes sein, dass sie mich mögen. Außerdem müssen wir noch einiges besorgen. Ich möchte, wenn es euch nicht stört, die Karte um einiges erweitern." „Mutter, das ist eine gute Idee, aber du hast doch Urlaub und sollst es ruhig angehen." „Ruhig, das ist doch lächerlich. Ich war noch nie in meinen Leben ruhig, außerdem ziehe ich in Betracht, zu euch zu ziehen. Es wird Zeit, bei meiner Familie zu bleiben und nicht immer irgendwo weit weg von euch." Elli blickte ihre Mutter sehnsuchtsvoll und gleichzeitig überrascht an. „Mutter, ist das dein Ernst? Genau das habe ich mit gewünscht!" Elisabeth tätschelte Ellis Hand. „Dann ist es ja gut." Die Kinder stürmten zu ihrer Großmutter und umarmten sie stürmisch. Sie freuten sich sehr. Für sie war alles perfekt. Sie sind nicht mehr allein, und sie können jetzt endlich ihre Fähigkeiten überall zu Hause einfach anwenden. Nicht nur auf dem Dachboden, und sie bekommen einen großartigen Stiefvater obendrauf. Was kann man sich mehr wünschen? Den restlichen Abend verbrachten sie damit, die Veränderung der Speisekarte, das anstehende Fest und eventuelle Umbauten für das Haus zu besprechen. Irgendwie wurde es langsam ein wenig zu eng in dem kleinen Haus. Erst spätabends gingen sie schlafen. Elli und Greylen konnten nicht gleich schlafen, sie mussten noch einiges loswerden. Beide hatten sie Angst. Was ist, wenn es keine Lösung geben wird? Was wird mit den Kindern? Was wird mit Greylen selbst? Kann er stark genug sein für die Kinder? Viele Fragen, aber doch keine Antworten. Erst in den frühen Morgenstunden schliefen sie eng umschlungen ein.

Ein paar Stunden später weckte Elisabeth das ganze Haus auf. Das Frühstück stand schon auf dem Tisch. Es war bewölkt. Es spiegelte Greylens Gefühle wider, und jeder im Haus wusste es. Alle aßen, ohne ein Wort zu sagen, schnell auf. Elli und Greylen machten sich fertig, drückten ihre Kinder, verabschiedeten sich von den anderen und fuhren los. Als sie weg waren, fingen die Kinder an, ihre Großmutter mit Fragen zu bombardieren. „Was ist hier eigentlich los? Wieso sind Greylen und Mutter so angespannt?" Elisabeth entschloss sich, die Kinder aufzuklären. Sie sind alt genug, um die Wahrheit zu wissen. Sie erzählte ihnen alles, was sie wusste. Als Elisabeth fertig war mit ihrer Erklärung, blickten die Kinder sie erschrocken an. Tränen standen ihnen in den Augen. „Das kann doch nicht wahr sein, Oma. Sie gehören zusammen, man kann es sehen. Ihre Energie hat sich verbunden. Sie tragen dieselben Farben." „Ach, Kinder, das kann schon sein, und eigentlich, auch wenn man die Energie nicht sehen kann, sieht man es eigentlich trotzdem, dass sie zusammengehören, aber man weiß nie, was das Schicksal wirklich vorhat. Auf jeden Fall geben wir die Hoffnung nicht auf. Sie tun es nicht und wir ebenso. Also macht euch fertig, ihr müsst mich heute im Dorf vorstellen." „Ja, Oma." Bedrückt schlenderten sie auf ihre Zimmer.

Im Dorf war es dann ganz einfach, auch wenn die Menschen dort zuerst ein wenig skeptisch dreinschauten, begrüßten sie sie freundlich und freuten sich sogar, als sie hörten, dass sie heute noch auf ein Bier kommen könnten. Ein großer haariger Mann freute sich so sehr, dass er Elisabeth nahm und ganz fest drückte, bis ihr die Luft wegblieb. Darauf war sie nicht gerade gefasst gewesen. Marie und die Kinder mussten so viel lachen, dass ihnen die Tränen in die Augen stiegen. Das war aber auch ein Anblick. Als das erledigt war und sie die Besorgungen gemacht hatten, fuhren sie wieder zurück, um alles fertig zu machen. Zu Hause angekommen, schauten sie nicht schlecht, als ein nagelneuer Porsche auf dem Parkplatz stand und ein großer blonder Mann auf den Stufen saß und, so wie es den Anschein machte, wartete. Sie stiegen aus und traten ihm gegenüber. Als Robin bemerkte, dass endlich jemand kam, stand er sofort auf. Als er merkte, dass es nicht Greylen oder Elli war, war er ein wenig enttäuscht. Wenigstens waren die Kinder dabei, die ihn schon einmal gesehen haben. „Einen schönen Tag wünsche ich den Damen. Ich bin Robin, Greylens Freund, wollte mal nachsehen, wie es mit den Vorbereitungen vorangeht." Marie zuckte zusammen, als sie die melodische tiefe Stimme hörte. Dieser Mann verkörperte alles, was sie sich je gewünscht hatte, aber genau solche Männer sind gefährlich. Verschlagen, falsch und untreu. Elisabeth trat vor und begrüßte ihn und blickte ihm skeptisch in die Augen. „Robin also. Ist es nicht ein wenig weit, hierher zu fahren, nur um zu schauen, wie es mit dem Fest steht?" Robin war überrascht, eine Frau, die gleich zum Punkt kommt, ist für ihn etwas Ungewöhnliches. Genau das brauchte er jetzt und fing an zu lächeln. „Kann schon sein, aber es ist nicht mein eigentlicher Beweggrund, und ich finde es besser, auf Greylen und Elli zu warten." „Da habe ich aber jetzt schlechte Nachrichten für Sie. Elli und Greylen sind heute nicht da. Das, was sie heute vorhaben, könnte sie den ganzen Tag in Anspruch nehmen." „Verdammt! Daran habe ich nicht gedacht, Was soll ich jetzt tun?" Frustriert schaute er auf seine Füße und dachte nach. Elisabeth studierte ihn. Er war groß und kräftig, wirkte aber nicht bedrohlich, eher müde und ausgelaugt. Die Kinder hatten ihn auch begrüßt, als würden sie ihn schon kennen, nur Marie wirkte ein wenig eingeschüchtert, aber das lag sicher daran, dass er ein Fremder für sie ist, und noch dazu ein Mann, aber er wirkt ehrlich. Elisabeth konnte ihn nicht länger so leiden sehen. Es gab einen Grund, wieso er hier aufgetaucht ist. Das Universum treibt hin und wieder seine Späßchen, aber zum Schluss ergibt es meistens einen Sinn. „Robin! Sie können hier warten, wenn Sie wollen. Wir könnten noch zwei starke Arme gebrauchen." Hoffnungsvoll blickte er in die Runde. Die Kinder lächelten ihn zuversichtlich an, nur die Schönheit im Hintergrund blickte ihn böse an. Kannte sie ihn? Und wenn, wieso der böse Blick? Irgendwie schien dieser Blick nicht zu ihr zu passen, aber darüber konnte er jetzt nicht nachdenken. Er wollte eine kleine Auszeit nehmen. In letzter Zeit fühlte er sich so ausgelaugt und nervös. Normal machte ihm sein Leben Spaß, aber in letzter Zeit fühlt er sich innerlich leer. Es fehlte irgendetwas, und deswegen musste er aus der Stadt, und außerdem möchte er wissen, wie es mit den beiden steht. Er hat sich entschlossen, seinem Freund beizustehen, egal was kommt. Dankbar nahm er Elisabeths Einladung an.

Elisabeth übernahm sofort die Führung. Robin konnte nur so staunen. So eine Frau hätte er in seiner Firma gut gebrauchen können. Es grenzte fast an Zauberei, wie schnell sie ein Essen zubereiten konnte und gleichzeitig alle einteilte, um den Laden für heute Abend in Schuss zu bringen. Nach zwei Stunden war alles erledigt – und er auch. Er fühlte sich seit Langem wie ein richtiger Mann und konnte seit Langem wieder richtig durchatmen. Genau das hatte er gebraucht, und er hoffte, dass er es noch eine Weile genießen konnte. Nach getaner Arbeit schlenderte er im Garten herum. Da sah er auf einem Baum den kleinen Jungen sitzen Wie war noch sein Name? Ach ja, Christoph, der Sohn der schönen Marie. Er wirkte ein wenig bedrückt, also setzte er sich genau unter diesen Baum und wartete. Nach einigen Minuten hörte er, wie er herunterkletterte und sich ihm vorsichtig näherte. Mit skeptischem Blick fragte er. „Was wollen Sie hier wirklich? Man kommt nicht einfach hierher." Robin schaute ihn überrascht an, so jung und doch schon so scharfsinnig. Mit dieser Frage wusste er, dass er diesen Jungen nicht hinters Licht führen konnte. Der Kleine schien schon einiges erlebt zu haben, um so ernst und skeptisch zu sein. „Nein, du hast recht. Natürlich wollte ich nach Greylen schauen und nach den Vorbereitungen, aber der Hauptgrund für meine Ankunft ist einfach, dass ich mal raus musste aus der Stadt. Ich bekam keine Luft mehr zum Atmen, alles war auf einmal so stumpfsinnig und erdrückend. Ich weiß auch nicht genau, wieso auf einmal, aber so ist es nun mal, und weil mir nichts einfiel, was ich tun sollte, fuhr ich einfach per Glück hierher. Das war komischerweise der erste Ort, der mir einfiel." Christoph merkte auch ohne besondere Fähigkeiten, dass Robin die Wahrheit sagte. Er merkte es sofort, wenn etwas nicht stimmte. Sein Vater war da ein Musterbeispiel. Er verkörperte das pure Böse. Die Angst, dass sein Vater ihm diese Bösartigkeit vererbt haben könnte, machte ihm zu schaffen. Robin merkte an Christophs Mienenspiel, dass er ihm glaubte, sah aber gleichzeitig, dass seine Gedanken abschweiften. Wut, Trauer und Angst spiegelten sich in Christophs Augen. Um ihn abzulenken, bat er ihn, sich zu ihm zu setzen. Der Junge überlegte kurz und nahm das Angebot an. Nach einigen Minuten entspannte sich Christoph. „Christoph?" „Ja!" „Ich hätte da eine Frage an dich." „Und die wäre?" „Dieser Ort ist der friedlichste, den ich überhaupt kenne, und glaub mir, ich war schon an vielen Orten, deswegen frage ich mich, wieso du so bedrückt bist." Christoph blickte ihn überrascht an. Er rang mit sich. Einige Minuten später erzählte er Robin alles, was sein Herz belastete. Über seinen Vater, wie bösartig er war, dass er Unschuldige getötet hatte und seine Mutter fast totgeprügelt hatte – und die Angst, so zu werden wie er, weil er ja die Gene in sich trug und dass er glücklich war, dass sein Vater tot ist. Er fürchtete sich, dass dies schon die ersten Anzeichen dafür waren, auch böse zu sein. Robin hörte zu und verstand, wieso dieser Junge in seinem Alter schon so scharfsinnig war. Er war schockiert. Ein Kind sollte spielen und glücklich sein und sich nicht mit so etwas herumschlagen. Jetzt verstand er auch Maries Verhalten gegenüber ihm. Sie war zwar freundlich, hielt sich aber im Hintergrund und beobachtete ihn mit einem skeptischen Blick. Die beiden hatten schon einiges im Leben erlebt. Ohne Elli und die Kinder wären sie vielleicht nicht mehr am Leben – oder noch schlimmer. Ihre guten Herzen wären unwiderruflich zerstört worden. Er war wütend. Am liebsten hätte er diesem Bastard selbst den Hals umgedreht. Tröstend und beschützend zugleich legte er einen Arm um die Schulter von Christoph. Lang zurückgehaltene Tränen tropften auf die Erde und versickerten. Tränen, die schon lange überfällig waren. „Weine ruhig, ich habe auch schon einige Tränen in meinen Leben vergossen, und du hast es dir wirklich verdient, mein Junge. Ich verstehe dich, aber du brauchst dir keine Sorgen zu machen, dass du böse werden könntest. Es ist nicht vererbbar. Sonst würden um einiges mehr Menschen böse sein, zum Beispiel ich. Es gibt Menschen, die aus den Fehlern der Vergangenheit lernen, und dazu gehörst du, genauso wie ich. Die Fehler machen uns stärker als andere, weil wir das Böse am eigenen Leib erfahren haben. Dein Vater kann dir nichts mehr anhaben. Er hat zwar dein Leben beeinflusst, aber das tun andere Menschen auch. Die Liebe deiner Mutter, die Freundschaft von den zwei Mädchen und Ellis gutes Herz geben dir Kraft, das Böse zu bekämpfen. Wenn du willst, würde ich auch ganz gerne dein Freund sein. So wie Greylen, der mich vor dem Abgrund gerettet hat." Die Tränen hörten auf, und ein neugieriger Blick breitete sich in Christophers Gesicht aus."Greylen hat dich gerettet, darf ich fragen wieso?" „Dürfen ja, aber diese Geschichte erzähle ich dir ein anderes Mal. Was hältst du lieber von einer Runde Fußball? Ich könnte nämlich ein wenig Bewegung gebrauchen." „Das hört sich gut an, warte hier, ich hole kurz den Ball!" Robin zerzauste liebevoll Christophs Haare, bevor der losstürmte. Es war schön zu sehen, wie befreit der Junge auf einmal wirkte.

Marie war auf der Suche nach ihrem Sohn. Sie machte sich Sorgen um ihren Sohn. Christoph wirkte, seit das mit seinem Vater passierte, immer bedrückter und in sich gekehrt, überhaupt, wenn sie ihn allein erwischte. Sie sollte mit ihm reden, nur wusste sie noch nie wie. Sie suchte ihn zuerst an seinem Lieblings-Ort. Doch bevor sie den Garten betrat, blieb sie erstaunt stehen. Da war er, ihr Sohn, und er spielte Fußball mit dem Fremden, unbeschwert, sorglos, mit hoch erhobenem Kopf. So hatte sie ihren Sohn schon lange nicht mehr gesehen. Dieser Anblick trieb ihr die Tränen in die Augen, genau das hatte sie sich für ihren Sohn immer gewünscht. Einen echten Vater. Sie war dankbar dafür, ihren Sohn so glücklich zu sehen. Elisabeth trat zu Marie und tätschelte ihre Schulter. „Na, das ist ja ein schöner Anblick, nicht wahr. Sieht so aus, als hätte das Schicksal wieder mal etwas richtig gemacht."

Elli und Greylen waren fast am Baum der Weisheit angelangt, als Elli plötzlich stehen blieb. Sie hatte sich entschieden, ihm ihre Gefühle und Sorgen zu beichten und ihm ein Versprechen abzuverlangen, bevor vielleicht das Schlimmste eintreffen würde. Sie nahm ganz fest seine Hände und schaute ihm tief entschlossen in die Augen. Greylen sah sie fragend an.

„Greylen, ich möchte, bevor wir am Baum ankommen, dass du mir etwas versprichst. Es ist mir sehr wichtig. Ich möchte gerne, egal was wir heute erfahren, dass du für die Kinder ein guter Vater bist, sie liebst und beschützt. Gib nicht dir die Schuld, sondern denke immer daran, dass ich dich liebe, egal ob hier oder im Jenseits und egal wo ich auch bin, ich werde auf dich warten, bis wir wieder zusammen sind. Du gehörst zu mir, so wie ich zu dir, und das kann uns keiner nehmen. Greylen, ich liebe dich. Wegen dir weiß ich heute, wie sich Liebe wirklich anfühlt. Du hast die Leere in meinen Herzen gefüllt, und dafür werde ich dir immer dankbar sein." Ellis Worte trafen ihn tief in seinem Herzen. Seine Augen wurden feucht. Sie hatte recht. Ihre Liebe ging weit über den Tod hinaus. Er traf eine Entscheidung. Ein Druidengelübde, das seit tausend Jahren nicht mehr gesprochen wurde und die zwei Menschen für immer und ewig verband, auch nach dem Tod. Das will er ihr schenken. Für ihn wird es keine andere Frau mehr geben als Elli. Feierlich kniete er sich vor sie und sprach mit feierlicher fester Stimme: „Du bist mein Licht und auch mein Schatten. Du bist die Luft, die mich am Leben erhält. Meine Seele und mein Herz lege ich in deine Hände. Vereint bis in aller Zeit." Ellis und Greylens Energie schossen heraus und wirbelten um sie herum. Ihre Energien vereinten sich miteinander und strahlten heller als alles andere, das man je gesehen hatte. Als die Vereinigung abgeschlossen war, fuhr die Energie so schnell wie sie ausgetreten war wieder in sie hinein. Es war so eine Kraft, dass es beide zu Boden drückte. Elli und Greylen lagen fest umschlungen auf der Erde und mussten erst mal zu Atem kommen. Ihre Herzen schlugen synchron, als wäre es eins, und beide platzten fast vor Energie und Kraft. Liebe leuchtete aus ihren Augen, und Begierde breitete sich in ihnen aus. Ellis Brustwarzen waren so empfindlich, dass sie ihr T-Shirt über den Kopf zerrte, nur die leichte Brise, die sie jetzt umgab, erregte sie nur noch mehr. Sie rieb sich an Greylen, um sich Linderung zu verschaffen, aber das reichte nicht. Sie spürte, wie sie immer feuchter wurde. Ein leichtes Stöhnen drang aus ihrer Kehle. Sie brauchte Greylen. So schnell sie konnte, öffnete sie seine Hose und zog sie ihm bis an die Knie runter. Es freute sie, dass er schon genau so erregt war wie sie und bereit war für sie. Sie streichelte über seinen harten Schaft und wurde belohnt mit einem Liebestropfen. Sie nahm diese Köstlichkeit sofort mit ihren zarten Lippen auf. Greylen schaute ihr fasziniert zu. Plötzlich packte er sie und drehte sie auf den Rücken, sodass er über ihr war. Er riss ihr regelrecht die Hose runter, legte sich auf sie und machte sich bereit. Er fing an, sie zu necken und streichelte mit seinem harten Schaft ein paarmal über ihre feuchte Mitte. Sie wimmerte vor Erwartung und reckte sich ihm entgegen. Er war so erregt, dass er nicht länger warten konnte und stieß ohne Zögern in sie hinein. Hart und schnell, um Linderung zu erlangen. Er konnte nicht anders. Es war einfach zu intensiv. Elli stöhnte immer lauter und wollte mehr. In ihr tobte ein Sturm, der kurz vor dem Ausbruch stand, und mit jedem Stoß kam sie dem näher. Rund um sie fing es zu knistern an. Ihre Umgebung wurde aufgeladen von ihrer immer stärker werdenden Energie. Plötzlich explodierte alles rund um sie. Elli und Greylen erreichten ihren Höhepunkt, und sie schrie ihn laut hinaus. Greylen konnte auch nicht länger warten. Er stieß noch einmal fest zu und ergoss sich tief in ihr. Zufrieden und erschöpft brach er auf Elli zusammen. Elli lächelte zufrieden und glücklich und streichelte zärtlich über seinen Rücken und genoss es, dass sie ihn immer noch in sich spürte. Greylen genoss es, so verwöhnt zu werden. Für ihn war das das Schönste, das er je erlebt hatte. Er wünschte sich, dass dieser Moment ewig währte.

Nach wenigen Minuten rollte er sich von Elli runter, legte sich auf die Seite, um Elli besser zu betrachten. Sie war so wunderschön, gezeichnet von der intensiven Vereinigung, die sie gerade erlebt hatten. Ihre vollen Lippen, die immer noch stehenden Brustwarzen und ihre Mitte, die noch feuchter war von seinem Saft. Es war das Erotischste, was er je gesehen hatte. Er konnte nicht anders, er musste sie berühren. Er fuhr mit einer Hand die Konturen ihrer Lippen nach, wanderte weiter zu ihren Brüsten und neckte ihre Brustwarzen noch mehr. Elli stöhnte leicht auf und wollte sich zu Greylen drehen. Doch der hielt sie auf. „Nein, meine Liebste. Lass mir diesen Moment. Du bist so wunderschön, wenn du so vor mir liegst. Ich möchte dich einfach nur sehen." Er schaute ihr tief in die Augen und war glücklich. Sie liebte ihn mehr als ihr Leben. Er küsste sie zärtlich und fuhr mit seinen Berührungen fort. Er wandert mit einer Hand runter zu ihrem flachen Bauch, streichelte ihre Hüften und Oberschenkel. Er ließ keine Stelle aus. Er liebte ihre weiche, zarte Haut. Elli stöhnte leicht auf, die Berührungen brachten sie fast in den Wahnsinn.

Sie wimmerte, als sich seine Hand ihrer feuchten Mitte näherte. Er streichelte rund um ihre Scham und brachte sie noch näher an den Rand des Wahnsinns. Er streichelte ihre Schamlippen und genoss es, wie sie sich seiner Hand endgegenreckte. Elli stöhnte immer lauter und wimmerte. Doch er war noch nicht fertig. Langsam massierte er ihre Klitoris und spürte, dass sie noch feuchter wurde. Er musste sie mit einer Hand am Boden halten, denn sie wand sich immer mehr. Dann stieß er mit zwei Finger in sie hinein. Sie bäumte sich auf. Es kostete ihn große Mühe sie wieder auf den Boden zu drücken, aber er machte unermüdlich weiter. Er massierte ihre Klitoris und stieß immer wieder in sie hinein. Ihre Energie brachte die Umgebung zum Knistern, je näher sie dem Höhepunkt kam. In ihr explodierte alles, und ihr Gehirn setze aus, als sie zum Höhepunkt kam. Sie schrie ihn laut hinaus. Ein Blitz fuhr zeitgleich wenige Meter von ihnen entfernt in den Boden. Sie zitterte vor Erschöpfung und schmiegte sich erleichtert an Greylen. Er nahm sie fest in den Arm und streichelte zärtlich ihre Haare, bis das Zittern nachließ. „Ich liebe dich, Elli." „Ich liebe dich auch, aber wenn wir das noch mal wiederholen, kannst du mich den Rest des Weges tragen, mein Lieber. Ich glaub, ich muss jetzt schon auf allen vieren raufkrabbeln." Greylen musste lächeln, die Vorstellung, Elli auf allen vieren zu sehen, wie sie ihm ihren nackten Hintern entgegenstreckte, wäre komisch, aber zugleich erregte es ihn noch mehr, als er schon war. „Das hättest du jetzt nicht sagen dürfen." Er rollte sich auf sie und strich zur Bestätigung mit seinem harten Schaft über ihre noch immer empfindliche Klitoris. Elli erschauderte, sie konnte eigentlich nicht mehr, aber ihr Körper reagierte heftig auf diese kleine Berührung. Automatisch spreizten sich ihre Beine, um ihm Einlass zu gewähren, er nahm sie an und stieß ohne Zögern hart und tief in sie hinein. Sie schrie und bäumte sich auf. Sie war noch so empfindlich. Er hielt kurz inne, um sie hart und leidenschaftlich zu küssen, massierte ihre Brüste, knabberte an ihrem Ohr und strich sanft mit der Zunge über ihren empfindlichen Hals.

Sie stöhnte laut auf und bewegte sich heftig unter ihm. Er konnte nicht mehr warten. Er wollte Erlösung. Er hielt ihre

Arme am Boden und stieß zu, immer härter und schneller. Elli stöhnte immer lauter und bewegte sich zu seinem Takt. Nach wenigen Minuten schrien beide laut auf. Sie bäumt sich ihm ein letztes Mal entgegen, und er vergoss seinen Samen tief in ihr. Beiden wurde es schwarz vor Augen, und sie sanken kraftlos in eine tiefe Ohnmacht.

Elli erwachte als Erste aus ihrer Ohnmacht. Sie bekam kaum Luft. Als sie ihre Augen öffnete, sah sie nur Greylen. Er lag mit vollem Gewicht auf ihr. Sie bewegte sich ganz vorsichtig unter ihm, um wieder leichter atmen zu können. Sie streichelte sanft über seine weichen schwarzen Haare und über den Rücken. Sie liebte ihn, und das gab ihr ein Gefühl, endlich angekommen zu sein. Greylen erwachte kurz darauf und genoss die sanften Streicheleinheiten von Elli. Er war noch nie zuvor so glücklich gewesen. Elli gab ihm mehr, als er sich je erträumt hatte. Greylen öffnete die Augen und blickte Elli liebevoll an. „Ich könnte das den ganzen Tag tun, meine Liebe." „Das glaube ich nicht." Elli stieß ihn so sanft wie möglich von sich runter, was nicht ganz so leicht war. Es ging nur deswegen, weil Greylen ein wenig überrascht war. Ein wenig unbeholfen stand sie auf, zog so schnell wie möglich ihre Hose rauf und ihr T-Shirt wieder an. Greylen schaute ihr amüsiert zu. „Ich habe mir gedacht, es hätte dir gefallen." „Das ist es ja, wieso, glaubst du, bin ich so schnell aufgestanden?" Elli beugte sich zu ihm runter und gab ihm einen sanften Kuss auf die Lippen. „Okay, du hast mich überredet." Langsam stand er auf. Elli schaute ihm zu und bewunderte seinen Körper. Sie errötete ganz leicht, als sie die Kratzer auf seinen Rücken sah. Ein Zeichen ihrer Ekstase. Sie streichelte sanft darüber. Abrupt drehte er sich um und hielt sie in einer festen Umarmung. „Ich liebe es, ein Zeichen von dir zu tragen, aber wenn du nicht aufhörst, mich so anzustarren oder mich so zu berühren, kann ich für nichts mehr garantieren." Als Bestätigung strich er mit seinem harten Schaft über ihre enge Jeans. Ellis Körper reagierte sofort, ihr lief förmlich das Wasser im Mund zusammen, und ihre Brustwarzen stellten sich sofort auf. Sie löste sich trotzdem aus der Umarmung und entfernte sich einige Meter.

„Okay, ich muss sowieso nach Hause telefonieren, dass es ein wenig später wird." Sie drehte sich um holte ihr Handy aus dem Rucksack und wählte. Greylen konnte sich ein Grinsen nicht verkneifen. Die Reaktion, die er auf Elli hatte und umgekehrt machte ihn einfach nur glücklich. Er war froh, dass er das Druidengelübde jetzt erst ausgesprochen hatte. Dass es eine solche Wirkung hatte, hätte er sich nie gedacht. Als er fertig angezogen war, ging er zu Elli, die immer noch telefonierte. Was konnte da nur so lange dauern? War vielleicht etwas passiert? Elli zog ihn ganz nah zu sich. „Greylen, dein Freund Christopher ist bei uns zu Hause, und er möchte dort bleiben. Ich weiß nur nicht, ob Marie das will. Sie mag normalerweise keine Männer. Sollen wir vielleicht wieder zurückkehren? Was sagst du dazu?" „Deine Mutter soll Marie fragen." „Das tut sie gerade." Einige Minuten später bekamen sie die Antwort. „Sie sagt, sie werden schon noch ein Zimmerchen für ihn finden, und wir sollen uns die Zeit nehmen, die wir brauchen. Sie haben alles im Griff." „Na dann, gehen wir los." „Okay, aber meine Mutter hatte so einen komischen Unterton in ihrer Stimme, irgendwie so, als würde sie etwas aushecken." „Ist das schlimm?" „Am Anfang schon, aber am Ende kommt normalerweise etwas Gutes heraus." „Dann würde ich sagen, lass sie. Wir nehmen uns die Zeit und suchen nach Antworten." Ohne zu zögern nahm er ihre Hand und zog sie den Rest des Weges hinauf. Ein wenig außer Atem, kamen sie am Baum des Lebens an. Greylen wunderte sich immer noch, dass er den Baum noch nie gespürt hatte. Bei seinen etlichen Ausritten in dieser Gegend hätte er es eigentlich müssen. Die Wärme, die vielen Emotionen, wie konnte das der Baum so lange verschleiern? Elli freute sich. Der Baum gab ihr immer das Gefühl, richtig zu sein, wenn sie glaubte, sie wäre ein Freak, aber heute war etwas anders. Der Baum überrollte sie förmlich mit Emotionen, sodass es sie auf die Erde drückte. Greylen machte sich Sorgen. Er setzte sich und zog Elli auf seinen Schoss. „Elli, was ist los? Sollen wir wieder gehen?" „Nein, es geht schon wieder. Ich glaube, der Baum will mir etwas zeigen, das war mir auf die Schnelle ein wenig zu viel." Greylen streichelte ihr über die

Haare und wartete, bis sie wieder normal atmete. Plötzlich erklang eine Stimme in ihren Köpfen. Beide schauten sich um, aber es gab nur sie und dem Baum. Neugierig betrachteten sie ihn. „Da ich jetzt eure volle Aufmerksamkeit habe, möchte ich mich vorstellen. Mein Name ist Rakna, dein und deiner Kinder Beschützer, und so, wie es aussieht, auch der von Greylen. Ich gratuliere zu eurer Hochzeit." „Was, Hochzeit? Du kannst sprechen?" Elli fiel fast aus allen Wolken. Der Baum hatte noch nie gesprochen, keiner von ihren Bäumen. Was war hier los? Ihr wurde ganz schwindlig. Der ganze Sex, der Aufstieg, die vielen Emotionen, die ihr der Baum übermittelt hatte, und jetzt noch verheiratet, und der Baum konnte auch noch sprechen. Das war zu viel, und sie wurde ohnmächtig. Greylen drückte sie fest an seine Brust, als er dies bemerkte und blickte den Baum böse an. „Was soll das? Sieh sie dir an, und das soll ein Beschützer sein? Ich habe sie gerade gefunden, mach ja keinen Scheiß. Ich schwör dir, ich mache dich zu Kleinholz, wenn ihr etwas passiert." „Nur mit der Ruhe, mein Junge, sie ist nur ohnmächtig, sie wird gleich wieder aufwachen, außerdem ist es nicht meine alleinige Schuld, dass sie in dieser Verfassung ist." Greylen hatte ein schlechtes Gewissen. „Entschuldigung, du hast ja recht, aber ich habe nicht mit so einen Sturm von Gefühlen gerechnet, als ich das Gelübde aussprach, davon stand nichts in unseren Büchern." „Das sollte es aber. Ich finde es an der Zeit, dass ihr Druiden eure Sache wieder ernster nehmen solltet. Es wird Zeit, es soll für die zukünftigen Druiden ein Leitfaden sein, so wie für dich jetzt." „Aber ich möchte keine Kinder. Ich will deswegen nicht meine Frau verlieren." „So wie ich das sehe, kommt diese Einsicht ein wenig zu spät, mein Lieber." „Was? Das kann doch nicht sein." In dem Moment erwachte Elli. „Na so etwas, das ist mir ja noch nie passiert. Habe ich etwas verpasst?" „Nein, meine Liebe, außer dass du wahrscheinlich schon schwanger bist." Elli wurde kreidebleich. „Bedeutet das jetzt, dass ich bald sterben werde?" Greylen und Elli sahen erschrocken zu dem Baum hoch. „Nein, wirst du nicht. Verständlicherweise habt ihr Angst, das verstehe ich, deswegen werde ich euch nicht mehr länger auf die Folter spannen. Greylen, du kennst die Geschichte, oder nicht? Fallen dir nicht irgendwelche Parallelen auf zwischen Elli und der damaligen Geliebten, mit der der Fluch ausgelöst wurde?" Greylen dachte einige Sekunden nach. „Ja, schon, aber was hat das Ganze mit Elli zu tun?" „Kannst du dir das denn nicht zusammenreimen?" Der Baum schüttelte frustriert seine Äste. „Ist das dein Ernst? Siehst du es nicht? Elli ist die Wiedergeburt von der damaligen Geliebten – und du des Druiden, der sie geliebt hat, deswegen konntet ihr von Anfang an nicht die Finger voneinander lassen. Das Gelübde, das du heute gesprochen hast, wurde auch schon vor hundertfünfzig Jahren gesprochen. Es bindet euch auch nach dem Tod und noch weiter, wie ihr sehen könnt. Somit ist das Gefüge wiederhergestellt und der Fluch gebrochen. Nur die wahre Liebe konnte den Fluch brechen, und das seid ihr." Erleichtert und glücklich blickten sich Greylen und Elli an. „Wieso konntest du uns das nicht schon damals erzählen, und wieso sprichst du erst jetzt zu uns?" „Der Fluch von damals zog schwerwiegende Konsequenzen nach sich. Wir waren damals nicht nur die Beschützer von euch begabt Geborenen, sondern auch von euch Druiden. Wir standen euch so nahe wie ein guter Familienangehöriger oder mehr. Vielen von uns brach es das Herz, als wir nicht mehr mit euch reden durften, aber wenigstens konnten wir noch mit Gefühlen kommunizieren. Am schlimmsten traf es diejenigen von uns, die hauptsächlich mit euch Druiden zu tun hatten. Sie wurden in eine Art Winterschlaf versetzt. In eurem Garten vor dem Schloss steht einer. Er wacht langsam wieder auf, was ich so sehe. Also ihr seht, nicht nur ihr musstet leiden, sondern auch wir. Der Fluch wurde erst gebrochen, als Greylen das Gelübde aussprach. Wir warten schon eine Ewigkeit, dass das Kind des Lichtes geboren werden kann, und es wird auch höchste Zeit dafür. Die Dunkelheit nimmt immer mehr zu. Ihr habt es doch am eigenen Leib vor Kurzem erlebt. Maries Exmann wurde nicht böse geboren. Er wurde von einem dunklen Druiden mit Hass erfühlt. Es wird keine Leichtigkeit, das Gleichgewicht wiederherzustellen. Euer Kind, eure Familie und die Guten, die noch kommen werden, ihr werdet es schaffen müssen, sonst versinkt die Welt im Chaos." Elli und Greylen freuten sich, hatten aber auch Angst um die Zukunft. „Das ist aber schon sehr viel Verantwortung für unser Kind." „Ja, das kann schon sein, aber es ist nicht allein. Wir alle, die Bäume und andere, werden ihm beistehen." Elli streichelte ihren Bauch, um das neue Leben zu begrüßen, und blickte sorgenvoll zu Greylen hinauf. Greylen musste die Worte erst verdauen. Er hat Elli und wird sie nicht verlieren, das macht ihn zu dem glücklichsten Menschen auf der Welt, aber dass sein Sohn verantwortlich dafür ist, dass die Welt nicht im Chaos versinkt, macht ihn ein wenig mürbe. Aber er weiß auch, dass sie zusammen stärker sind als alles, was er je erlebt hatte, das beweist der letzte Kampf mit Maries Exmann. Sie werden es schaffen, als Familie, da ist er zuversichtlich. Einer für alle und alle für einen. Greylen blickte Elli voller Hoffnung an. „Elli, wir schaffen das schon. Wir sind stark, und ein wenig Zeit haben wir auch noch, und wer weiß, was und wer noch kommen mag." Als Bestätigung küsste er zart ihre Lippen. Elli nahm seine Zuversicht an und blickte voller Hoffnung in die Zukunft. „Na, dann ist ja fast alles geklärt. Jetzt muss nur noch Elli das Gelübde sprechen. Ich weiß, was das mit sich bringt, deswegen werde ich mich sofort danach zurückziehen. Eins muss ich euch noch sagen. Eine kleine Prüfung wird von euch noch verlangt. Wann und was es ist, kann ich euch nicht sagen, aber dass es bald passiert, aber da sehe ich keine Schwierigkeiten mehr. Elli, es ist schön, mit dir zu reden, und ich freu mich schon, wenn deine Kinder zu mir kommen, versprich mir, dass es nicht allzu lange dauern wird." „Ich verspreche es dir." Elli und Greylen standen auf, hielten ihre Hände ineinander verschränkt und blickten sich voller Liebe an. Elli sprach mit voller Überzeugung das Druidengelübde, denn ein Leben ohne Greylen wäre für sie grau und trostlos. Das Gelübde wurde gesprochen. Der Baum zog sich zurück. Die volle Wucht von Energie, stärker als zuvor, stieß beide zu Boden. Greylen hielt Elli beschützend in seinen Armen. Dass es so stark werden würde, darauf war keiner gefasst. Als der Sturm abflaute, waren beide vollgepumpt mit Adrenalin und den Gefühlen des jeweils anderen.

Greylen war noch nie zuvor in seinem Leben so erregt wie in diesem Moment. Er küsste Elli stürmisch und strich mit seinem harten Schaft über ihr Zentrum der Lust. Elli stöhnte laut auf und reckte sich ihm entgegen. Sie hatten beide einfach zu viel an. Sie rissen sich beide die Kleider vom Leib, sodass kein Stück mehr heil war, und ohne noch länger zu warten stieß er in sie hinein. Er konnte nicht anders, er musste sie haben. Ohne zu zögern, stieß er immer wieder in sie hinein, immer schneller und härter. Elli stöhnte immer lauter, sie war so erregt und voller Vorfreude. Jeder Stoß brachte sie dem Höhepunkt immer näher. Sie brauchten es beide, wild und heftig. Ihre Gefühle waren zum Zerbersten, sie zerkratzte ihm regelrecht den Rücken und biss ihn sogar. Beide kamen mit einem lauten Schrei, und er ergoss sich tief ihn ihr. Sie fielen sofort danach in eine tiefe Ohnmacht. Es war schon dunkel, als sie wieder aufwachten, aber ihnen war nicht kalt. Der Baum spendete die nötige Wärme, und der Mond, der nun voll war, stand hoch oben und tauchte alles in ein angenehmes Licht. Greylen rollte sich von ihr runter, um ihr ein wenig Luft zu lassen. Elli bekam ein schlechtes Gewissen, als sie den Biss an Greylens Schulter sah. Sie hatte heftig zugebissen. Greylen gab ihr einen Kuss, stand auf, um sich zu erleichtern, dann sah sie es. Sein Rücken war bedeckt mit lauter tiefen Kratzern. Erschrocken schrie sie leise auf. Greylen drehte sich sofort zu ihr um. „Was ist los, meine Kleine?" „Greylen, dein Rücken und deine Schulter. Du musst Schmerzen haben." Greylen grinste sie an und ging wieder zu ihr. „Ist nicht schlimm, meine Liebe. Das war den Schmerz auf jeden Fall wert." „Ach, wenn das so ist." Sie schlug ihm sanft auf die unverletzte Schulter und setzte sich hinter ihn, um sich die Kratzer genauer zu betrachten. Sie fuhr sie mit dem Finger nach und hauchte kleine zärtliche Küsse darauf. Greylen saß reglos da. Er war schon wieder bereit für sie, aber dieses Mal wollte er sich Zeit nehmen. Als aber Elli von hinten seine Schulter küsste, konnte er nicht länger. Er drehte sich abrupt zu ihr um und nahm von ihren Lippen Besitz. Ohne jegliche Kontrolle wanderte seine Hand sofort zu ihrer heißen und schon feuchten Mitte. Elli stöhne laut auf, als er mit seinem

Finger tief in sie hinein drang und gleichzeitig ihre Klitoris massierte. Sie war kurz vorm Explodieren. Sie wand sich unter ihm. Sie wollte ihn ganz in sich spüren. Sanft drehte er sie auf den Bauch, sodass sie auf allen vieren stand, und sie reckte ihm den schönsten Arsch der Welt entgegen. Sie war so wunderschön. Er streichelte ihren Rücken entlang bis hin zu ihrem Po. Elli hielt es kaum aus und wand sich, um ihm näher zu sein. Greylen hielt sie aber fest. Er wollte es genießen. Er streichelte über ihre harten Brustwarzen und wanderte zu ihrem Bauchnabel bis hin zu ihrer Mitte und stieß mit seinen Fingern wieder in sie hinein, gleichzeitig stimulierte er ihre Klitoris. Elli stöhnte immer lauter. Es war kaum noch auszuhalten. Jeder Stoß brachte sie dem Wahnsinn näher. Ein regelrechter Sturm braute sich in ihr zusammen, bis er mit einer Explosion aus ihr herausbrach. Sie schrie laut auf und sank dann voller Erschöpfung in sich zusammen. Greylen genoss es richtig. Die Art und Weise, wie er sie berührte und als sie kam, erregte ihn noch mehr. Er wusste, sie war erschöpft, doch das reichte noch lange nicht. Er strich mit seinem harten Schaft über ihre Mitte, doch sie zuckte zurück. Sie war noch so empfindlich. Er streichelte sanft ihren Rücken, bis sie zu schnurren anfing, dann packte er sie, zog sie auf sich und stieß in sie hinein. Sie war so feucht, und ihre Muskeln zuckten um seinen harten Schaft, dass er fast gekommen wäre, aber er konzentrierte sich und stieß wieder zu. Es war einfach die Erfüllung, in ihr zu sein, und er wollte jede Minute davon auskosten. Langsam glitt er raus und wieder rein, bis sie laut aufstöhnte und sie ihm ihren Hintern entgegenpresste. Sie wollte, sie verstand es nicht, aber ihr Körper, obwohl er schon müde war, reagierte auf ihn. Sie brauchte ihn, sofort und immer wieder. Greylen konnte sich nicht mehr länger zurückhalten und stieß immer härter und schneller in sie hinein. In ihm tobte ein Sturm von nie da gewesener Größe. Rund um sie fing der Wind an zu toben, und Blitze erhellten die Nacht. Sein Gehirn setzte aus. Er konnte nur noch fühlen, und diese Gefühle spiegelten sich im Wetter wider. Starker Regen fing an und kühlte ihre heißen Körper. Elli wurde fast wahnsinnig, jeder Tropfen und jeder Stoß erregte sie noch mehr. Ihr Rhythmus wurde immer schneller und stürmischer, bis beide gleichzeitig ihren Höhepunkt hinausschrien. Ein Blitz schlug neben ihnen ein, und er ergoss sich tief in ihr. Erschöpft sanken sie zusammen. Er drehte sie zu sich herum, nahm sie fest in seine Arme, küsste sie zärtlich und flüstert ihr liebevolle Worte ins Ohr, bis sie einschliefen.

Der Baum war überrascht, so viel Kraft und Energie. Er hatte gewusst, dass beide stark sind, aber so mächtig. Er lächelte. Ja, so könnten sie gegen das Böse gewinnen, nun war er überzeugt davon. Er spendete ihnen Wärme und überwachte ihren Schlaf bis hin zur frühen Morgenstunde. Erst dann zog er sich zurück.

Im Lokal lief alles reibungslos ab. Großmutter kochte so schnell, dass die Leute nur so schauten. Marie und Robin servierten alles so schnell wie möglich, und ihr Sohn half, so gut es ging. Man merkte, dass Christopher Robin ins Herz geschlossen hatte und umgekehrt. Robin nahm sich sogar die Zeit dafür, ihn zu loben und wuschelte über seine Haare dabei.

Wenn nicht die dauernde Fragerei der Leute gewesen wäre, hätte Marie es mehr genießen können. Anscheinend war an diesem Abend das ganze Dorf anwesend, auch kein Wunder, sie hatten seit Langem wieder geöffnet, und die Menschen waren neugierig, was bei ihnen so los war. Marie gingen die Fragen schon ziemlich auf die Nerven. Am Ende des Abends war sie fix und fertig, und die Sorgen um Elli und Greylen machten die Sache auch nicht leichter. Ihr Sohn war so erschöpft, dass er irgendwann auf der Couch vor dem Kamin einschlief. Robin war so nett und trug ihn hinauf in sein Zimmer. Für ihn war das komplett ein neues Gefühl, als er den kleinen Jungen hinauftrug. Christoph kuschelte sich so eng an ihn, dass es ihm fast das Herz brach. Beschützerinstinkte und echte Liebe brachen seine innere Festung. So ausgeglichen und wohl hatte er sich schon lange nicht mehr gefühlt. Er war zwar fix und fertig von der Arbeit, aber das machte ihn nur noch ruhiger. Genau das hatte er gebraucht. In der Stadt war er in letzter Zeit einfach zu unruhig. Er war gegenüber anderen schon ein wenig herrisch, das hier war wie ein Paradies auf Erden für sein Herz, und dass hier so eine Traumfrau wie Marie herumwirbelte, war für ihn wie der I-Punkt auf dem Strich. Als Robin wieder herunterkam, saß Marie völlig erschöpft auf der Couch und hielt eine Tasse Kaffee in der Hand. Sie hatte auch an ihn gedacht und ihm eine Tasse hingestellt. Er setzte sich neben sie. „Marie, Sie sehen erschöpft aus, wollen Sie nicht schlafen gehen?" „Nein, ich könnte nicht, auch wenn ich wollte. Mir geht einfach zu viel ihm Kopf herum." „Kann ich Ihnen irgendwie helfen?" Marie blickte ihm voller Sorgen in die Augen. „Danke, aber eigentlich haben Sie mir ja bereits geholfen. Ich weiß nicht, was Sie zu meinem Sohn gesagt haben, aber er ist seitdem ein anderes Kind. Viel ausgeglichener und nicht mehr so ernst. Er benimmt sich wie ein ganz normales Kind. Dafür bin ich euch sehr dankbar." Robin wusste, dass sie die Wahrheit sprach, aber ihr Gesichtsausdruck war trotz allem sehr angespannt. Er möchte ihr helfen, sie in den Arm nehmen und ihr tröstende Worte ins Ohr flüstern, aber das wäre in der jetzigen Situation nicht angebracht. Ohne weiter nachzudenken, redete er einfach weiter, und auch nur deswegen, weil er neugierig war, was wirklich los ist. „Aber das ist doch nicht alles, was bedrückt Sie so sehr, dass Sie nicht einmal schlafen können?" „Ich kann Ihnen da leider nichts Genaueres sagen, nur das: Es geht um Greylen und Elli. Sie haben heute eine ernste Mission zu erledigen, und ich mache mir Sorgen deswegen. Normalerweise müssten sie schon zu Hause sein oder sich wenigstens gemeldet haben, haben sie aber nicht, und das macht mich fast verrückt." „Ist es so gefährlich für die beiden?" „Na ja, heute vielleicht nicht, aber es bestimmt ihre Zukunft, und Sie kennen ja den Fluch, der auf Greylens Familie haftet." Zustimmend nickte er ihr zu. „Ja leider, das macht ihn, seit ich ihn kenne, immer fix und fertig, und jetzt hat er auch noch Elli, und man merkt, dass sie seine große Liebe ist. Wenn ihr etwas passiert, könnte er sich etwas antun." „Nein, kann er nicht! Er trägt die Verantwortung für drei Kinder, mein Lieber, dafür muss er kämpfen, egal, was passiert. Für Elli und für ihn." Robin blickte nachdenklich in seine Tasse. Wenige Sekunden später sprach er. „Ja, ich mach mir auch große Sorgen, vielleicht war ich deswegen in letzter Zeit so unruhig. Nicht zu wissen, wie es seinem besten Freund geht, macht einen schon fertig. Er war immer für mich da. Er hat mich aus einem tiefen Loch geholt, das vergesse ich ihm nie. Ich wünsche mir, dass er endlich das Glück findet, das er verdient." „Ja, das verstehe ich, mir geht's genauso mit Elli, ohne sie wären ich und mein Sohn nicht mehr am Leben, und das nicht nur einmal." Fragend blickte Robin auf. Schmerz überschattete Maries Blick. „Was ist passiert?" „Ist nicht leicht für mich, darüber zu sprechen, aber es ging um meinen Exmann, und ich danke Gott dafür, dass er nicht mehr am Leben ist. Es war in den letzten Jahren die Hölle auf Erden, und endlich haben wir Frieden." „Ein wenig habe ich schon mitbekommen, das war auch der Grund, wieso ihr Sohn solche Ängste hatte, aber Genaueres hatte er auch nicht erzählt, eben nur, dass sein Vater tot ist. Aber wie ist er gestorben?" „Tut mir leid, aber darüber kann ich wirklich nicht sprechen, er ist tot, das muss reichen." Robin verstand es. Es gab einfach Dinge, da musste man einen Schlussstrich darunterziehen, deswegen fragte er nicht mehr nach. Nach einiger Zeit fing Marie an zu gähnen. „Sie sind müde, gehen Sie zu Bett, das würde Elli auch wollen." „Nein, ich warte, vielleicht tauchen sie ja noch auf, aber Sie können ja schon gehen." „Nein, wenn Sie warten, warte ich auch. Zusammen ist es leichter."

Marie war verblüfft. Dieser Mann ist so nett und zuvorkommend. Er hatte ihren Sohn gerettet, und hübsch war er obendrein. Wenn sie nicht schon so fertig wäre mit den Männern, könnte sie sich in ihn verlieben. Mit diesen Gedanken schlief sie tief und fest ein. Robin merkte an ihrer Atmung, dass sie eingeschlafen war. Er schaute sie genauer an. Sie war schon gezeichnet vom Leben, und das machte sie für ihn nur noch schöner. Ihre Haare glänzten im Feuerschein des Kamins golden. Ein paar Sommersprossen zierten ihre kleine Stupsnase, und sie hatte die perfekten Rundungen, die er an einer Frau so liebte. Vor ihm war die perfekte Frau für ihn, und er nahm sich vor, sie zu erobern, zu lieben und für immer zu behalten. Er war ein wenig schockiert über diesen Gedanken, aber er wusste auch, dass er noch nie so für eine Frau empfunden hatte wie für sie, und das in dieser kurzen Zeit. Mit diesen Gedanken schlief auch er ein.

Elli und Greylen wachten bei Sonnenaufgang auf. Sie liebten sich ganz langsam und zärtlich, bevor sie sich vom Baum namens Rakna verabschiedeten. Elli musste sich mit der mitgebrachten Picknickdecke umwickeln, denn all ihre Kleider waren nur noch Fetzen. Greylen zog nur die Jeans an, denn auch sein Hemd war dahin. Beide gingen Hand in Hand mit einem glücklichen Lächeln zum Auto zurück. Sie freuten sich beide schon auf zu Hause, um die guten Neuigkeiten zu erzählen und endlich auch Robin wiederzusehen. Ganz leise schlichen sie sich ins Haus. Sie mussten beide lächeln, als sie Marie und Robin eng zusammengekuschelt auf der Couch fanden, das rief alte Erinnerungen in ihnen wach. Beide schliefen noch tief und fest. Greylen räusperte sich laut, da kam Bewegung in die zwei. Robin glaubte am Anfang noch zu träumen, denn Marie lag auf ihm, und ihre Wärme und ihr Duft umhüllten ihn. Doch als er die Augen ganz aufmachte, sah er Greylen und Elli, die ihn von oben herab anlächelten. Robin schüttelte ganz sanft Marie wach. Die war so schockiert von sich selbst, dass sie sofort aufsprang. Sie wurde richtig rot im Gesicht. Wie konnte das denn passieren! Aber eins musste sie sich eingestehen. So gut wie heute hatte sie schon lange nicht mehr geschlafen. Als sie den ersten Schock überwunden hatte, umarmte sie Elli stürmisch. „Elli! Ich habe mir solche Sorgen um dich gemacht, und wie siehst du überhaupt aus?" „Na ja, meine Kleidung hat sich irgendwie in Luft aufgelöst." Elli musste grinsen, als sie daran dachte, wie das zustande kam. „Du brauchst dir keine Sorgen zu machen. Es wird alles wieder gut. Wir ziehen uns noch etwas Passendes an, dann erzählen wir euch alles." „Gut, ich bin schon ganz neugierig. Ich mache uns derweil ein Frühstück und viel Kaffee." „Und ich helfe dir." Robin lächelte Marie verführerisch an. Während Elli und Greylen sich umziehen gingen, schlenderten Marie und Robin in die Küche. „Robin, du kannst aber auch duschen gehen. Ich kann das Frühstück auch allein zubereiten, das ist gar kein Problem."

Marie wollte kurz allein sein, um wieder einen klaren Gedanken fassen zu können. Irgendwie passiert gerade sehr viel, aber auch nicht. Ihre Gefühle machten ihr auch Angst. Sie fühlte sich zu Robin hingezogen wie nie zuvor zu einem anderen Mann, nicht einmal Christophers Vater konnte bei ihr solche Gefühle erzeugen. Was war nur los mit ihr? Aber dieser Wunsch ging nicht in Erfüllung. Robin wich nicht von ihrer Seite. „Nein, ich helfe dir. Gemeinsam sind wir schneller, und ich bin jetzt auch schon sehr neugierig auf Elli und Greylen. Sie scheinen glücklich zu sein, und wenn ich das Wetter deute, ist Greylen der Allerglücklichste von den beiden." „Da kennst du Elli aber nicht. So gestrahlt hat sie noch nie, seit ich sie kenne." „Na dann, vielleicht gibt es doch ein Happy End." „Ich würde es ihnen wünschen. Sie haben beide schon so viel Schreckliches erlebt. Es wird Zeit, dass mal was Gutes passiert." Robin nickte zustimmend und machte sich mit der Kaffeemaschine vertraut, während Marie Eier in eine Pfanne schlug. Sie arbeiteten Hand in Hand, als hätten sie das schon immer gemacht. Marie fing an, die Gesellschaft von Robin zu genießen. Als alles auf dem Tisch stand, kamen auch schon Elli und Greylen. Beide strahlen regelrecht. Robin fragte sich, wieso sie so glücklich sind. Der Fluch ist doch real. Er kannte die ganze Geschichte von Greylen und seinen Vorfahren, also was hatte das alles zu bedeuten? „Ich glaub, es wird schon langsam Zeit, uns einiges zu erklären. Ihr macht uns wahnsinnig, wenn ihr aussieht, als wäre alles in Butter." Elli blickte zu Greylen und nickte ihm zustimmend zu. Es wird Zeit, dass auch Robin alles erfährt, also erzählte ihm Greylen die ganze Geschichte. Angefangen mit Elli und den Kindern mit ihren besonderen Gaben bis hin zu dem Besuch beim Baum der Weisheit. Robins Augen wurden immer größer, als er hörte, wie Maries Exmann gestorben ist. Er wollte sie nur noch in die Arme nehmen. Es ärgerte ihn, dass er nicht da war für sie. Seine Marie. Als Greylen die Geschichte fertig erzählt hatte, saßen sie einige Minuten nur da, bis Marie aufstand und Elli herzlich drückte. „Ach, ist das schön. Ich hatte schon Angst um uns alle, ohne dich wäre es nicht mehr dasselbe." Marie vergoss vor Freude einige Tränen. Robin war immer noch erstaunt über die ganze Geschichte, stand aber auf und umarmte Greylen und Elli und freute sich über ihr Glück.

Als später die Kinder und Ellis Mutter noch dazukamen, erzählten sie alles noch einmal. Die Kinder freuten sich und zeigten Robin ihre Kunststücke. Der staunte nur noch mehr. Christopher saß nah bei ihm und musste laut lachen, als er Robins Blick sah. Er kannte das ja alles schon. Für ihn war das schon ganz normal. Als sie fertig waren, war es schon Zeit fürs Mittagessen. Elisabeth jagte alle aus der Küche und fing an zu kochen und summte glücklich ein Lied nach dem anderen dabei. Elli und Greylen verzogen sich in ihr Zimmer, um anscheinend noch ein wenig zu schlafen. Die Kinder liefen auf den Dachboden hinauf, um nach Angus zu schauen, dem es immer besser ging. Robin und Marie zogen sich in den Garten zurück.

Bei einem Baum ganz hinten im Garten, wo sie keiner mehr sehen konnte, blieben sie stehen. Robin war sehr still, das beunruhigte Marie ein wenig. „Was ist los, war das ein wenig zu viel für dich? Ich kann das verstehen, für mich war das ein riesiger Schock, als ich von Elli und den Kindern erfuhr, aber ich weiß auch, dass sie uns nie etwas Böses antun können." „Ja, das glaub ich dir. Was mich am meisten schockiert, ist, was dein Exmann mit dir und Christopher vorhatte, und mich ärgert es, dass ich nicht bei euch war. Ich hätte euch helfen sollen." „Robin, du konntest nichts dafür. Du kanntest uns ja noch gar nicht. Wie solltest du denn auch, außerdem ist es vorbei. Für immer! Es wird Zeit, ein neues Leben anzufangen, ohne Angst." Sie blickte ihn schüchtern und entschlossen zugleich an. In all den Jahren hatte sie nie einen Mann an sich herangelassen, aber das Glück, das Elli und Greylen ausstrahlten, gab ihr jetzt den Mut. Vielleicht gab es für sie ja auch ein Happy End. Zur Bestätigung nahm sie sein Gesicht in beide Hände und hauchte einen unschuldigen Kuss auf seine Lippen. Robin war überrascht. Das hatte er nicht erwartet. Marie war stärker, als er gedacht hatte. Trost suchend und beschützend zugleich nahm er sie fest in die Arme. Er flüsterte ihr ins Ohr. „Ich werde dir nie Schmerzen zufügen. Ich werde dich und deinen Sohn immer beschützen, egal was es ist. Ich werde immer da sein für euch." Marie kamen die Tränen, das hatte ihr noch nie ein Mann angeboten, und das Schönste daran war für sie, dass er ihren Sohn

auch schon ins Herz geschlossen hatte. Ohne noch weiter nachzudenken, küsste sie ihn noch einmal mit einer Leidenschaft, die sie
von sich selbst gar nicht kannte. Robin erwiderte den Kuss genauso
leidenschaftlich. So glücklich war er noch nie in seinen Leben. Sie
hatte es geschafft, in so einer kurzen Zeit, sein Herz zu erobern.
Sie wanderte mit ihren Händen unter sein Hemd und streichelte
über seine Brust, und obwohl er schon viel Erfahrung gesammelt
hatte, erregte ihn diese kleine Geste sehr. Ihr Duft berauschte seine Sinne, und ihr zierlicher Körper, der sich an seinen presste, ließ
alle seine guten Vorsätze fallen. Er wollte sie. Nein, er brauchte
sie. Ohne noch weiter nachzudenken, glitten seine Hände unter
ihr T-Shirt. Er streichelte zuerst über ihren Bauch bis hin zu ihrer
Brust. Sie hatte keinen BH an, und ihre Brustwarzen standen aufrecht. Er neckte sie mit den Fingern. Marie stöhnte auf. Sie war so
erregt. Ihr Körper reagierte auf ihn wie noch nie zuvor bei einem
anderen. Sie wollte ihn, und es machte ihr keine Angst. Robin
glitt mit seiner Zunge ihren Hals entlang und knabberte daran.
Marie wurde überschwemmt von Empfindungen. Robin zog ihr
das T-Shirt aus und legte seine Lippen auf ihre Brust, nahm sie
in die Hand und saugte daran. Sie bog ihren Körper zurück. Robin blickte auf. Das ist seine Frau. Er hielt sie mit einer Hand fest
und streichelte mit der zweiten vom Hals entlang zwischen ihren
Brüsten hin bis zum Bauchnabel. Marie stöhnte und wand sich in
seinen Armen. Sie riss ihm sein T-Shirt vom Körper, um ihn noch
näher zu spüren. Sie wollte seine Haut auf ihrer spüren. Sie presste sich ganz eng an ihn. Er öffnete langsam ihre Hose und zog sie
ihr Stück für Stück hinunter, begleitet mit zärtlichen Bissen. Jetzt
stand sie splitterfasernackt vor ihm. Sie war wunderschön, wie ein
Engel. Ihre Wangen waren gerötet, und ihre Augen glänzten vor
Erregung. Etwas Schöneres hatte er noch nie in seinem Leben gesehen. Er kniete vor ihr und küsste ihren Oberschenkel, schleckte
die Innenseite bis hinauf zu ihrer Höhle, die glänzte vor Feuchtigkeit. Marie krallte sich an seinen Haaren fest. Ihre Knie waren
weich wie Watte. Es war einfach nur schön. Er schleckte über ihre
Schamlippen und saugte an ihrer Klitoris. Marie stöhnte immer
heftiger und wand sich immer mehr. Sie zog an seinem Haar. Als

sie glaubte, dass sie nicht mehr konnte, stieß er ihr einen Finger in die feuchte Mitte. Marie schrie auf. Sie glaubte zu fallen, doch er hielt sie fest. Er stieß immer mehr zu und schleckte an ihrer Klitoris, bis in ihr alles explodierte. Sie schrie laut auf und sank auf ihm zusammen. Robin hielt sie und legte sie vorschichtig auf die Wiese. Er strich ihr die feuchten Strähnen aus dem Gesicht und küsste sie. Er streichelte sanft ihren Körper. Er wollte sie immer noch, mehr als zuvor. Er zog sich seine Hose aus und legte sich auf sie und küsste sie. Marie strich über seinen Rücken und seinen Hintern. Sie wollte ihn, genauso wie er sie, und seinen ganzen Körper auf ihrem zu spüren, war für sie wie ein Traum. Sie war noch feucht von vorhin und wurde noch feuchter bei der Vorstellung, was noch käme. Er war hart wie Stein und suchte nach Erlösung. Ganz vorsichtig und langsam glitt er in sie hinein. Sie war eng und feucht. Als er ganz in ihr war, hielt er inne, um nicht sofort auf der Stelle zu kommen und um ihr Zeit zu lassen, dass sie sich an ihn gewöhnte. Nach einigen Sekunden wand sich Marie unter ihm. Sie wollte mehr, also zog er ihn heraus und stieß ihn wieder sanft in sie hinein. Es wurde immer schneller und härter. Marie stöhnte und drückte sich ihm bei jedem Stoß entgegen. In ihr herrschte ein Sturm, der kurz vor dem Ausbruch stand. Wenige Minuten später war es soweit. Marie schrie auf und explodierte förmlich. Sie krallte sich in seinen Rücken. Robin konnte nicht mehr länger, er schrie auf und ergoss sich tief in ihr. Erschöpft sank er auf Marie. Wenige Minuten später rollte er sich auf die Seite, um Marie nicht zu erdrücken. Er zog sie fest in seine Arme und streichelte ihr Gesicht. Sie sah zufrieden aus, und das erste Mal sah er keine Sorgenfalten in ihrem Gesicht, sie sah glücklich aus. „Meine Marie. Ich liebe dich, und ich werde dich und deinen Sohn nie mehr verlassen."

„Wie willst du das wissen, wir kennen uns doch noch nicht lange."

„Ich bin schon alt genug, um zu wissen, wenn die Richtige vor mir steht, und ich glaube an das Schicksal. Es war kein Zufall, dass wir hier zusammengekommen sind."

Sorgenvoll blickte sie ihn an. „Robin, das habe ich mir immer schon gewünscht, und ich fühle mich auch sehr angezogen von dir, aber es geht mir ein wenig zu schnell. Es hört sich fast an, als würdest du mir einen Heiratsantrag machen, und so weit bin ich noch nicht. Lass uns uns erst mal kennenlernen." „Ich finde, dafür ist es schon ein bisschen zu spät." „Okay, das verstehe ich, und ich möchte auch nichts mehr rückgängig machen, und ich möchte das Erreichte nicht zerstören, aber lass uns Zeit." Robin blickte sie verständnisvoll an. Er konnte sie verstehen. Sie hatte so viel durchgemacht. „Und was sollen wir jetzt machen?" „Lass uns das hier genießen und schauen, wo uns der Weg noch hinführt. Was hältst du davon?" „Okay, meine Liebe. Ich bin einverstanden, aber ich tue nicht so, als wäre nichts passiert." „Nein, das will ich auch nicht, dafür bist du mir zu wichtig." „Ich liebe dich, und das werde ich dir immer sagen. Für mich spielt Zeit keine Rolle." Sanft streichelte er ihr übers Gesicht. Tränen rollten ihr die Wange hinab. Das hatte sie nicht erwartet. Im Herzen spürte sie, dass auch er der Richtige für sie war. Zärtlich küsste er ihr die Tränen von der Wange und streichelte sie. Als sie merkten, wie schnell die Zeit vergangen war, standen beide auf. Marie bemerkte die Kratzer auf seinem Rücken, die sie ihm zugefügt hatte, und strich sanft darüber. Robin drehte sich abrupt zu ihr um und zog sie in die Arme. „Marie, ich will ja nichts sagen, aber wenn du das machst, kommen wir sicher zu spät." Als Bestätigung drückt er ihr seine Erektion entgegen. „Oh, tut mir leid." Sie strich sanft über seine Hüften, um ihn noch mehr herauszufordern. „Marie, meine Selbstbeherrschung ist bald hinüber. Alle anderen warten sicher schon auf uns." „Na, dann würde ich sagen, lassen wir sie warten." Als Bestätigung strich sie sanft über seinen harten Schaft. Robin stöhnte auf und küsste sie leidenschaftlich, bis Marie die Luft wegblieb. Er küsste ihren Hals und streichelte sie von ihren Brüsten bis hin zu ihrer warmen Mitte. Sie war schon feucht und war bereit für ihn. Ohne noch länger zu warten, hob er sie hoch, lehnte sie an einen Baum und stieß in sie hinein. Marie schlug ihre Beine um ihn und stöhnte laut auf. Ihre Hände umschlossen fest seinen Nacken. Er hielt sie fest und stieß immer härter und schneller in sie hinein. Sie stöhnte immer heftiger. Robin konnte an gar nichts mehr denken. Der Duft, den Marie verströmte, und ihre Laute brachten ihn um den Verstand. Ihre Muskeln zogen sich immer wieder um seinen Schaft zusammen. Marie explodierte in seinen Armen. Sie schrie laut auf und krallte sich in seinen Nacken. Robin konnte nicht mehr. Er stieß noch einmal fest zu und ergoss sich tief in ihr. Sanft ließ er sie hinuntergleiten und lehnte seine Stirn auf ihre. „Marie, du bringst mich noch um den Verstand." Marie küsste ihn zärtlich auf die Lippen und löste sich von ihm mit zittrigen Beinen, um sich anzuziehen. Robin legte eine Hand auf ihre Schulter und küsste ihren Nacken. „Marie, ich liebe dich." Er drehte sich um und zog sich an. Als beide fertig waren, nahm er ihre Hand und ging mit ihr zum Haus zurück. Vor dem Haus wartete schon Maries Sohn, der zuerst einmal verdutzt dreinblickte, als er die beiden Hand in Hand sah, aber gleich darauf grinste er übers ganze Gesicht, lief zu ihnen und ließ sich von beiden fest umarmen. Mit Christopher in der Mitte gingen sie zu den anderen in die Küche, die schon mit dem Mittagessen auf sie warteten. Die Erwachsenen grinsten Marie und Robin schelmisch an, als sie die Kratzer auf Robins Nacken und den Biss auf Maries Schulter sahen. Greylen konnte sich einen Kommentar nicht verkneifen. „Na, das sind aber schöne Kratzer, mein Freund. Hat dich wohl ein wildes Tier angegriffen." Marie wurde leicht rot. „Hab mich an einen Ast verletzt. Ich sollte ihn wohl wegschneiden, bevor sich noch einer ernsthaft verletzt." „Ach, so ist das! Ein Ast also, und wieso seid ihr so spät gekommen?" „Wir haben geredet und die Zeit übersehen." Greylen kam zu ihm und umarmte ihn fest. „Es freut mich, dass du endlich das Glück gefunden hast – und du auch, Marie. Ihr habt es beide wirklich verdient." Er umarmte auch Marie. Elli freute sich auch und nahm ihre beste Freundin in den Arm und sagte zu Robin: „Willkommen in der Familie." Und küsste ihn rechts und links auf die Wange. Danach eilte sie wieder in Greylens Arme. „So, wenn das geklärt wäre, würde ich sagen, dass wir essen, bevor es ganz kalt wird, außerdem wird es Zeit, das Lokal aufzusperren, meine Lieben. Wenn ihr wollt, Marie und Robin, könnt ihr ja heute freinehmen. Ich glaube, ihr habt sicher noch einiges zu besprechen, und ihr könnt die Kinder ins Bett bringen oder besser gesagt auf den Dachboden. Robin, ich glaube, du wirst heute noch sehr überrascht werden, am liebsten würde ich dabei sein, wenn ihr ihm den Dachboden zeigt. Könnte lustig werden." Robin blickte neugierig in die Runde, aber das Einzige, was kam, war ein schelmisches Grinsen von jedem, sogar von Marie. Na, dann lassen wir uns mal überraschen.

Robin konnte es wirklich kaum fassen. Das war unfassbar. Alles war so grün, von verschiedenen Arten von Pflanzen, auch solche, die nicht in der Gegend wuchsen. Es war hell und angenehm warm. Alles wirkte größer, als es von draußen erscheint. Und Tiere waren hier, von Mäusen bis hin zu Rehen, fast so, als würde er im Wald stehen. Wie konnte das nur sein? Aber das Schönste für ihn war der weiße Wolf. So ein majestätisches Tier hatte er noch nie gesehen. Er war hin und weg. Lisa und Mia führten ihn rum und zeigten ihm, was sie hier oben so alles machten. Christopher ging neben ihm und grinste ihn die ganze Zeit an. Am Ende der Führung ließ er sich mit Marie in den Armen unter einen Baum nieder, um alles sacken zu lassen. Es war einfach nur schön und friedlich hier. Am liebsten würde er nie wieder von hier weg. Einige Zeit später wünschten sie den Kindern eine gute Nacht und gingen in Maries Zimmer, wo sie sich innig liebten und danach erschöpft von dem ereignisreichen Tag einschliefen.

Das Lokal war brechend voll. Alle freuten sich, dass Elli wieder da war. Greylen wurde von den Gästen wie einer von ihnen behandelt. Er sprach und lachte sogar mit ihnen. Elli war glücklich. Es schien endlich alles so zu sein, wie es sein sollte, und er strich ständig über ihren noch flachen Bauch und freute sich über das kleine Wesen, das in ihr wuchs. Am Ende des Abends saßen sie noch ein wenig zusammen. Elisabeth verschwand einige Minuten später in ihr Zimmer. Endlich waren sie allein. Elli rückte ganz nah an ihn und legte ihre Beine auf seine. Elli hatte heute ausnahmsweise einen Rock an, das freute Greylen. Er streichelte ihre Beine und küsste sie zärtlich. „Dass du heute einen Rock trägst, finde ich hinreißend. Steht dir gut, solltest du

öfter machen." „Hab mir gedacht, ich mache dir eine Freude."
Elli grinste ihn schelmisch an. Er wanderte mit der Hand unter den Rock und fuhr ihren Oberschenkel entlang bis zu ihrer
Scham. Greylen war überrascht, denn sie hatte keinen Slip an.
„So ein schlimmes Mädchen, wenn ich das früher gewusst hätte." Er streichelte sanft über ihre Schamlippen, bis sie ganz feucht
war. Elli stöhnte auf und sagte: „Was hättest du denn dann gemacht?" „Ich hätte hinter der Theke nur kurz das gemacht, was
ich jetzt mache." Greylen massierte ihre Klitoris und stieß mit
einem Finger in sie hinein. Elli stöhnte laut auf. „Ich glaub, das
wäre nicht so gut gekommen, was hätten sich denn die Gäste dabei gedacht?" „Dass ich ein verdammt guter Liebhaber bin, weil
ich dich in so kurzer Zeit zum Stöhnen bringe." Er massierte sie
weiter und stieß immer schneller und härter in sie hinein. Elli
stöhnte immer lauter. Sie stand kurz vor der Explosion. Sie war
schon den ganzen Abend feucht zwischen den Beinen, weil sie
die ganze Zeit daran denken musste, was gerade eben passierte. Greylen stieß noch einmal fest zu, dann explodierte sie. Sie
schrie auf und klammerte sich an ihn fest. „Wow, deine Energie
kann dir den Boden unter den Füßen wegreißen." Er lächelte sie
an und streichelte ihr Haar. Sie sah wunderbar aus, ihre Augen
funkelten, und ihre Lippen luden nur so zum Küssen ein. Elli
zog ihm sein T-Shirt aus und schmiegte sich ganz eng an ihn.
Sie streichelte sanft seine Brust bis hinunter zum Bund. Greylen
küsste sie sanft, zog ihr die Bluse über den Kopf und öffnete ihren BH. Er strich sanft über ihren vollen Busen. „Ich liebe dich,
Elli Mac Donald." Er massierte ihre Brustwarzen und nahm sie
in den Mund. Er saugte daran, bis Elli stöhnte und sich auf seinen Schoß setzte. Er hob sie von seinem Schoß, legte sie auf die
Couch und zog sich die Hose aus. Elli bewunderte sein Muskelspiel dabei und freute sich, ihn endlich für sich zu haben. Er
streichelte sie sanft von ihrem Unterschenkel bis hinauf zu ihren
Oberschenkeln. Dabei schob er ihren Rock so weit hinauf, dass
er ihre feuchte Mitte betrachten konnte. Sie war feucht und bereit für ihn. Ohne noch länger zu warten, legte er sich auf sie
und stieß in sie hinein. Elli stöhnte laut auf und reckte sich ihm

entgegen. Greylen hielt inne, nahm ihren Kopf in beide Hände und küsste sie. Ja, sie war sein für immer und ewig, und er stieß wieder zu, immer schneller und härter. Energie wirbelte um sie herum und wurde immer mehr, bis sie beide mit einem lauten Schrei explodierten. Er ergoss sich tief in ihr und sank erschöpft auf ihr zusammen. Die Energie schoss in der gleichen Zeit durchs ganze Haus, bis sie wieder in sie eindrang. Elli streichelte sanft seinen Rücken. „Ich liebe dich, Greylen Mac Donald." Greylen brummte schläfrig. Nach einigen Minuten stand er auf nahm sie in seine starken Arme und trug sie ins Schlafzimmer. Er legte sie sanft auf das Bett und legte sich zu ihr. Er streichelte sie, bis sie beide eingeschlafen waren.

Elli träumte von dem Geist, der ihr schon oft in ihren Träumen begegnet war. Sie konnte sie jetzt nur besser erkennen. Es war eine wunderschöne Frau, und sie lächelte. „Elli, ich bin stolz auf dich, du hast alles richtig gemacht. Ich warte schon so lange darauf. Jetzt kann ich endlich wieder glücklich sein." „Wer bist du?" „Kannst du dir das nicht denken? Sie mich mal genauer an." Elli erkannte jetzt Details, die sie vorher nicht beachtet hatte. Sie hatte keine Schuhe an, nur so etwas wie eine Art Socken aus Leder. Ihre Kleidung sah aus, als würde sie dem Mittelalter entspringen. Ihre Augen waren dieselben, die sie selbst hatte, und da funkte es in ihr. Sie war der Geist derjenigen, die ihre Seelenverwandte war. Die Heilerin. „Ja, jetzt weiß ich es. Danke für die Träume. Sie haben mir und Greylen sehr geholfen." „Das sollte auch so sein. Ich wünsch dir und Greylen und deinen Kindern ein schönes Leben. Das Schicksal wird euch den rechten Weg weisen." Mit diesen Worten trat ein Mann aus dem Nebel, nahm die Frau in den Arm und lächelte Elli glücklich an. „Sag deinem Mann, er hat seine Sache gut gemacht. Viel Glück euch beiden." Mit diesen Worten verschwanden sie wieder im Nebel, und der Traum war vorbei. Am nächsten Tag erzählte sie alles Greylen. Es erstaunte ihn nicht mehr. Er wusste: Bei Elli musste er auf alles gefasst sein, und dass sie Kontakt zur Geisterwelt hatte, war bisher nur gut für sie beide. Den anderen erzählten sie nichts davon.

Die nächste Woche verstrich wie im Flug. Sie fuhren zur Anprobe, und einige Tage später bekamen sie die fertigen Kleider angeliefert. Robin fuhr einmal in die Stadt, um alles zu regeln. Sie hatten viel Arbeit, denn das Fest war in einer Woche. Alle freuten sich schon darauf, und sie waren glücklich. Doch eines Tages merkte Elli, das mit Greylen etwas nicht stimmte. Er saß grübelnd da, den Kopf in seinen Händen, und starrte traurig auf den Boden. „Mein Liebster, was ist los mit dir?" Sie setzte sich zu ihm und streichelte tröstend seinen Rücken. „Ich muss die ganze Zeit an meinen Vater denken, wie er ganz allein vor dem Kamin sitzt, traurig, weil ich mein Leben und deines verwirkt habe. Ich sollte zu ihm fahren und ihm alles erzählen, aber irgendwie will ich dich nicht hier allein lassen." „Ich bin doch nicht allein. Du solltest zu ihm fahren. Ich hätte früher daran denken sollen." „Nein, dich trifft keine Schuld. Wir sind so glücklich, und darum habe ich das immer auf den nächsten Tag verschoben, nur irgendwann ist es genug. Ich muss zu ihm, um ihm unsere gute Nachricht zu überbringen, aber ich will dich einfach nicht allein lassen. Noch dazu jetzt, wo das Fest vor der Tür steht." „Du machst dir einfach zu viele Sorgen. Schau, das meiste ist doch schon erledigt, und du bleibst ja nicht eine ganze Woche bei ihm, oder?" „Nein, vielleicht eine Nacht. Vielleicht nehme ich ihn auch mit, damit er dich kennenlernt." „Das ist eine gute Idee, und mach dir keine Sorgen, wenn etwas nicht stimmt, schicken wir dir einen tierischen Boten. Der findet dich überall. Glaub mir." „Ja, du hast ja recht. Morgen fahre ich. Ich werde es nicht länger hinauszögern." „Gut!" Elli küsste ihn noch ganz zärtlich auf die Lippen, bevor sie zu den anderen gingen, um ihnen alles zu erzählen. Sie waren alle begeistert, denn sie konnten ein wenig Ruhe gebrauchen. Die Energieschübe, die sie jeden Tag von sich gaben, wurden schon langsam zur Belastung.

Am nächsten Tag brach Greylen frühzeitig auf. Alle standen da und winkten ihm zum Abschied zu. Er hoffte von ganzem Herzen, dass ja nichts passierte, und ihm schmerzte das Herz, als er Elli im Rückspiegel sah. Er sollte nicht getrennt werden von ihr, und es wird auch nie wieder vorkommen. Mit diesem

Vorsatz nahm er die Fahrt auf. Auf zu seinem Vater. Die Fahrt dauerte eine Stunde. Kurz bevor er ankam, rief er ihn an, dass er bald zu Hause sei. Dort angekommen, sah er schon seinen Vater wartend vor dem Tor. Er packte sein Auto und stieg mit schlechtem Gewissen aus. Greylen und sein Vater waren im Streit auseinandergegangen.

Greylen konnte sich noch ganz genau erinnern, wie er verzweifelt und wütend aus dem Schloss lief und seinen Vater allein dort ließ. Sein Vater wirkte nun viel älter. Einige Sorgenfalten mehr hatten sich in seiner Abwesenheit gebildet. Wie konnte er nur so lange warten? Ohne noch weiter zu zögern, ging er zügig auf ihn zu und zog ihn in eine starke Umarmung. Seinem Vater brannten Tränen in den Augen voller Freude. „Du bist wieder hier, mein Sohn. Mach das ja nicht wieder. Ich habe mir solche Sorgen gemacht, dass du dir vielleicht etwas antun würdest. Komm rein, mein Junge, Kaffee und deine Lieblings-Brötchen stehen bereit. Du musst mir alles erzählen." Sein Vater blickte ihn verwundert von der Seite an. Sein Sohn sah glücklich aus, das wunderte ihn. Er hatte doch eine Frau kennengelernt. War es vielleicht doch nichts Ernstes? Greylen und sein Vater gingen hinein und setzten sich vor den großen Kamin. Greylen nahm einen Schluck Kaffee und ein Brötchen und grinste seinen Vater voller Freude an, danach fing er an zu erzählen. Alles, angefangen, wie er Elli kennengelernt hatte. Wie sie gemeinsam Maries Ex getötet hatten bis hin zum Baum des Lebens Namens Rakna, vom Dachboden – und das Allerwichtigste: dass der Fluch gebrochen war und dass sie einen Sohn von ihm erwartete, der anscheinend die Welt retten sollte. Er erzählte ihm auch, dass ein Baum des Lebens im Schlossgarten stehen sollte, der langsam von einem langen Schlaf aufwachen würde. Die Augen von Greylens Vater wurden immer größer. Er konnte es kaum glauben. Der Fluch war gebrochen. Sie müssen keine Angst mehr haben, sich zu verlieben. Jetzt konnte er sich nicht mehr zurückhalten, Tränen der Freude rollten wie ein Wasserfall über seine Wangen. Greylen ging zu ihm und umarmte ihn. „Vater, wieso weinst du? Es wird endlich alles gut." „Ich weiß, das ist es ja. Es ist endlich vorbei. Wir können endlich wieder glücklich sein und nicht nur in Angst leben." Als Greylens Vater sich wieder beruhigt hatte, schlenderten sie in den Schlossgarten. Dort merkten sie sofort, dass um einiges mehr Leben an diesem Ort herrschte. Sonst wirkte alles immer so düster und deprimierend. Diesen Ort hatten sie eigentlich immer gemieden, doch heute herrschte reges Leben, er strahlte Freude und Glück aus. Greylen und sein Vater staunten nur so. Sie fanden auch gleich die Quelle all dieser Freude. Ein Baum des Lebens. Als sie die Hand auf seinen Stamm legten, hallte eine tiefe, melodische Stimme in ihren Köpfen. „Na endlich, ich habe mir schon gedacht, dass ich immer so verweilen muss. Glückwunsch, wer ist der Glückliche, der werdende Vater?" Greylen und sein Vater blickten sich fragend und überrascht an. „Ich – und wieso weißt du das?" „Erstens: hast du gut gemacht – und zweitens: Denk mal nach, wenn du und deine Liebste euch nicht getraut hättet, würde ich heute noch schlafen. Und drittens haben wir viel zu tun. Wie heißt ihr eigentlich?" Ich bin Greylen, und das ist mein Vater Angus." „Gut zu wissen, Angus, wir müssen das Haus magiesicher machen, euer Kleiner könnte großen Schaden damit anrichten, und du, Greylen, solltest zu deiner Liebsten fahren und sie mir endlich vorstellen, außerdem müsste noch eine kleine Prüfung anstehen, wie ich so mitbekommen habe, oder ist das auch schon erledigt?" „Ich glaube nicht, mir wäre nichts aufgefallen." „Das ist schade, jetzt mache ich mir wieder Sorgen, aber trotz allem wartet Arbeit auf euch und auf mich. Angus, du wirst dich zu mir setzen und alles aufschreiben, was ich dir sage und es dann im ganzen Schloss anwenden." Greylen und seinem Vater ging das eindeutig zu schnell. Dieser Baum kannte keine Pause. „Warte bitte, mein Sohn ist gerade, nach langer Zeit, nach Hause gekommen, lass uns bitte diesen Tag. Das Kind wird ja nicht gleich auf die Welt kommen." Der Baum dachte darüber nach. „Ich bin einverstanden, aber morgen früh fangen wir an." „Das verspreche ich." Sohn und Vater wanderten zufrieden zum Schloss zurück. Am Nachmittag machten sie einen kleinen Ausritt und hatten viel Spaß. Am Abend saßen sie noch lange beieinander und redeten.

Greylen nahm sich vor, morgen früh noch mal reiten zu gehen, bevor er zu Elli zurückfuhr und ihr alles erzählte.

Nach dem Frühstück ging Angus mit Heft und Schreiber zu dem Baum, und Greylen sattelte sich ein Pferd. Es war ein perfekter Tag zum Ausreiten. Er ritt los, immer schneller, und er fand es herrlich. Er fühlte sich freier als je zuvor. Nach einigen Kilometern kam er an eine Lichtung. Er wollte sein Pferd noch mehr antreiben, doch plötzlich scheute es. Es stieg hoch und wieherte ängstlich. Greylen konnte sich nicht länger halten und fiel kopfüber vom Pferd. Sein Kopf schmerzte, und er wollte sich wegdrehen, doch das Pferd stieg wieder in die Höhe. Er war zu langsam. Das Pferd traf mit einem Fuß seinen Brustkorb. Er merkte, wie ihm einige Rippen brachen, und der zweite Tritt traf seinen Kopf. Er verlor sofort das Bewusstsein und blieb reglos mitten auf der Lichtung liegen.

Elli stand gerade im Garten bei Lisa, die ihr stolz die neuen Pflanzen zeigte, die sie wachsen ließ, als sie einen stechenden Schmerz in ihrer Brust spürte. Sie blickte gleich ins Innere, aber bei ihr fehlte nichts. Es schmerzte immer noch und zog an ihr. Ihr Gedanke kam sofort auf Greylen. Es musste irgendetwas passiert sein. Sie rannte zum Telefon, doch er hob nicht ab.

Sie lief zu Robin, der es bei seinem Vater probierte, aber auch er hob nicht ab. Sie rief ihre Jüngste, Mia. „Es stimmt irgendetwas nicht. Ist dein Vogel schon aufgetaucht?" „Nein, aber wenn etwas passiert ist, dann müsste er bald hier sein." Elli konnte aber nicht warten, sie konnte spüren, dass etwas Schreckliches passiert war. Sie trieb alle zur Eile an. Sie musste sofort zu Greylen. Als sie alle im Auto saßen, Robin am Steuer, kam der kleine Vogel. Der berichtete, dass Greylen vom Pferd gestürzt war und sich nicht mehr bewegte. Elli bekam es mit der Angst zu tun und trieb Robin an, schneller zu fahren. Er fuhr wie der Teufel selbst. Im Auto herrschte Totenstille. Als sie ankamen, sprang Elli aus dem Auto und rief nach Greylen, doch der tauchte nicht auf, aber ein alter weißhaariger Mann stand kurze Zeit vor ihr. Sie schrie ihn an. „Wo ist Greylen? Ich bin seine Frau, und er ist in Gefahr. Ich muss zu ihm." Der Mann wurde kreidebleich im Gesicht. „Ich bin sein Vater. Er ist ausgeritten, aber ich weiß nicht wohin." Ellis Mutter trat neben sie und nahm sie tröstend in den Arm. „Elli, denk nach, wie können wir ihn finden?" Elli riss sich zusammen, einige Sekunden später nahm sie Lisa auf die Seite. „Lisa, du musst jetzt helfen, sag deinen Pflanzen, sie sollen den Weg kennzeichnen." Lisa fing an zu lächeln, danach schickte Elli Robin in den Stall, der in Windeseile vier Pferde sattelte. Lisa legte ihre Hand auf den Boden, wenige Minuten später sah man die Hufspuren von Greylens Pferd. Angus Augen wurden ganz groß. So etwas hatte er noch nie gesehen. Als Robin mit den Pferden kam, flüsterte Mia jedem einzelnen etwas ins Ohr, einige Sekunden später sanken sie nieder, um alle aufsteigen zu lassen. Angus konnte es kaum glauben. Sein Sohn hatte davon gesprochen, aber es mit eigenen Augen zu sehen, war wieder etwas anderes. Elli, Lisa, Mia und Robin stiegen aufs Pferd und ritten los. Elisabeth und Marie blieben bei seinem Vater. Sein Vater machte sich große Sorgen um seinen Sohn. Musste das jetzt sein, wo er endlich glücklich war? Er tigerte zum Schloss und wieder zurück, bis Elisabeth die Initiative ergriff und zu ihm ging. „Ich würde sagen, Sie zeigen uns dieses herrliche Schloss einmal von innen, sozusagen eine kleine Führung für uns." Sie nahm seine Hand und hakte sich bei ihm unter und zog ihn zum Tor. Währenddessen quatschte sie die ganze Zeit, um ihn ein wenig abzulenken. Marie und Christopher gingen hinter ihnen her. Angus wusste nicht, was gerade passiert war. Das hatte es ja noch nie gegeben, dass sich ein Frauenzimmer so nah zu ihm gesellte. Die Angestellten im Schloss nickten nur kurz und waren auch schon wieder weg. Frauen hielten sich normalerweise weit entfernt von ihm auf. Diese Frau schaffte es, ihn abzulenken, aber es gefiel ihm. Sie war auch sein Typ, groß, wohlgeformt, große blaue Augen und dunkle Haare. Sie war in ihrer Jugend sicher eine Traumfrau. Heute sah man schon einige graue Strähnen in ihrem Haar, und ein paar Falten zierten ihr Gesicht, aber das gefiel ihm umso mehr. Diese Frau hatte schon gelebt, und sie sah wunderschön aus. Ohne zu zögern, führte er sie durchs ganze Schloss bis hin zu dem neu erwachten Schlossgarten.

Elli und die ihren ritten wie der Teufel. Lisa räumte mit ihrer Gabe alle Hindernisse aus dem Weg, und die Pferde folgten der Spur. Eine halbe Stunde später hatten sie die Lichtung erreicht. Robin staunte und machte sich große Sorgen um Greylen. Es war ein Bild wie aus einem Märchen. Ein Bär lag neben ihm und Wölfe auf der anderen Seite, Eichhörnchen und Hasen hatten sich vorsichtig auf ihn gelegt, und Füchse lagen rund um seine Füße. Sie hielten ihn warm. Elli sprang regelrecht vom Pferd und eilte sofort zu ihm. Die Tiere lösten sich vorsichtig von ihm und saßen jetzt rund um sie herum. Angus, der weiße Wolf, trat auf die Lichtung und gesellte sich zu Mia. Die Wölfe kamen und legten sich ehrfürchtig zu seinen Füßen. Alle blieben still und standen in einem Kreis um Elli und Greylen. Elli hatte nur Augen für ihn. Er sah schlecht aus. Er hatte eine große Wunde am Kopf, die sehr stark blutete, und er war kreidebleich, aber er atmete noch. Elli legte ihre Hände an sein Herz und öffnete ihr inneres Auge. Sie leuchtete ihn durch. Es war noch viel schlimmer, als man von außen sehen konnte. Seine Rippen waren gebrochen, und er hatte innere Blutungen. Dase er noch lebte, grenzte an ein Wunder. Sie nahm all ihre Energie und fing an, alle Wunden zu verschließen. Zuerst heilte sie die Rippen, um näher an die Blutung zu kommen, danach stoppte sie die Blutung und flickte, so gut es ging, alles zusammen. Als sie glaubte, nicht mehr zu können, spürte sie die Hände von ihren Kindern auf der Schulter. Sie gaben ihr wieder die nötige Energie, um weiterzumachen. Er durfte nicht sterben, sie hatte ihn ja eben erst gefunden. Mit diesen Gedanken und der Kraft der Kinder heilte sie alle Wunden. Als sie die Augen wieder öffnete, hatte er schon wieder Farbe im Gesicht und atmete ruhig, aber er schlief noch. Erschöpft sanken Elli und die Kinder an Ort und Stelle zusammen und versanken in eine tiefe Ohnmacht. Robin bekam Panik und lief sofort zu ihnen, aber als er merkte, dass sie tief und fest atmeten, beruhigte er sich wieder. Die Tiere rückten näher, um alle warm zu halten. Zu Mia durfte nur Angus. Robin konnte sich nur noch auf den Boden setzen und warten. Aber zuerst holte er sich etwas zum Schreiben, denn diese Geschichte musste auf jeden Fall für die Nachkommen dieser Familie festgeschrieben werden.

Es dämmerte, als Greylen die Augen öffnete. Er hatte einen seltsamen Traum von einer Frau und einem Mann, die ihm die ganze Zeit sagten, dass er kämpfen sollte. Er tat es auch für Elli und die Kinder. Er wollte nicht sterben. Als er glaubte, nicht mehr zu können, spürte er die Hände von Elli auf seinem Herzen, und sie nahm ihm jeden Schmerz. War das nur ein Traum? Er drehte sich auf die Seite und sah sie. Seine Frau – aber was war mit ihr? Er setzte sich auf und griff sofort zu ihrem Puls. Nein, sie lebte. Dann sah er die Kinder, die ebenfalls schliefen – und die Tiere, die um sie herum lagen und sie beschützten. Dieses Bild würde er sein Leben lang nicht vergessen. Erst jetzt entdeckte er Robin, der an einem Baum gelehnt irgendetwas kritzelte. Robin sprang sofort auf, als er bemerkte, dass Greylen wach war. „Na endlich! Wie geht es dir, alter Freund?" „Ich schätze gut, ein wenig müde, aber gut." „Ich freu mich. Du hast sehr schlimm ausgesehen, und ich bin heilfroh, dass Elli solche Kräfte hat, denn ohne sie, mein Freund, wärst du jetzt tot." „Ich weiß. Ich habe sie die ganze Zeit gespürt und seltsamerweise auch zwischendurch die Kinder." „Na, dann weißt du auch, was sie für eine Leistung bringen mussten. Alle, sie schlafen jetzt noch vor Erschöpfung." Greylen blickte seine Familie mit voller Liebe an. „Sollen sie, sie haben es verdient. Machen wir uns ein Feuer und schauen wir mal, ob wir was Nahrhaftes in der Gegend finden." Beide standen auf und gingen. Sie fanden auch alles, was sie benötigten. Greylen setzte sich zu Elli, nahm ihren Kopf in seinen Schoß und streichelte beruhigend über ihre Haare und wartete, bis sie die Augen öffnete. Zuerst wachten die Kinder auf und erst wenige Minuten später Elli. Sie wirkte noch erschöpft, aber glücklich, als sie in seine hellwachen Augen blickte. Robin nahm die Kinder und ging mit ihnen zum See, der nicht allzu weit entfernt war. Die Tiere folgten ihnen. Elli musste ihn berühren. Überall, sie wollte nichts übersehen haben. Als sie mit ihrer Bestandsaufnahme zu Ende war, küsste sie ihn auf dem ganzen Gesicht. „Tu das nie wieder. Ich hatte Todesängste. Lass uns nie wieder getrennt sein, versprich es mir." „Ich verspreche es dir, du wirst mich nie wieder los." Er küsste sie ganz zärtlich auf den Mund, streichelte mit seiner Zunge ihre wohlgeformten Lippen, bis sie sie leicht öffnete. Elli stöhnte auf. Sie brauchte ihn. Sie wollte ihn spüren, seine Wärme, seinen Körper, einfach alles, nach diesem Schockerlebnis. Sie zog ihm das schmutzige T-Shirt über den Kopf und streichelte über seine warme Brust. Greylen machte es ebenso. Er küsste sie und zog dann langsam eine Spur, mit seiner Zunge, von ihren Lippen zu ihren Brüsten. Sie war so warm und so schön. Ihre Haut leuchtete weiß in der Dunkelheit, als wäre sie nicht von dieser Welt. Langsam zog er ihr die Hose aus und streichelte über ihren zarten Schenkel, über ihre Hüfte zu ihrer goldenen Mitte. Er ließ kein Flecken Haut aus. Als er ihre Scham streichelte, war sie schon feucht. Elli stöhnte und reckte sich ihm entgegen. Sie setzte sich auf und machte seine Hose auf, währenddessen küsste sie seine nackte Brust. Er stand auf, um sich die Hose ganz runterzustreifen. Elli nutzte die Gelegenheit, kniete sich vor ihn und schleckte zärtlich über seine Oberschenkel hinauf zu seinem Schwanz, der aufrecht vor ihr stand. Sie nahm ihn in den Mund und fing an, daran zu saugen. Greylen stöhnte laut auf. Es war einfach nur herrlich. Ihre kleinen Hände massierten sacht seine Hoden, und ihr Mund war einfach nur göttlich. Als er es kaum noch aushalten konnte, ging er runter und zog Elli auf seinen Schoß, wo er sofort in sie eindrang. Elli stöhnte laut auf. Ja, sie brauchte ihn, alles. Er verweilte eine Weile und nutzte die Zeit, an ihrer Brust zu saugen, bis Elli sich auf ihm wand. Er legte seine Hände auf ihre Hüften und stieß wieder in sie hinein. Das Tempo wurde immer schneller und härter. Energiefunken erhellten die Nacht. Elli konnte an gar nichts mehr denken. Sie konnte nur noch fühlen. Jeder Stoß brachte sie dem Höhepunkt näher. Einige Minuten später war es soweit. Sie explodierte förmlich und schrie ihren Höhepunkt hinaus. Greylen konnte auch nicht mehr, als Elli kam und ihre Muskeln sich zusammenzogen, ergoss er sich tief in sie und schrie laut ihren Namen in die Nacht hinaus. Die angesammelte Energie explodierte und erhellte die Nacht, als wäre es Tag. Erschöpft sanken sie zusammen. Greylen hielt sie ganz fest in seinen Armen.

Er würde sie nie wieder loslassen. Elli genoss die beschützende Geste und streichelte seine muskulösen Arme. Nach einer Weile drehte sie sich zu ihm. „Greylen, mach das ja nicht wieder. Ich brauche dich wie die Luft zum Atmen. Ich wäre gestorben ohne dich." „Mach dir keine Sorgen. So etwas wird nie wieder passieren, denn ich werde ohne dich nirgendwo mehr hingehen, das verspreche ich dir." „Das ist gut. Wir sollten uns wieder anziehen, denn ich glaube, Robin wird bald mit den Kindern hier auftauchen." „Ja, das glaube ich auch, überhaupt nach diesem Energieblitz." Greylen lächelte sie liebevoll an.

Nach einer Weile tauchten Robin und die Kinder auf, nur mehr begleitet von Angus. Elli und Greylen saßen angezogen vor einem kleinen Feuerchen und freuten sich, ihre Kinder wieder in die Arme zu schließen. Sie hatten einige essbare Sachen von den Tieren bekommen als Abschiedsgeschenk, die sie zusammen aßen. Nach Haus konnten sie nicht mehr, dafür war es zu dunkel. Robin rief bei Marie an, dass sie sich keine Sorgen machen sollten und dass es Greylen wieder gut ginge. Er redete eine ganze Stunde mit ihr und erzählte ihr alle Einzelheiten. Nachdem er aufgelegt hatte, war er ein wenig traurig. Er wollte bei ihr sein und mit ihr einschlafen, doch er vertröstete sich auf morgen. Die Kinder schliefen nach dem Essen sofort wieder ein. Das Ganze hatte ihnen mehr abverlangt, als sie glaubten. Liebevoll nahmen Greylen und Elli die Kinder in ihre Mitte, um sie warm zu halten. Angus, man glaubte es kaum, legte sich an Robins Rücken. Nicht lange, und auch die Erwachsenen waren eingeschlafen.

Bald in der Früh ritten sie nach Hause, wo schon alle vor dem Kamin mit einem großen Frühstück auf sie warteten. Als Greylens Vater ihn sah, eilte er sofort zu ihm und nahm ihn in die Arme. Man sah zwar keine Wunden mehr, aber seine Kleidung verriet ihm einiges. Danach bedankte er sich bei Elli und hieß sie und die Kinder in der Familie willkommen. Greylen staunte nicht schlecht, als er Elisabeth und seinen Vater so vertraut beieinander sah. Irgendetwas hatte sie einander nähergebracht, vielleicht war es die Sorge um sie. Er würde es seinem Vater gönnen, denn auch er hatte ein wenig Glück und vor allem

Liebe verdient. Nach dem Frühstück gingen sie zum Baum des Lebens. Der begrüßte sie mit einem lauwarmen Lüftchen. „Ihr habt die Prüfung gemeistert. Ich gratuliere! Diese Prüfung soll euch vorbereiten auf das, was noch kommen wird. Wir haben große Hoffnung in euch, und ich glaube, ihr habt ein wenig Ruhe verdient. Genießt die Zeit, und es freut mich, euch alle endlich kennengelernt zu haben. Ihr werdet in nächster Zeit noch viel dazulernen und noch wichtige Menschen und Tiere kennenlernen. Seid offen für alles. Es warten noch einige Überraschungen auf euch. Wir sind stolz auf euch, und jeder von uns wird euch zur Seite stehen." Elli und Greylen bedankten sich bei ihm und verabschiedeten sich von ihm. Im Schloss angelangt, redete Angus auf seinen Sohn ein. Er sollte zu Hause bleiben mit seiner Frau, und er und Elisabeth würden mit den Kindern, Robin und Marie das Restliche für das Fest erledigen. Die Kinder waren auch sofort Feuer und Flamme für diese Idee. Greylen kam dieser Vorschlag ein wenig spanisch vor, doch er und Elli willigten ein. Sie brauchten nach diesem Erlebnis ein wenig Ruhe, außerdem wollte er Elli sowieso das Schloss und alles, was dazugehört, in aller Ruhe zeigen – und wer weiß, was man hier noch so machen kann. Überhaupt, wenn sonst keiner da ist als sie beide. Greylen grinste Elli herausfordernd an. Als alles geklärt war, packte Angus noch ein paar Sachen. Er und alle anderen verabschiedeten sich und fuhren los. Nun waren Greylen und Elli ganz allein. Er schloss sie in seine Arme und küsste sie stürmisch. Total außer Atem und Vorfreude fragte Elli: „Und was nun?" „Ich glaube, ich werde dir zuerst den Stall und den darüber liegenden Heuboden zeigen, wenn wir schon hier im Freien stehen." Greylen grinste sie schelmisch an. „Na dann, worauf warten wir noch?" Sie fuhr sich begehrlich mir ihrer Zunge über die Lippen und blickte ihn lüstern an. Greylen nahm die Herausforderung an, zog sie ganz nah an sich und drückte sein hartes Glied gegen ihre warme Mitte. „Oh! Ich glaube, uns wird die Woche zu kurz." Greylen lachte und zog sie mit zu den Stallungen.

Angus und Elisabeth hatten einen Plan. Sie schilderten den anderen alles bis ins kleinste Detail. Sie wollten aus dem Fest etwas Größeres machen, nämlich eine Hochzeit für Greylen und Elli. Am nächsten Tag machten sie sich ans Werk. Die beiden fuhren in die Stadt, sprachen mit dem Pfarrer, der sofort Feuer und Flamme war für die Idee. Sie sprachen mit jedem einzelnen Dorfbewohner und auch mit den Bewohnern rund um das Dorf. Sie luden alle zur Hochzeit ein. Alle freuten sich. Als auch der Letzte in der Gegend Bescheid wusste, fuhren sie nach Hause. An diesen Tag, mit dieser Mission, sind sie sich immer nähergekommen. Sie waren völlig erschöpft. Das Pub war schon längst geschlossen, und alle anderen schliefen schon. Angus nahm Elisabeth in die Arme. Sie lehnte ihren Kopf an seine Brust. „Was hältst du davon, auch schlafen zu gehen? Es war ein sehr anstrengender Tag, und morgen sieht es nicht besser aus." „Wo du hingehst, geh auch ich hin, meine Liebste."

Elisabeth lächelte ihn zärtlich an und führte ihn zu ihrem Zimmer. „Ich liebe deine Berührungen, mein Lieber." Als Bestätigung küsste sie ihn verführerisch auf den Mund, bevor sie gemeinsam ins Bett gingen. Am nächsten Tag erledigten sie den Rest. Die Musik und andere Details waren dank dem Fest schon organisiert. Es fehlten nur noch so Kleinigkeiten wie eine Torte oder Hochzeitsringe, die schnell besorgt waren. Die Ringe hatte Angus mitgenommen, es waren Ringe, die schon seit Generationen getragen wurden. Genau das Richtige für die beiden. Sie planten auch eine kleine Feier nach der Feier. Das war die Idee von den Kindern. Es sollte bei dem Baum des Lebens sein, wo die Tiere und nur die Eingeweihten dabei waren. Das nahmen Robin und Marie in Angriff. Am Ende der Woche war alles erledigt, gerade noch rechtzeitig, denn am nächsten Tag kamen Elli und Greylen nach Hause. Sie sahen glücklich aus, und noch glücklicher strahlten sie, als sie die Kinder wieder in die Arme nehmen konnten. Die nächste Woche verging wie im Flug. Sie arbeiteten und genossen ihr neues Glück. Am Tag des Festes standen sie alle bereit und warteten auf die ersten Gäste. Elli war überglücklich, als sie sah, dass Greylen dieselben Farben trug wie ihre Familie. Sie hatte nach ihrem Instinkt gehandelt, und es war genau richtig. Die Gäste kamen, und sogar der Pfarrer war gekommen. Musik wurde gespielt. Es wurde viel gelacht, getanzt und gegessen. Kurz vor Mitternacht wurde es mucksmäuschenstill. Elli und Greylen wunderten sich und wollten schon etwas sagen, aber da traten Elisabeth, Angus und der Pfarrer auf das Podest. Angus sprach: „Greylen und Elli, ihr habt uns sehr glücklich gemacht, und deswegen haben wir für euch etwas geplant. Ihr seid füreinander bestimmt, und das kann keiner mehr trennen. Und wir dachten uns, dass es Zeit wird, das auch vor allen anderen zu bezeugen, und deswegen ist der Pfarrer hier. Er wird euch heute vermählen. Kommt auf das Podest. Marie und Robin bitte auch." Angus gab Robin die Ringe. Sie sollten die Trauzeugen sein. Elli und Greylen waren gerührt. Sie waren überglücklich. Sie gingen aufs Podest, umarmten ihre Eltern, und los ging es. Als Greylen die Ringe sah, war er den Tränen nah. Diese Ringe symbolisierten seine Familie. Sie waren schon seit Generationen in der Familie, und es ehrte ihn sehr, dass sein Vater daran gedacht hatte. Elli merkte es und umarmte ihn. Am Ende der Trauung, als sie sich küssten, applaudierten alle. Alle Gäste kamen und gratulierten ihnen, schlugen ihm anerkennend auf die Schulter und umarmten Elli. Alle feierten bis in die frühen Morgenstunden. Müde und glücklich gingen sie schlafen.

Am späten Nachmittag wurden sie aufgeweckt, die Kinder wollten, dass sie sich beeilten, und sie sollten ihre Tracht anziehen. Sie sagten, sie hätten noch eine Überraschung für sie. Sie zogen sich an, tranken mit den anderen, die auch in ihrer Tracht da standen, einen Kaffee und fuhren los. Als Elli merkte, wohin es ging, fragte sie: „Wieso fahren wir zu Rakna?" Die Kinder konnten es nicht mehr für sich behalten und erzählten ihnen alles. Dort angekommen, staunten sie nicht schlecht. Tiere aller Art standen Spalier, und der Baum leuchtete in allen Farben der Hoffnung. Robin konnte nicht anders und holte Block und Stift heraus, schrieb alles auf und malte einige Skizzen dazu. Greylen und Elli lächelten. So etwas hätten sie in ihrem ganzen Leben nicht erwartet. Der Baum des Lebens hieß sie willkommen und vermählte sie ein zweites Mal. Zu Robin, Marie und Christopher sagte er: „Wie ich sehe, hast du deine Bestimmung erkannt. Ja, du und deine Nachkommen, ihr seid die, die alles dokumentieren. Ihr werdet immer Bestandteil dieser Familie sein. Willkommen in der Familie." Alle freuten sich und waren glücklich. Sie feierten mit den Tieren und dem Baum des Lebens. Nach einiger Zeit verließen Elli und Greylen die Gruppe und gingen zu einem Fluss. „Elli Mac Donald, du hast mich zum glücklichsten Mann aller Zeiten gemacht. Ich liebe dich für immer und ewig." Mit diesen Worten nahm er sie in den Arm und küsste sie mit aller Liebe, die er für sie empfand.

Elli und Greylen, ihre Kinder und ihre Mutter sind ins Schloss gezogen und übernahmen die Destillerie seiner Familie. Sie bekamen nach neun Monaten einen gesunden Sohn und sind überglücklich.

Marie, Robin und ihr Sohn Christopher übernahmen das Pub und deren Stammgäste. Robin musste hin und wieder in die Stadt, um seinen Betrieb am Laufen zu halten, aber diese Trennung war leicht zu verkraften.

Wenn ihr mehr wissen wollt, was noch kommen könnte, dann lest den nächsten Teil. Eins kann ich euch verraten: Es geht um Mia, und glaubt mir, sie hat es nicht gerade leicht, ihren Berserker zu bändigen.

Namensliste

Greylen
Mac Donald: Druide, mit einem Fluch behaftet, und
             Ellis Ehemann
Elli: Heilerin, Mutter von Lisa und Mia und
             Greylens Ehefrau
Marie: Beste Freundin von Elli, Mutter von einem
             Sohn namens Christopher
Mira: Verkäuferin des einzigen Ladens im Ort
Malcom: Besitzer der einzigen Konditorei im Ort
Robin: Stammgast vom Pub, schon ein sehr alter
             Freund des damaligen Besitzers.
Lisa: Tochter von Elli. Sie kann Pflanzen
             wachsen lassen
Mia: Tochter von Elli. Sie kann mit Tieren
             sprechen
Robin: Freund von Greylen. Maries Zukünftiger
Ahornbaum: Baum des Lebens auf dem Dachboden
Angus: Weißer Wolf und Mias bester Freund
Christopher: Sohn von Marie
Elisabeth: Ellis Mutter
Rakna: Beschützerbaum von Elli und den Kindern
Angus: Vater von Greylen

DIE AUTORIN

Brigitte Kiniger, 1976 in Kirchdorf an der Krems geboren, hat nach der Grundschule drei Jahre lang eine Frauenfachschule besucht. Sie arbeitete als Verkäuferin und Kellnerin und lebt heute in einer Lebensgemeinschaft mit ihren beiden Töchtern in Inzersdorf im Kremstal, wo sie sich ihrer Lieblingsaktivität widmet: mit Holz zu arbeiten. „Greylen" ist ihre erste Buchveröffentlichung.

DER VERLAG

VINDOBONA
VERLAG · SEIT 1946
ein Verlag mit Geschichte

Bereits seit 1946 steht der Vindobona Verlag im Dienst seiner Bücher und Autoren. Ursprünglich im Bereich periodisch erscheinender Journale tätig, präsentiert sich der Verlag heute als kompetenter Partner für Neuautoren am deutschen, österreichischen und schweizerischen Buchmarkt. Engagement, Verlässlichkeit und Sachverstand – das sind die Grundpfeiler, auf denen der Verlag seit jeher sicher steht.

Sie möchten mit Ihrem Werk das vielseitige Verlagsprogramm bereichern? Der Vindobona Verlag garantiert Ihnen eine professionelle Prüfung Ihres Manuskriptes durch das Lektorat sowie eine zeitnahe Rückmeldung.

Genauere Informationen zum Verlag
finden Sie im Internet unter:

www.vindobonaverlag.com

Lightning Source UK Ltd.
Milton Keynes UK
UKHW010730290922
409643UK00001B/244